여몽전쟁 김윤후전

장편 역사소설

여몽전쟁 김윤후전

기열 作

스토리로즈

차례

작가의 말 … 007

등장인물 … 008

제1장 김취려 … 011

제2장 강동성 … 035

제3장 대몽무예시합 … 059

제4장 잡류별초 … 082

제5장 대륙 … 104

제6장 대륙의 고려 무인 … 124

제7장 김윤후 … 147

제8장 저고여 피살사건 … 164

제9장 부곡마을 … 175

제10장 팔만대장경 … 182

제11장 충주성 … 220

제12장 달에 깃다 … 234

●● 작가의 말

 13세기의 고려, 몽골의 2차 침입 때 적의 원수 살리타이를 화살로 쏘아 죽이고 5차 침입 때 충주성 70일 전투를 승리로 이끌어 적의 원수 예꾸를 분사시킨 승장(僧將) 김윤후는 우리 역사상 돌출한 영웅 중의 한 분이지만 출신이 알려진 바가 없어 미스터리한 인물로 통합니다. 본 소설은 그의 출신을 몽골군에 쫓겨 고려로 침입해 온 거란족의 나라 대요수국의 황태자이자 옛 신라 왕실의 후예로 설정하여 한 인간의 성장 과정과 고려 항마승의 무예를 조명합니다.
 승려 김윤후가 역사에 등장하는 두 사건, '처인성 싸움에서의 살리타이 척살과 충주성 70일 전투 승리' 사이에는 20여 년이라는 공백이 있습니다. 사실상 대몽항전의 주역이었던 그는 그 기간 동안 무엇을 했을까? 김윤후가 잊혀진 사람이 된 이유를 밝히고, '불승의 무술은 민생을 지키기 위한 활인지도인데 김윤후의 화살은 과연 그 뜻에 따랐는가?'의 전제하에 항마병으로서의 일생을 추적하는 것입니다.
 아울러 우리 역사상 최대의 국난 중 하나인 몽골 침입의 빌미가 된 '몽골 사신 저고여 피살 사건'의 진상을 파헤치고, 실제 인물 김취려와 김준, 최우, 가상의 무예승 현각, 역시 가상의 인물인 요국 공주 야율금청 등을 등장시켜 대몽항쟁의 세 주역 고려 항마병과 별초군, 부곡민들을 비롯한 백성들의 호국정신을 밝힙니다.

● ● 등장인물

김윤후 (야율금후) : 이 소설의 주인공. 고려 고종 6년(1219년. 이하 나이가 기록된 경우 시점 모두 같음)의 강동성싸움 때에 13세. 대요수국의 황태자로 나라의 패망과 함께 고려에 귀의한 후 몽골을 상대로 한 복수극의 일생을 삶.

현각 : 26세. 고려의 무술 승려로 이 소설의 실질적 주인공. 강동성싸움 때에 김윤후를 구해 준 인연으로 일생의 사표가 됨.

김취려 : 47세. 강동성싸움 때의 고려군 부원수. 현각과 함께 김윤후를 고려인으로 성장시킴.

무상 (강진충) : 57세. 현각의 스승. 고려군 항마병(무예승)들의 총교두. 현각과 김윤후의 성장에 영향이 큰 인물. 강진충은 그의 속명.

김청 (야율금청) : 15세. 대요수국의 공주. 김윤후의 사촌이자 정혼자. 머물던 부곡 마을에서 저고여와 홍복원이 이끈 몽골군의 습격을 받고 철비녀로 목을 찔러 아기와 함께 자결함.

살리타이 : 35세. 강동성싸움 때에 몽골군 부원수이자 제1, 2차 침입 때 몽골군 원수. 코르치로 불릴 정도로 활을 잘 쏘지만 강동성싸움 후의 무예 시합에서 김취려에게 승리를 양보 받음으로 원한을 가짐. 2차 침입 때에 처인성 싸움에서 김윤후에게 죽음.

예꾸 : 22세. 몽골 황족으로 강동성싸움에 감군으로 참전하여 요국 공주 야율금청을 노리다가 현각의 아기살(片箭)에 좌절당함으로 원한을 가짐. 훗날 몽골군 제5차 침입 때의 원수로 충주성 70일 전투에서 김윤후에게 패하고 분사함.

탕꾸 : 22세. 예꾸의 부관으로 강동성싸움에 참전한 몽골 장교.

살리타이 사후의 몽골군 3차 침입 때의 원수. 김윤후와 여러 차례 조우하여 전투를 치름.

야율금시 : 김청의 부친이자 김윤후의 숙부로 대요수국의 마지막 황제. 신라 마의태자의 후손을 자처함.

최우 : 최씨 무신 정권의 제2대 집권. 김취려와 현각을 깊이 신임함.

김준 : 최우의 심복이자 현각의 무예 제자. 훗날 최씨 무신 정권을 멸함.

홍복원 : 고려의 역신. 인주 지방의 호족인 아버지 홍대순이 몽골에 투항한 이래 대를 이어 몽골군의 향도가 된 인물.

저고여 : 몽골의 사신. 여러 차례 고려에 사신으로 와서 행패를 부리다가 압록강 건너 파속로에서 죽음으로 몽골군 침입의 빌미가 된 인물.

조충. 카치운. 완안자연 : 강동성싸움 때의 연합군인 고려, 몽골, 대진국군의 원수들.

진화 : 야율금시에게 김윤후와 김청을 부탁받은 노장. 몽골에 끌려가 분사함.

진수 : 진화의 아들로 김윤후의 충복.

윤지평 : 현각이 대륙 유행 중에 만난 전진교의 도사. 무술을 겨루고 도움을 줌.

우명. 홍제. 현정. 우본, 원통 : 현각의 사형제, 혹은 제자로 불문 무예승들.

막쇠, 박돌, 큰손, 삼매 3형제 : 현각의 수하 잡류별초들. 특히 삼매 3형제는 여진족 출신으로 매를 잘 다루어 역할이 큼.

제1장 김취려

　거란의 유적들이 농성전을 벌이고 있는 강동성(江東城)에서 불길이 오르고 있었다. 성 전체가 불기운으로 물들어 하늘까지 벌겋게 보였다. 고려와 몽골, 동진의 연합군에 포위된 지 넉 달, 식량도 땔감도 바닥을 보였을 성안에서 저만큼의 화기를 보일 방법은 민가에 불을 지르는 방법뿐일 터였다. 현각(玄覺)은 걸음을 멈추고 횡액을 당했을 백성들을 위해 합장을 했다.
　"나무관세음보살."
　서북면원수부의 병막 주위는 화톳불로 대낮처럼 밝았다. 고려와 몽골, 동진의 정예 병사들이 대오를 지켜 원수부의 병막 앞에 모여 있었는데, 완전 군장에 군기가 엄정하여 자국의 위신을 대변하고 있었다.
　고려군의 초병이 현각을 알아보고 군례를 올렸다. 현각이 답례를 하고, 초병들의 지휘관인 교위가 현각을 병막의 그늘로 끌며 명령을 전했다.
　"병마사공께서 잠시 기다리라 하셨습니다. 몽골, 동진의 장수들과 회의 중이신데 분위기가 이상하게 돌아가고 있습니다."
　포위전이 100일을 지나면서 병사들의 피로가 쌓이고 장수들의 신경도 날카로워지고 있었다. 성안의 유적들이 성벽 아래로 던진 시신들이 켜켜이 쌓여 작은 산을 만들고 있었고, 얼음이 풀리면서 부패하기 시작하여 바람이라도 불라치면 악취가 진동했다. 싸움을 끝내야 할 때가 되었다 싶은 삼국의 장수들은 작전계획을 세우기 위해 고려군 서북면원수부의 병막에 모였다.

병막 안에서 고성이 들렸다. 진중하기로 소문이 높은 병마사 김취려의 호통소리가 낯선 몽골어와 함께 들렸다. 정작 성질이 불같다고 알려진 서북면도원수 조충장군은 오히려 달래는 분위기였다.
"나라가 나라에게 형제의 의를 청할 때는 격식을 갖춘 사절이 필요함은 당연한 순서, 어찌 군막 안에서의 한낱 방담으로 논하려 하시오?"
"귀국이 제국을 칭하나 중원의 역대 왕조에 신속해 왔음은 알려진 사실, 우리 몽골국의 대칸은 천하의 황제요. 일개 변방국에 형제의 의를 베풀고자 하는데 고마워할 일 아니요?"
"신속이라니? 그 무슨 망발이시오! 고려국은 건국 이래 황기(皇旗)를 드높여 온 제국이오! 단 한 차례도 외국에 고개를 숙인 적이 없소! 귀국에 대칸이 있다면 우리 고려국에는 대황제 폐하가 계시오! 정식으로 사신을 보내오면 황상께서 조정에 영을 내려 의논이 있을 터, 일개 장수가 논할 사안은 아닐 것이오!"
 각기 사용하는 말이 달라 통역을 통한 대화였지만 현각은 원어를 이해했다. 현각은 묘향산 보현사의 무예승(武藝僧) 출신으로 전란의 시대에 필요한 교육을 받았다. 고려국의 조정은 보현사를 비롯한 몇몇 사찰에 권한을 주어 무승(武僧)을 기르도록 했고, 현각은 대표적인 수혜자로 몇몇 나라의 말을 무술과 함께 익혔다.
"전쟁을 피할 기회를 박차다니, 후환이 두렵지 않소?"
"병(兵)이 오면 병으로 막고 예(禮)로 오면 예로 맞을 뿐, 나라의 위신에 폐가 되는 일은 결단코 할 수 없소!"
 언성을 높이는 사람은 고려군의 부원수격인 후군병마사 김취려와 몽골군 부원수 살리타이(撒禮塔)였다. 몽골군의 원수인 카치운(哈

眞)은 고려군 원수 조충과 함께 두 사람을 달래고 있었고, 또 하나의 참석자인 동진국의 장수 완안자연(完顔子淵)은 카치운과 조충을 거들어 중재에 나섰다.
"싸움이 아직 끝나지 않았소. 진정하시고 내일을 준비하십시다."
"아무렴, 미염공(美髥公)이 참으셔야지요. 우리 부원수가 젊은 탓에 예를 잃은 것 같소. 주장인 제가 대신 사과하리다."
"우선 내일의 싸움을 걱정하십시다. 기세가 꺾였다 하나 워낙 대군이라 결사로 덤비면 만만치 않을 것이오."
 미염공은 김취려의 별명이다. 현각은 김취려의 6척이 넘는 키와 배꼽까지 드리운 수염을 떠올려, 무인답지 않게 수려한 외모를 훌륭하게 덮고 있다고 생각했다.
"내 당장 미염공을 형님으로 모시고 싶소이다. 나라와 나라의 형제 제의가 무리라지만, 장수들끼리의 결연이야 걸림이 있을 까닭이 없잖소?"
 카치운이 덕담을 했다. 김취려의 나이 마흔 일곱, 몽골군의 두 장수보다 연치가 높으니 카치운이 아우를 자칭함은 어색하지 않았다.
"전장에서의 형제 결의가 어찌 나이 순서겠소? 당치 않소이다."
 김취려가 겸양의 말을 하고 카치운이 짐짓 아우로서의 예를 차리는데, 살리타이가 다시 어깃장을 놓았다.
"언월도는 우리 원수께서 잘 다루시지요. 미염공은 흉내나 내보시었소?"
 미염공의 원조인 후한(後漢) 말 촉한(蜀漢)의 장수 관운장을 빗댄 비아냥거림이었다. 관운장은 82근 청룡언월도를 바람개비처럼 휘둘렀다고 했다.

김취려는 무경(武經)의 모든 무기(武技)를 익힌 무장으로 마상월도(馬上月刀)를 잘 썼다. 관운장의 청룡언월도가 82근이었다지만 후한시대의 중량셈법은 고려와 달라 흉내를 내지 못할 정도의 중무기는 아니라고 생각했으나 도발에 넘어가지 않았다.

"소장이 감히 관신(關神)을……. 부원수께서 잘 보셨소이다."

무인의 세계에서 관운장은 무신으로 추앙받는 존재다. 김취려가 짐짓 겸양을 보여 물러서려는데 고려군 원수 조충이 발끈하고 나섰다. 30대 중반의 살리타이가 반 배분이나 연치가 높은 김취려에게 할 말은 아니라고 생각한 것이었다.

"고려인은 예로부터 활을 잘 다루었소! 우리 병마사공께서는 고려 제일의 명궁이시오!"

고려군의 총사령관 조충은 좌중의 제일 연장자다. 내내 참고 있던 조충이 목소리를 높이자 카치운이 살리타이를 제지하고 나섰다.

"미염공이 천하의 명궁임은 본국에서도 소문이 높소. 우리 부원수도 활을 잘 다루는 장수라 존경의 뜻으로 하신 말씀이니 노염을 푸시지요."

기회다 싶은 완안자연(完顔子淵)이 목소리를 냈다.

"부원수는 대칸께서 인정한 명궁이시지요. 활이라면 소장도 한몫을 하오. 이 전쟁이 끝나면 함께 솜씨를 겨뤄봄이 어떠하오?"

활솜씨의 겨룸이라, 언사가 과했다 싶은 조충이 찬성을 하고 카치운이 거들었다.

"전장에 나온 장수에게 무기(武技)의 경중을 겨루는 일만한 게 있을까? 좋은 생각이오."

"아무렴. 두 분 원수의 말씀이 옳소이다."

몽골군의 부원수 살리타이는 칸의 경호대 케식텐의 코르치에 속해 공을 세워 출세한 인물이었다. 몽골군은 모두 활을 잘 쏘았지만 코르치는 특별히 가려 뽑은 명궁만으로 이루어진 부대라 개별 병사의 명예이기도 했다.

"내일의 전투가 우선이오. 승전 후의 여흥으로 무예를 논함은 전장의 상례, 그때에 두 분의 솜씨를 보리다."

김취려가 도전에 응하고 다시 카치운이 받았다.

"하하, 좋아요. 우리 모두 무장이니 무예로 형 아우를 겨룸이 맞춤일 듯하오. 그렇게 결정합시다."

장수들의 합의로 무예 겨룸이 결정되고서야 소동은 끝났다. 이미 늦은 시간이라 장수들은 서둘러 인사를 나누고 군막으로 향했다. 승전 후라는 단서가 달렸지만 세 나라의 장수들은 강동성의 요군(遼軍)을 적수로 보고 있지 않았다.

몽골군의 카치운과 동진국의 완안자연이 모두 호위군을 거느린 행차라 대군이 썰물 빠진 듯 물러났다. 현각은 몸을 감추고 있던 그늘에서 벗어나 동맹군의 장수들을 배웅하고 온 김취려를 맞았다.

"어찌 다투셨습니까?"

고려군의 원수인 조충도 숙소로 돌아간 후라 군막 안에는 김취려만 홀로 남았다. 그는 책상 앞에 앉아 붓을 잡은 후에야 말문을 열었다.

"기세 싸움일세. 성이 떨어질 것 같으니 본색을 드러내는군. 성을 점령한 후에 약탈할 권리를 달라하기에 그리하라 했더니 전비를 보상하라 하네."

김취려는 내일의 싸움을 위한 전략을 세우고 있었다. 요나라의 유민이 고려 땅으로 밀려온 지 3년, 김취려는 중요한 싸움마다 전략을 세우고 전투의 선봉에 섰다.
"우리가 군량을 주고 있지 않습니까?"
김취려의 책상 위에는 강동성 일대를 그린 지도가 펼쳐져 있었다. 둘레가 5759척(尺)의 토성인 강동성은 대군이 주둔할 만한 환경이 아니었지만 요군은 필사의 저항을 하고 있었다.
"저희네 칸에게 바칠 공물을 원하는 걸세. 겸하여 명분까지도."
"명분이라면?"
"우리 고려국과 형제의 의를 맺고 싶다하네. 그럴싸하지만, 제후국으로 격하시키겠다는 게 본심이겠지. 정복한 나라들에게 하였던 권리를 원하는 걸세."
몽골 초원의 유목민 군대가 천하를 정복하던 시대였다. 그들의 왕인 칭기즈칸은 초원의 유목민 부족을 통일한 지 5년이 되던 1211년 숙적 금나라를 정복하러 나섰다. 야호령전투에서 금나라 완안승유의 40만 대군을 격파한 칭기즈칸은 각 부장에게 병력을 주어 주변 잔적(殘敵)의 소탕전을 벌였는데, 이는 요나라의 유민들이 고려 땅으로 밀려들어오게 된 원인이 되었다.
강동성의 요군은 금나라에 멸망당한 거란의 유족이 옛 요나라를 재건한다는 명분으로 건국한 대요수국(大遼收國)의 잔병이었다. 그들은 금군과 몽골군에게 아울러 쫓겨 고려 땅에 들어온 후 고려의 북부와 중부를 유린했다.
불의에 침략을 당한 고려군은 전열을 정비하여 반격을 했고, 궁지에 몰린 요군은 도주를 거듭한 끝에 평양성 동북쪽 강동성에 포위되어 있었다.

"완안자연이 무예겨룸을 부축인 것으로 들었습니다마는."

"약빠른 자야. 동진국의 입장에서는 달리 처신할 방법이 없을 터이지만."

동진국은 금나라의 요양 태수 포선만노가 반란을 일으켜 건국한 나라였다. 포선만노는 요나라의 후예들이 건국한 대요수국을 토벌하라는 명령을 받고 대군을 동원했으나 패전을 하자 대진국 명색의 나라를 세워 자립한 후 몽골에 붙었다.

"어찌하실 작정이십니까?"

"어찌해야 할까?"

현각의 물음에 김취려가 반문한다. 현각은 잠시 김취려가 묻는 뜻을 새겼다.

"저들은 강해. 게다가 도의라는 것을 모르지. 어찌 해야 할까?"

김취려는 지장이다. 승전의 여흥으로 거론된 무예겨룸에 대해 묻는 것이 아니다. 고려군의 부원수라지만 실질적으로 일선에서 작전을 세우고 지휘하는 장수로서 사상 최강의 군대라는 몽골군을 어찌 대해야 하는가를 묻고 있는 것이다.

몽골의 철기는 대요수국군을 추적한다는 명분으로 동진국을 향도 삼아 고려 땅에 들어왔다. 사실상 유적(流賊)에 가까운 거란족의 침입으로 고려는 일대 환란을 겪어야 했고, 몽골군이라는 원하지 않은 원군을 받아들여야 했다. 동맹군의 형식으로 몽골군을 맞은 고려는 거란족이 벼락 건국한 대요수국군의 잔적을 강동성에 몰아넣었지만 이후의 방책이 정해지지 않은 상태였다.

"스님과는 10여 년 전 묘향산 보현사에서 첫 인연이 있었지? 항마군을 논하러 무상스님을 찾아뵈었을 때로 기억하는데, 송화차(松

花茶)를 대접해 주셨지."
"보현사 영천암(靈泉庵)이었지요. 선사의 명을 따라 영천의 물에 송화 가루를 풀어 올렸지요."
"무상스님이 변을 당하신 소식은 들었네. 애통할 일일세."
"선사께서는 거란군의 향산 침입 때에 열반에 드셨습니다. 보현사가 불탈 때 노스님들을 피신시키다가 유적들에게 그만……. 소승이 항마군에 나간 사이에 그런 일이 있어 모시지 못했습니다."
 항마군(降魔軍)은 조정의 청에 의해 전장에 나선 불승(佛僧)들의 군대를 말한다. 고려는 호국불교의 나라로 무예승(武藝僧)을 길러 예비군으로 삼았다. 항마군은 상황에 따라 별도의 임무를 맡기도 하였는데, 현각은 고려 특유의 민병인 잡류별초를 이끌고 유격전을 벌였다.
"나무관세음보살."
 김취려는 현각의 스승 무상스님의 오랜 친구였다. 두 사람은 서로 인정하는 사이로 나이와 승속을 떠나 우정을 쌓아왔다. 김취려는 잠시 눈을 감고 불호를 불러 친구 무상(無想)의 명복을 빌었다.
"지난 번 뵈었을 때 심경(心經)을 가르침 받았지. 엊그제의 일인 것 같은데 그런 일이……"
"선사께서는 심경 270자만 터득하면 공부는 끝이라고 늘 말씀하셨습니다."
"심경 270자라, 내게도 같은 말씀을 하셨지."
 심경은 반야심경을 말한다. 현각의 스승 무상스님은 무승들에게 무예를 가르치는 일면, 심경을 자주 강설하셨다.
"나라가 존망지추에 있는데, 중들이 염불에만 열중해야 되겠느냐고 꾸지람을 주시고는 하셨습니다."

고려는 건국 초기부터 외침에 시달렸다. 거란족의 요나라와 여진족의 금나라가 중국 땅의 북쪽을 차지하기 위해 싸움을 벌일 때, 고려는 매번 그 여진(餘震)에 시달려야 했다.

"나도 큰 아이를 그 싸움에서 잃었네. 자네만한 나이인데……"

"불문을 대신하여 감사드립니다."

"무상스님의 변을 당하신 소식을 듣고 찾았으나 이미 늦어 얻은 것이 없었네. 절도 사람도 모두 불살라 놓았으니……"

요나라 유민의 침입 초기, 아아(鵝兒)와 걸노(乞奴)가 이끈 거란 유적의 선발대는 고려의 북계지방을 쑥대밭으로 만들었다. 고려는 13령(領) 1만 3천의 병력을 동원하여 토벌전을 벌였고, 초전의 승리로 기세가 오른 요군은 야율금산과 야율금시의 후발대까지 본격 침입을 하여 도성을 위협했다. 김취려는 고려군의 후군병마사로 박달재전투 등에서 큰 공을 세웠지만 향산(妙香山)싸움에서 아들을 잃는 비운을 겪었다.

"저들의 말하는 품새가 공손치 않던데, 무엇을 원하는 것입니까?"

"여자를 약탈하겠다기에 지나치다 했더니 어깃장을 놓기 시작했네. 황제에게 바칠 공물 중에 젊은 여자가 빠질 수 없다는 거지."

현각을 속으로 혀를 찼다. 몽골의 칸은 정복한 땅의 왕을 모욕하는 방법으로 왕후나 공주를 취하기로 유명했다.

"적을 쳐부수고, 그들을 쫓아내며, 그들의 재산을 빼앗고, 울부짖는 그들의 가족들을 말에 태워, 그 여식과 아내를 후궁으로 들이는 일이 인생 최대의 쾌락이다."

칭기즈칸이 부하 장수들을 독려하여 한 말이라 하였다. 몽골군은 딸 가진 부모들에게는 최악의 액신인 셈이었다.
"요국의 왕 금시는 딸을 피신시켜 달라하네. 정혼자가 있는데 오랑캐 왕의 첩실이 될 수는 없다는군."
 대요수국은 고려 땅에 들어온 후 몇 차례의 정변을 거쳤다. 선발대를 이끈 아아(鵝兒)와 걸노(乞奴)가 향산(妙香山)싸움에서 고려군에 격파된 후 내분을 일으켜 자칭 승상인 걸노가 피살당했고, 후발대로 들어온 야율금산(耶律金山)과 야율금시(耶律金始)가 이를 제압하고 금산이 왕위에 올랐지만 역시 왕족인 통고여가 금산을 죽이고 황위를 자칭했으며, 다시 통고여는 왕족인 함사(喊舍)에게 죽었다. 이후 요군은 야율금산의 아우 금시를 가황제로 받들고 있었는데, 고려군에 쫓겨 강동성에 포위된 데다가 몽골군과 동진국의 대군까지 참전하여 절체절명의 상태에 있었다.
"이 책자를 보내왔네."
 김취려는 비단 장정의 책을 내밀었다. 현각은 책자를 들쳐보고 탄사를 발했다.
"가승보로군요. 요나라 황실의……"
"그는 우리의 일족일세. 이 기록대로라면, 재건된 요나라는 우리 신라 김씨(新羅 金氏)의 작품이었네."
 금나라의 태조 아골타가 신라인의 후예임은 역사에 기록된 사실이지만 요나라 황실의 한 씨족이 신라에 뿌리를 두고 있음은 들어본 적이 없는 이야기였다. 현각은 대요수국 황제 금산 일족의 족보를 해설하는 김취려의 말에 귀를 기울였다.
"마의태자(麻衣太子) 김일(金鎰)공께서 개골산에서 생을 마치실 때 슬하의 자제 하나를 북국으로 보내셨다 하네. 발해국의 멸망으로 혼돈 중인 대륙에서 힘을 길러 강토를 되찾으라는 유시를 내리셨다는군."

 발해는 신라의 왕 김부가 고려에 귀순하기 9년 전에 멸망했다. 발해의 마지막 왕 대인선(大諲譔)은 수도인 상경 용천부가 함락될 때 죽었지만 유민들은 나라를 되찾기 위해 옛 영토 곳곳에서 군사를 일으켰다.

 "서경 압록부의 후발해(後渤海) 건국에 참여했다는군. 후발해가 열만화(烈萬華)의 반란으로 와해되고 정안국(定安國)으로 변신할 때 요나라에 귀순하여 반역자를 쳤다네. 그 공으로 요의 황제가 공주를 하가시키고 국성을 사성하여 왕족으로 삼았다는데, 그의 후예가 요나라 황실을 장악하고 옛 땅을 사모하여 들어온 것일세. 금시가 통고여를 죽이고 스스로 나선 이유일세."

 강동성의 요군은 야율금시를 황제로 받들고 있었다. 야율금시는 가황제 통고여를 죽인 야율함사에 받들어져 황위에 올랐다. 금시는 통고여에게 죽임을 당한 금산의 동생으로 두 형제는 이름에 금(金)을 공통으로 사용하고 있었다.

"이 그림을 보시게."

 김취려는 두루마리 한 폭을 펼쳤다. 궁장으로 맵시 있게 차려입은 소녀가 그려져 있는 두루마리였다. 유목민 특유의 묶음 머리에 꽃장식이 달린 철비녀가 꼽혀 정혼자가 있는 여인임을 나타내고 있었다.

 "열다섯 살이라네. 이름은 금청(金靑). 사촌인 야율금후와 정혼을 했다 하네. 전장이라 정식 성례를 시키지는 못했지만 이미 부부의 명분을 정한 터, 이 여아를 야만족의 늙은 칸에게 바쳐질 운명에서 벗어나게 해달라는 청일세."

 김취려는 다시 두루마리 한 폭을 열었다. 금청으로 불린 소녀보다 약간 어려 보이는 소년이 무예를 뽐내고 있는 그림이었다.

 "이 한 쌍의 소년 부부가 대요수국의 마지막 황손들이라네."

 김취려는 신라의 마지막 왕 경순왕과 고려 태조 왕건의 장녀 낙랑공주의 사이에서 태어난 일곱 번째 아들 김선(金繕)의 후손이다. 야율금시가 요국의 황족으로 유입된 신라 김씨의 후예임을 주장하는 현실에 흔들리지 않을 수 없었다.

 "아득히 먼 시대의 이야기지만, 한 뿌리였던 사람일세. 우리 신라 김씨 일족은 마의태자 김일 공에게 마음의 빚을 지고 있네. 그 후예라 하니 친척이 되는 셈, 인간의 도리로라도 구해주어야 할 것 같은데, 스님이 맡아주지 않겠나?"

 강동성은 낙성 직전에 있는 성이다. 벌써부터 약탈의 권리를 주장하고 있는 몽골군이 요국 황제의 공주를 노릴 것은 자명한 사실, 김취려는 적 총수의 구원 요청을 받고 적의 딸을 구해 줄 결심을 한 것이었다.

 "젊은 스님 법명이 현각이었지? 내 일찍이 무상스님에게서 들은 바가 있네. 무예가 뛰어난 제자라고 칭찬을 하시더군. 스님이 이끌고 있는 별초군은 이군육위(二軍六衛)에 속하지 않아 군율에 자유로운 터, 적임이라 생각하여 청하니 이 아이를 구해주시게나."

 몽골족의 왕 칭기즈칸은 정복지의 신분 높은 여성을 첩실로 취하기로 유명했다. 텡그리(天神)의 아들을 자처하는 칭기즈칸은 전장을 마다하지 않는 호전적인 군주였고, 50세를 바라보는 나이로 몽골족의 평균수명을 넘어선지 오래이기도 했다. 야만족의 풍습으로

왕에게 바쳐진 여성 중에 정부인을 제외한 나머지는 왕의 죽음과 함께 순장을 당하는 것이 상례였으므로 김취려가 야율금시의 청을 들어 그의 딸을 구해주고자 하는 이유는 짐작할 만하였다.
"제가 이끌고 있는 별초군에 능력 있는 자가 몇 있습니다. 그들과 의논하여 결정하겠습니다."
 현각은 항마군에 속한 무승의 신분으로 잡류별초의 행수였다. 고려의 백성들은 수도 개경에 야별초가 생기기 전부터 지역 예비군 격인 잡류별초를 편성하여 이군 육위의 정규군을 도왔다.
"박달재의 싸움에서 공을 세운 부대로군. 참으로 용맹스러운 친구들이던데 늦었지만 고마운 인사를 전해 주시게."
 제천 박달재의 승전은 고려의 명운을 바꾼 전투였다. 안주(安州) 태조탄(太祖灘)전투에서 고려군을 크게 격파한 요군은 개경을 공격하다가 저항이 심하자 방향을 돌려 남한강 일대의 곡창을 유린했고, 재정비한 고려의 토벌군은 박달재의 한 번 싸움으로 전세를 뒤집었다.
 항마군으로 투입된 승병들은 박달재 싸움에서 큰 공을 세웠다. 현각은 향토병 조직인 잡류별초의 행수로 임명되어 별동대를 이끌고 유격전을 벌였다.
"장군님이야말로 회복되지 않은 몸으로 선봉에 서셨으니, 저희가 어찌 뒤따르지 않을 수 있었겠습니까?"
 당시 고려군은 제천에서 박달현까지의 산야를 요나라 유적들의 시체로 뒤덮었으나 정작 승장인 김취려는 전쟁 초기 안주 태조탄 전투에서 부상을 당한 몸이었다. 그는 후군병마사로 전장이 급해지자 선봉에 섰다가 적의 화살을 맞았는데, 채 회복되지 않은 몸으로 참전하여 박달재 전투를 승리로 이끈 것이었다.

"항마군의 도움이 컸지. 그대들이 아니었으면 이기지 못할 싸움이었네."

"박달현의 별초들이 지름길을 가르쳐 준 덕분에 공을 세울 수 있었습니다."

박달재의 싸움에서 현각 휘하의 잡류별초들은 항마군의 향도로 나서서 적의 사령부를 기습했다. 지휘체계가 무너진 요군은 도망치기 바빴고, 고려군은 승전고를 울릴 수 있었다.

"제 수하 별초군에는 그 때의 사람들이 모두 모여 있습니다. 마구니(魔軍)에 치를 떨기로는 항마군에 뒤지지 않습니다."

"다시 한 번 수고를 해주시게. 스님의 별초군 중에는 강동성의 백성들도 있다고 들었네. 그들의 힘을 빌려 이 여아를 안전한 곳으로 보내주시게. 필요하다면 내가 직접 별초들을 만나도 좋네."

김취려는 간곡한 어조로 부탁을 했다. 대요수국은 야율시불((耶律厮不)이 건국한 이래 내내 몽골군에게 쫓겼고, 고려 침입 역시 식량을 찾아 몰려온 결과였다. 날벼락을 맞은 고려 백성들은 요국의 유적들에게 원한을 갖지 않은 이가 없었다. 때문에 적 총수의 딸을 구한다는 것은 국론에 반하는 일로 고려군의 지휘관인 김취려로서도 이해를 구해야 할 사안이었다.

"장군님의 명이신데, 동료들도 기꺼이 따를 것입니다. 혹 계획이 있으시면 일러주십시오."

전쟁에서의 승리를 위해서는 장수와 병사의 신뢰가 절대적이다. 현각이 이끌고 있는 잡류별초는 그를 신뢰하여 모인 민병이었다. 그의 승낙은 부대원 전체의 승낙과 다름없었다.

"고맙네. 일의 성패야 여하하던 이로써 한시름을 덜었네."

 최고 지휘관과 수하 장교로써 믿음을 갖기로는 김취려와 현각의 사이도 다른 고려 병사들과 다르지 않았다. 현각은 지휘계통이 다른 별동대의 장수였지만 여러 차례 작전을 함께하는 동안 김취려와의 사이에 신뢰를 쌓았다.

"나무관세음보살. 이 모두 무상스님의 음덕일세."

 김취려는 불호를 외워 현각의 스승 무상스님을 기렸다. 무상은 용호군(龍虎軍) 낭장(郎將) 출신으로 무술에 능했고, 뜻한 바 있어 보조국사 지눌의 문하에 투신하여 무승들을 길렀다. 지눌은 선교양종(禪敎兩宗)에 두루 통한 대현으로 장차 나라에 큰 환란이 올 것을 짐작하고 무예승을 기를 것을 명했다.

"끝없는 윤회 속에서 고통스러워하는 게 중생이다. 벗어나는 일에 차별이 있겠느냐. 기왕에 성불을 위해 나를 버린 몸, 중생의 고통에 한 가지로 할 뿐이다."

 무상은 세속의 나이가 지눌에 크게 덜하지 않았으나 불문은 승랍(僧臘)을 가를 뿐이라 제자 됨을 주저하지 않았다.

"극락은 멀리 있지 않다. 마음에 합당하면 악귀나찰도 호법천왕이니라."

 지눌은 불교계의 세속화를 걱정하여 정혜결사(定慧結使)운동을 주도했다. 정혜결사는 정법불교의 복귀운동으로 명리(名利)의 도구가 된 당시의 불교를 성불도생(成佛度生)의 사명을 수행하는 본래의 불교로 돌리려는 대중운동이었다. 무상에게 무기를 허락한 것도 정혜결사의 일환으로 난세의 백성을 돕고자 하는 깊은 뜻의 발로였다.

"고려군 제일의 무장이 왜 출셋길을 버리고 중이 되어 고생을 하느냐고 물었지. 웃으시더군."

김취려의 무상에 대한 회상이었다. 현각은 얼핏 웃었다. 진리를 묻는 제자에게 스승은 그렇게 웃음으로 답했고, 현각은 어느새 흉내를 내고 있었다.

"가까스로 얻은 답이 무주상보시였네. 자만심 없이 온전한 자비심으로 남에게 베풀 때, 자신을 온전히 베풀 수 있다 하셨지."

오로지 자신을 버려 모든 이를 구한다는 무주상보시(無住相布施)는 지눌이 무상에게 준 화두였다. 무상은 이를 다른 이들에게 전했고, 약관의 장교였던 김취려에게도 차례가 간 것이었다.

"웬 뜬금없는 소리인가 하여 발끈했네. 시비꺼리를 화두로 알던 시절이라, 천둥벼락 같은 법문을 기대했던 것일세. 한심한 젊은 날이었네."

김취려는 나이 15세에 음서(蔭敍)로 조정에 나갔다. 그는 금오위 대장군 김부(金富)의 아들로 부음(父蔭)으로 교위(校尉)가 된 뒤 태자부견룡군(太子府牽龍軍)에 근무했다.

직무에 익숙해진 후 무상을 만났다. 고급 무관 출신으로 승과(僧科)에 상상(上上)으로 합격하고 중이 된 선배가 있다는 소문을 들은 탓이었다. 무상은 출가한 지 오래였지만 무관 시절 용호군의 무술사범을 겸했고, 불문 무예에 정통한 것으로 알려져 신출 장교들의 방문이 잦았다.

"약관의 보졸 시절이었지. 선배를 뵙는 예로 스님을 만났는데 무술 시합을 청하시더군."

견룡은 친위군으로 출세의 발판인 곳이었다. 김취려는 명문 출신으로 견룡에 들었고, 첫 벼슬 태자부 대정은 종9품의 무관직으로 보졸이 아니었다. 허나 무반의 세계는 서열이 엄격했고, 김취려의 성품이 또한 겸손하여 보졸을 칭하는데 거리낌이 없었다.
"한 수 배울 목적으로 찾아뵈었던 차라 고맙게 받아들였는데, 단단히 교육을 받았네. 언감생심, 겨룸이 될 수 없는 고수이셨어."
김취려는 십팔반무예를 옳게 배웠다. 무가의 자제로 어릴 때부터 병서를 읽어 무략을 익히고 무예를 연마했다. 최고의 교육을 받은 끝의 임관으로 무지렁이가 아니었지만 무상의 선장(禪杖) 일격을 받아내지 못하고 길게 몸을 눕혀야 했다.
"봉술을 겨루었네. 칼을 잡아도 좋다 하셨지만 봉술에도 자신이 있던 터라 봉을 들고 스님의 선장을 대적하려 하였지. 헌데 단 일 합을 견디지 못했네."
봉술은 살생을 금하는 불가의 사람들이 즐겨 배우는 무술이다. 찌르고 휘두르고 내리치고, 무예승(武藝僧)의 선장은 봉의 장점을 살리기에 가장 좋은 무기였다.
"자세를 잡았다 생각한 순간, 스님의 선장에 앙가슴을 찔렸네. 숨이 탁 막히는데, 인정을 두신 공격이 아니었다면 저세상을 헤맬 뻔 했네."
김취려는 가슴을 주먹으로 두드리며 실감 있게 설명했다. 현각은 웃음으로 맞장구를 쳤다.
"스승님의 찌르기는 일품이었지요. 소승도 몇 차례 매운 맛을 본 경험이 있습니다."
현각은 스승 무상에게 무술을 배우던 시절을 되새겼다. 무상은 적을 제압하는 수법의 으뜸으로 상처 없이 항복을 받는 방법을 가르쳤다. 선장으로 급소를 찌르는 것은 그 하나였다.
"급히 기합을 주시어 숨을 돌렸네. 엎드려 제자 되기를 청했지만 허락하지 않으시더군. 오히려 내 길을 인도해 주시는데…… 그때에 스님께서 주신 준엄한 꾸지람이 오늘의 나를 만들었네."
김취려는 길게 한숨을 내쉬었다. 그가 무상을 만나 깨달음을 얻었을 때 처음 내쉬었던 한숨의 회고였다.
무상은 진리를 청하는 김취려에게 말했었다.
"군은 명문가의 자제로 최고의 무예를 지녔으니 더할 곳은 없네."
"……"
"선조의 명예를 멍에로 지고 살았군. 자신에게 엄격하고 타인의 평판에 민감한 삶. 때문에 더할 수 없이 단단해."
"……"
"바늘이 들어가야 옷을 짓는데 바위처럼 단단하기만 해서야……. 남에게 관대하듯 자신에게도 관대해지게나."
무신이 집권하던 약육강식의 시대였다. 저마다 사병을 거느리고 있던 무장들은 집권자가 조금만 빈틈을 보이면 헤치고 들어가서 파탄을 냈다. 언제 배신을 당할지 모르는 시대라 각자 도생을 위한 경계가 필수였고, 이는 무가의 자제로 태어난 김취려에게도 해당이 되어 항상 칼날처럼 날카롭게 살아왔었다.
무상은 김취려의 표정이 변하는 양을 보며 자신의 이야기를 꺼냈다.
"출가 전 무인시절에 스승을 처음 뵈었을 때의 일이요. 무기를 고르라기에 선장을 들어 겨누었는데 찌를 곳이 없는 거요. 등이 활처럼 굽은 중 명색이 하나 눈앞에 있는 건 맞는데 도대체 적의가 일지 않아요. 한 차례 후려치면 날아갈 것이 자명한 약골이 나 잡아 잡수 하고 있는데 무기가 무슨 소용이겠소. 그래 버렸지. 버리고 거두어 주십사 했어요. 그때에 그러시더군. 기왕에 세상에 나왔으니 밥값이나 하고 가자. '하고 가라'가 아니고 '하고 가자'였지. 살고 죽고야 한 차례 인연이 스친 데 지나지 않는 것, 신세를 끼친 세상에 삯이나 치르고 가자는 뜻이라 따르기로 하였소. 얻은바 그대로를 전하니 헤아려 행하시기를."

무상을 처음 만났을 때의 일을 되새긴 김취려는 나직이 불호를 외웠다. 진정한 무인의 길을 찾았던 충격의 시간이었던 것이다.

"나무관세음보살"

현각도 합장을 하고 답례를 했다. 그도 스승 무상에게 들은 바가 있었기 때문이었다.

"사람에게는 나름의 본분이 있다. 하늘이 나를 내신 뜻이 어디에 있나 살펴 본분을 지키는 것이 인간으로서의 도리를 다하는 것이다."

현각은 무상의 오랜 제자였지만 수계를 받지 못했다. 수계는 구족계(具足戒)로 250계의 맹세와 16차(遮) 13난(難)에 저촉되는 일이 없음을 3사7증(三師七證)에 의해 인정받는 갈마(羯磨) 의식이었다. 현각은 어린 시절 사미계(沙彌戒)를 받았을 뿐으로 완전한 승려가 아닌 셈이었다.

스승 무상은 현각의 속세 인연이 다하지 않았음을 말하곤 하였다.

"너는 부모의 정을 받지 못한 터라 그 인과로 세속의 정망이 얕지 않을 것이다. 무슨 일이 주어지든 인연에 충실하도록 해라."

무상은 항마군에 나가는 제자에게 그렇게 교훈을 주었다. 현각은 어릴 때 전란에 휩쓸려 부모를 잃고 불문에 들었으므로 스승 무상은 길러준 부모이기도 했다.

"제자는 스님의 문하에 적을 두었습니다. 꼭 다시 돌아와 스님을 모실 것입니다."

머리를 깎았다지만 정식으로 수계를 받지 못한 제자는 하직 인사를 드리게 된 게 못내 서운하여 응석이 섞인 항의를 했다. 무상은 탄식을 할 뿐 답을 주지 않았다. 생리사별을 짐작했던 것이다.

"이 전쟁은 아마 더 큰 환란의 시작일 걸세. 마지막으로 뵈었을 때 무상스님은 '가없는 고통에 시달리는 중생을 구하기 위해서는 지옥을 마다하지 않는다'고 말씀하셨네. 나야 겨우 흉내나 내고 있을 뿐이지만, 스님은 반드시 이 혼돈의 세상을 끝내 주시게."

김취려가 작전도를 펼쳐 한 곳을 짚으며 말했다. 현각은 황급히 현실로 돌아왔다.

"강동성은 북문이 귀문일세. 우리 고려군은 이곳을 공격할 걸세. 다행히 몽골군은 선봉에 나설 생각이 없는 것 같네."

강동성은 산을 등진 토성이었다. 고려군이 서경(西京) 평양성을 수호하기 위해 쌓았던 작은 성으로 대군이 주둔할 만한 곳이 못되었다. 성내에 우물이 두 곳 있다지만 3만을 헤아리는 요군의 식수로는 태부족이었고, 식량과 땔나무에 이르러서는 말할 것도 없었다.

"제 동료 별초 중에 강동성 출신이 있습니다. 우리 부대에 선봉을 맡겨 주십시오."

악산에 연한 북문의 몇 마장 옆에 작은 문이 있었다. 성안의 오물을 처리하기 위한 문으로 공식적인 지도에는 보이지 않았다. 이른

바 시구문(屍口門)인데, 요군은 이 문을 통해 식량과 식수, 땔나무를 들였다.

"요왕 금시는 무도한 사람이 아닐세. 서신에 의하면, 포로로 잡은 성안의 고려 백성들이 해를 입지 않도록 조처했다 하네."

강동성으로 쫓겨 들어간 요군은 군인과 가솔을 합해 3만이 넘었다. 본시 유민들인지라 농성을 위한 군량의 준비 따위는 애당초 계획도 없었다. 김취려는 요군과 고려 백성들의 식량 거래를 눈감아 주어 한 가닥 활로를 남기고 있었다.

"이 문을 열어놓겠다 했네. 딸을 부탁한 후 성과 운명을 함께 할 속셈으로 보이네."

김취려는 현각의 눈을 정면으로 응시했다. 맡아 주겠느냐 하는 무언의 물음이었다.

현각은 군례를 올려 답에 대신했다. 사람을 구하는 일이고, 신뢰하는 상관의 명인데 어찌 따르지 않을 수 있겠느냐 하는 표시였다. 이미 밤이 늦어 날이 밝기까지는 두어 시진이 남았을 뿐이었다. 서둘러 군막을 나서는 현각의 등 뒤로 김취려가 말을 던졌다.

"그리고 이건 여담인데, 무술시합의 한 싸움을 맡아주지 않겠나?"

현각은 몸을 돌려 김취려의 다음 말을 기다렸다.

"무술시합 말인데, 장수들의 겨룸만으로 끝날 것 같지 않아. 승전 후의 여흥이라지만 위신이 걸린 겨룸이라 간단치 않을 걸세. 보졸과 장교의 겨룸도 반드시 있을 터, 변수가 많아 어찌될지 모르지만, 만약의 경우 한 싸움을 맡아 주시게."

현각은 다시 군례를 올려 명령을 받든다는 뜻을 보였다. 몽골군의 무예시합 요청에 숨은 뜻이 있음은 현각 역시 짐작하고 있는 바였다.
 막사로 돌아온 현각을 수하 별초들이 맞았다. 막쇠 박돌 큰손 삼매 등 백성 출신 별초들 속에 두 부장 최인로와 우명이 있었다. 최인로는 원수부에서 파견된 장교였고, 우명은 무예승으로 현각과 함께 항마군의 장교진에 속했다.
 군례를 갖춘 후 우명(愚暝)이 보고를 했다. 30대의 승려인 우명은 현각보다 승랍(僧臘)이 앞섰지만 스승 무상의 적전제자인 현각을 깍듯이 받들었다.
 "라평 쪽의 상황이 좋지 않습니다. 완안자연이 간세를 풀어 촌민들을 부축이고 있습니다."
 라평(蘿坪)은 신성(新城) 구아(拘牙)와 함께 삼등현에 속하는 부곡마을로 여진인들이 사는 곳이다. 강동현에 이웃한 삼등현은 고려 조정이 항복한 오랑캐들을 위해 마련한 특수지역으로 서북면병마사의 직접 통치를 받았다.
 "오매와 육매 두 아우가 매를 보내 소식을 전해 왔는데 흔들리는 사람은 없다 했소. 동진국이 여진인의 나라를 자처하고는 있지만 거란족 병사가 태반이라 따르는 여진인은 없다 하오."
 라평 출신 별초인 삼매가 동족을 변명하고 나섰다. 윤관장군의 완안부(完顔部) 정벌 때에 항복한 여진인의 후예인 삼매의 일족은 해동청 보라매를 잘 다루어 매사냥을 업으로 삼았다.
 "전통문이오."
 잘 길들인 해동청은 유력한 통신수단이기도 했다. 삼매는 작은 대나무통에서 비단 조각을 꺼내 현각에게 건넸다.
 고려 여진 모두 고유한 문자가 없던 시절이었다. 어려운 한문을 익히지 못한 삼매 형제들은 전통문에 자기들끼리만 알 수 있는 암호를 썼다. 현각은 작대기와 갈고리, 동그라미가 뒤섞여 기록된 천조각에 잠깐 눈길을 준 후 삼매에게 돌려주었다.
"형제들에게 동진국인들을 해치지 말라 하시오. 저들은 필시 소동을 일으켜 고려인들과 부락민을 이간질할 터이니 촌장에게 대비하라 하시오."
삼매에 이어 대장장이 막쇠가 보고를 올렸다.
"향산철을 두드려 창날 서른을 뽑았음다. 쇠가 더 필요함다."
막쇠는 대장장이 무리를 이끌어 무기를 만들었다. 막쇠의 패거리는 박달현 출신 농민들로 거란족의 한강유역 유린 때에 농기구를 버리고 별초에 들었다.
"원수부에 헌쇠를 더 달라하지요. 향산 싸움에서 노획한 거란족의 무기들 중에 쇠붙이가 붙은 게 아직 남아 있을 것입니다."
막쇠는 오십을 넘긴 나이로 현각 수하 별초들 중에서 제일 연장자였다. 현각은 어른을 대하는 공손함으로 막쇠에게 답변한 후 박돌과 큰손에게 얼굴을 돌렸다.
"두 분 행수동무님께 의논드릴 게 있습니다."
박돌과 큰손은 농민 출신으로 각기 전투원 10여 명씩을 거느리는 분대장급 별초들이다. 본래 행수는 조정에서 임명하는 장교급 관직이지만 현각은 나이가 많은 그들을 존중해 '행수동무님' 혹은 '아무개형님'으로 존칭해 불렀다.
"도행수님의 명을 기다립니다."
박돌과 큰손은 꾸벅 고개를 숙이며 한 목소리로 말했다. 무슨 의논이 필요한가. 명을 내리면 따를 뿐이라는 표시였다.

"실은 병마사공께 이런 부탁을 받잡고 왔습니다. 여러 동무님들, 모두 들어주시지요."

현각은 김취려에게서 부탁받은 사안을 설명하여 수하 별초들의 이해를 구했다. 대요수국 황실의 근본이 신라에 있다는 것과 사촌간인 공주와 왕자가 정혼한 사연, 그들을 공성전의 와중에서 구해 피신시켜달라는 부탁을 받은 사연을 세세히 설명했다.

"병마사공께서 특별히 부탁하셨다니 따라야겠지요. 모처럼 사람다운 일을 해보는 것도 괜찮을 듯싶습니다."

이야기를 들은 별초들은 모두 명을 받들겠다는 표시를 했다. 의견이 통일되었으니 작전을 짤 차례, 현각이 박돌에게 물었다.

"박돌형님 수하 중에 강동성 사람이 있었지요?"

"성내 마을에 가족을 둔 동무가 있습지요. 추수라고 젊은 애인데 성내 수비군의 하임으로 일하던 아이입니다."

박돌에 이어 최인로가 답했다.

"강동성 수비군이었던 강금인도 제 수하에 있습니다."

현각은 두 사람에게 감사를 표한 후 박돌과 큰손에게 명을 전했다.

"오늘밤 저와 함께 성으로 들어갑니다. 추수와 강금인에게 길안내를 부탁하기로 하지요."

박돌과 큰손이 거느린 별초들은 척후와 정보 수집을 전문으로 하는 부대였다. 그들은 명령을 받들어 별초들을 풀었다.

제2장 강동성

 강동성은 흙벽돌을 쌓아 만든 토성으로 둘레 5759척의 작은 성이다. 서경인 평양성을 수호하는 지성의 하나로 북으로 대박산(大朴山)에 의지하고 남으로 수정천(水晶川)이 흘렀다. 대요수국의 왕 야율금시는 고려군에 쫓겨 성으로 들어간 후 대대적인 개축으로 성벽을 높여 고려와 몽골, 동진 연합군의 공세를 견디어 내었다.

 1218년(고종 5) 12월에 시작된 공성전은 넉 달여 동안 이어지고 있었다. 포위군은 성벽을 따라 넓이 10척의 도랑을 파고 물을 채워 성을 봉쇄했다. 고립된 성에 넘치도록 많은 유적들이 들어갔으니 식량이 부족할 것은 자명한 이치, 굳이 병력을 동원한 싸움으로 손해를 자초할 필요가 없다는 작전이었다.

 싸움다운 싸움이 전혀 없었던 것은 아니었다. 처음의 며칠 연합군은 누차(樓車)와 운제(雲梯), 투석기(投石機), 연노(連弩)등의 공성무기를 동원하여 성을 공격했으나 성과를 얻지 못했다.

 누차는 수레 위에 망루를 설치하여 적의 성이나 진지를 내려다보며 활을 쏠 수 있도록 만든 공성전용 전차이고, 운제는 수레 위에 둘 이상의 사다리를 설치하여 접었다 폈다 하며 성에 기어 올라갈 수 있게 만든 도구이다. 투석기와 연노는 큰 돌과 화살을 쏘아 보내는 장치를 말하는데, 이상의 장비들은 이 무렵의 전쟁에서는 필수 무기로 고려와 몽골, 동진국의 군대가 모두 운용하고 있었다.

 포위군은 투석기로 성벽 일부를 부수고 누차와 운제를 전진시켜 공격에 나섰다. 몽골군은 본래 기병전이 장기였지만 서하와 금나라를 공격하며 공성전을 배웠다. 때문에 보잘 것 없는 토성이라고 쉽게 생각하고 동맹군인 동진국군을 앞세워 공세를 펼쳤지만 초전부터 큰 낭패를 보았다.
 요군은 군민이 함께 한 총력전으로 연합군의 공세를 견뎌냈다. 사실상의 유적인 대요수국의 무리는 지난 3년여의 시간 동안 고려국의 여러 성을 함락시키고 촌락을 불태운 죄과가 있어 패전의 결과를 스스로 알고 있었다.
 소나기 퍼붓듯 쏟아지는 화살의 엄호 속에 병사들이 성벽을 기어오르기 시작했다. 수성군은 활을 쏘고 돌을 던지고 끓는 물을 퍼부었다. 남녀노소 모두 나서서 사력을 다한 수성군에게 연합군은 큰 손해를 보았다.
 강동성의 요군이 만만치 않다고 본 연합군은 장기전으로 돌았다. 성벽을 따라 도랑을 파서 대동강 물을 끌어들여 해자를 만들고, 화살의 사거리가 닿지 않는 먼 곳에 군영을 설치하여 성을 봉쇄했다. 포위된 성안의 유민은 3만 이상, 식량이 떨어져서 자멸하기를 기다리는 작전이었다.
 지난 넉 달여의 포위전 중에 가장 고심이 컸던 세력은 고려군이었다. 도움을 자청하고 고려 땅에 진입한 몽골군과 동진국군은 요군 못지않게 난폭한 군대였다.
 유목민의 군대는 약탈이 생활화되어 있어 전쟁터에 군량을 지참하는 일이 없었다. 특히 몽골군은 보름 먹을 육포를 말 등에 싣고 전쟁터에 나서기로 유명했다. 이른바 정복지에서의 현지조달인데, 근본부터 야만족인 몽골군과 동진국군을 먹이고 입혀 백성들에게 피해를 끼치는 일을 막는 것은 고려군의 책임이었다.
 대요수국 유적들의 침입 후 3년, 국토의 중북부를 유린당한 고려는 전비를 부담할 형편이 못되었다. 더구나 영토 안에 외국군이 들어와 있다는 사실 자체가 암 덩어리로 조정의 근심이 클 수밖에 없었다. 몽골군 1만과 동진국군 2만에 고려군 2만을 포함한 5만 대군을 먹이는 일도 부담이 되었지만, 언제 말머리를 돌려 적으로 변할지 모르는 야만족의 군대가 동맹군이라는 점이 더 큰 문제였다.

당시의 고려는 무신정권 시대로 당대의 집권은 최충헌이었다. 권신 이의민을 척살하고 정권을 장악한 최충헌은 문무를 겸전한 사람으로 난폭한 독재자가 아니었다. 그가 이끄는 고려 조정은 몽골군이 욱일승천의 기세로 중국대륙을 침범하고 있다는 사실을 잘 알고 있었다.

최충헌은 조정의 원로들과 의논을 가져 연합군을 표방하고 고려 땅에 들어온 몽골군을 순조롭게 돌려보낼 방법을 찾았다. 기왕의 거란족 침입에 원하지 않은 몽골군의 외원이니 나라의 명운이 걸린 난리라 고려 조정의 고심은 컸다.

조충과 김취려의 서북면원수부에 지병마사(知兵馬事) 한광연(韓光衍)을 비롯한 십장군(十將軍)이 이끄는 경군(京軍)이 급파되었다. 조정은 경군에 신기(神騎), 대각(大角), 내상(內廂)의 별무반 정예를 더해 서북면원수부에 힘을 실어 주고 상황에 맞추어 대처하도록 대몽 외교의 전권을 주었다.

몽골을 상대하는 외교전의 전권을 일선 사령부에 준 결정의 이면에는 최충헌의 김취려에 대한 깊은 신뢰가 있었다. 강동성의 전투가 있던 1219년 최충헌의 나이 70세, 그는 강동성 전역이 끝난 이해 말에 죽지만 아들 최우에게 김취려를 중용하여 국토의 방어를 맡길 것을 유언으로 남겼다.

김취려는 아들을 묘향산전투에서 잃은 몸으로 요군의 개경 공격 때에 후군병마사로 참전하여 화살을 맞았는데, 최충헌은 의원을 보내 치료토록 하고 친히 병상을 방문하여 위로했다. 그때에 병상에서 나눈 늙은 재상과 중년 장군의 대화는 이후 고려군이 이적들을 물리치는데 지침이 되었다.

1219년 3월, 봄이라지만 아직 눈발이 날리는 속에 강동성 공성전의 마지막 날이 밝았다. 성의 남문에서 동남문까지는 완안자연(完顔子淵)의 동진군이 맡고, 동문 이북은 고려군이 맡았다. 몽골군은 싸움의 뒷전에 물러나 있었는데, 이는 몽골군이 도시를 공격할 때의 전통이었다.

몽골군은 항병이나 동맹군을 공성전의 선봉에 세우고 감군(監軍)을 배치하여 싸움을 재촉했다. 전투가 무르익어 적이 패색을 보일 때 출동하여 전과를 거두는 작전으로 몽골 본군의 손해를 최소한으로 줄이는 효과가 있었다.

김취려는 신기(神騎)의 정병을 맡아 공성전의 선봉에 섰다. 주장인 조충이 지키는 본영은 군령을 전달하고 군사 행정을 담당하는 부대 내상(內廂)이 돕고, 부장 격인 한광연에게는 중노(重弩)를 다루는 대각군(大角軍)이 배치되어 동문을 공격하는 임무가 맡겨졌다.

고려군은 기병(騎兵)인 신기군을 악산(惡山)에 연한 북문에 배치하여 보병과 함께 성을 공격하는 파격적 전술을 선보였다. 보병이 성벽의 얕은 곳을 택해 사다리를 걸치고 나무판을 깔면 신기군이 말을 탄 채로 성벽을 뛰어넘는다는 작전이었다.

동진군의 투석기와 연노가 공성전의 시작을 알렸다. 금나라의 반란병인 동진군은 송나라와의 오랜 전쟁으로 공성전에 능했다. 투석기의 집중 공격으로 허물어뜨린 성벽을 향해 누차가 접근해 화살을 날리고, 운제가 사다리를 걸쳤다. 연노부대의 엄호 속에 보병들이 성벽을 기어오르기 시작했다.

대요수국군은 동진군과 같은 금나라 출신의 군대가 주축이었다. 성을 지키는 방법에 능해 군민이 합심하여 화살을 날리고 돌을 던졌다. 투석기에 의해 허물어진 성벽은 미리 준비한 흙 포대로 막았다.

동이 트기 전에 시작한 동문 공략은 피가 튀고 살이 터지는 싸움 끝에 해가 중천에 오르면서 끝났다. 동진국군의 지휘관인 완안자연은 북문의 김취려로부터 적이 항복했다는 급보를 받고 군사를 물렸다. 고려의 신기군이 성벽을 넘어 적의 수뇌부를 쳐서 자칭 황제인 야율금시의 항서를 받았고, 이에 반발한 야율함사가 무리를 이끌고 도주 중이어서 고려의 기병이 추격하고 있다 하였다. 성에 백기가 오르고 성문이 열린 건 다음 순서였다.

고려의 정예 마병 신기군은 보병이 깔아놓은 널판을 발판삼아 성벽을 넘었다. 신기군의 성벽 돌파와 함께 보병이 쏟아져 들어갔고, 지켜보던 몽골 감군의 수하들도 고려군을 뒤따라 성벽을 넘었다.

성문이 열리면서 항서를 받든 요군의 사자를 선두로 유민들이 몰려나오기 시작했다. 피아 모두 적지 않은 인명이 살상된 끝에 거둔 전과였다.

성벽을 뛰어넘은 고려의 신기군 속에는 현각과 큰손, 막돌이 이끄는 잡류별초의 정예가 있었다. 그들은 성벽을 넘은 후 차림새를 바꾸어 요나라의 유민이 되었다. 변복한 별초군들은 유민들을 이끌고 성문으로 몰려나왔다.

김취려의 고려군에 배치된 몽골 감군(監軍)의 수장은 예꾸(也古)였다. 몽골의 직제에서 감군은 다루가치에 속했는데, 다루가치는 본래 정복한 땅의 행정관 성격으로 마련된 직제였지만 때로는 상임(常任)이 아닌 특수사명을 맡기도 했다. 예꾸는 대칸의 동생 카사르(哈撒兒)의 아들로 칸의 수호대인 케식텐의 장교이기도 하여 감군의 중임을 맡았다.

총공격의 하루, 예꾸와 그를 보좌하는 탕꾸(唐古)는 순식간에 변화하는 전황에 대처하느라 경황을 잡지 못했다. 예꾸가 배치한 척후들과 김취려의 참모들은 쉴 새 없이 보고서를 보내 왔다. 전황을 요약하여 카치운과 살리타이의 본군에 전하고, 개문된 강동성의 북문을 통해 쏟아져 나온 유민들을 다스리도록 고려군에 청하는 등으로 예꾸는 바쁘게 돌았다.

"요국의 황제 금시가 항서를 보내왔습니다. 사자를 맞으시겠습니까?"

"적의 주장인 야율함사가 가황제 금시와의 다툼 끝에 항복을 거부하고 성을 탈출했습니다. 고려의 신기군이 쫓고 있지만 그가 기병을 이끌고 있어 역부족입니다. 원군을 보내 주십시오."

예꾸는 몽골의 황족이지만 소위 황금 씨족이 아니었다. 부친 카사르(哈撒兒)는 대칸의 동생으로 권력을 탐하다가 추방된 적이 있었고, 그 후예인 예꾸는 가문의 명예를 되찾으려는 욕심이 강했다.

예꾸는 금시의 사자를 맞아 격식에 맞는 군례를 베풀고 항서를 받았다. 부장 탕꾸와 김취려가 붙인 고려군 장교 김경손이 예꾸를 도왔다.

"칸께서 친히 보내신 장군이신데 적의 항서를 받는 데 예의가 없어서야 되겠습니까? 진부를 확인하신 후 원수부에 보내시지요."

고려군 장교 김경손의 조언이었다. 적의 주장 함사의 탈출로 마음이 다급한 예꾸였지만 전장의 예의라는 데 승전한 군대의 장수로서 피할 수 있을까. 탕꾸가 글을 읽을 줄 알아 항서를 대독했다.

'이제 대국의 군대를 맞아 죄를 청하오니…'로 시작되는 항서 낭독이 끝나고 대요수국의 국새를 확인한 후에야 예꾸의 다음 행동이 이루어졌다. 그는 사자를 본대에 보내 항서를 전하게 하고, 함사의 탈출을 알렸다.

"항서는 종잇장에 지나지 않아. 긴급히 함사의 탈출을 보고하고, 나머지 무리를 추격해야 해."

탕꾸가 채근했다. 황족에 대한 예의로 부장을 자처하고 있었지만 탕꾸와 예꾸는 칸의 친위군단 케식텐(怯薛)의 백호장으로 직급이 같았다. 3년 연상인 탕꾸가 전쟁 경험이 월등히 많았는데, 몽골군 지휘부는 고려군사령부의 감독이라는 막중한 임무에 황족을 배려하는 한편 가장 침착한 장교를 붙여 실수에 대비했다.

"고려인들은 처세에 밝고 잔꾀가 많아. 눈에 보이는 상황이라고 무조건 사실로 받아들이는 건 금물, 우리가 고려군의 감시역으로 중용된 이유를 새겨야 해."

몽골의 두 감군은 각기 수하를 나누어 패잔병 추격에 나섰다. 일찍이 몽골군에 항복한 고려 북계 인주(麟州)의 도령(都領) 홍대순이 보낸 고려인들이 길안내를 맡았다.

강동성 북문 밖은 대박산(大朴山)의 줄기로 산세가 험했다. 성문을 나선 유민들은 몽골과 대진국의 기병이 쫓아올 수 없는 산길을 택해 사방으로 흩어졌다. 예꾸의 항의를 받은 고려군이 대처에 나섰지만 상황은 걷잡을 수 없이 변했다.

 현각은 유민의 일파를 인도하여 산길을 걸었다. 신기군의 선봉으로 성벽을 넘은 현각은 미리 준비하고 있던 유민의 일단을 만나 북문을 빠져나왔고, 몽골군이 배치한 감군의 눈길을 피해 산길로 접어들었다. 요소마다 강동성 출신 잡류별초들을 배치해 인도를 받았으므로 수월한 탈출이었다.

"두 분 아버님을 죽음에 몰아넣고 살아남다니, 이게 무슨 도리입니까?"

 유민 가운데 강하게 항의하는 목소리가 있었다. 야율함사의 아들 야율금후(耶律金侯)였다. 유목민인 거란족은 아이가 태어나면 말을 배우기 시작할 무렵부터 승마와 활쏘기를 가르쳤다. 열세 살인 금후는 이미 한 사람의 전사로 승마에 익숙하고 병장기를 익숙하게 다루었다.

"지금은 불평할 때가 아닙니다. 어떻게든 살아남아 후일을 기약해야 합니다."

 호위역을 맡은 60대의 노장군 진화(秦樺)가 달랬다. 그는 대요수국 황제 금시의 친위대장으로 소문난 전사였다. 금시는 진화에게 야율씨의 성을 하사하고 자신의 딸 야율금청(耶律金靑)과 딸의 정혼자인 야율금후의 호위를 맡겼다.

"서둘러야 합니다. 이미 몽골군의 추적대가 떴다 합니다. 대산사(臺山寺)에 우리 항마군이 있을 터, 요기를 하고 동계 쪽으로 빠져나가도록 하십시다."

 현각이 진화의 말에 힘을 보탰다. 강동성은 대박산의 한 줄기를 의지하여 지어진 성으로 그들은 정상인 봉악(鳳岳)을 돌아 건너편 환희산(歡喜山)에 있는 대산사를 바라고 이동하는 중이었다.

"적이 오면 한 바탕 싸울 뿐, 웬 겁이 그리 많소? 고려인은 원래 그러하오?"

금후는 현각이 거란족의 말을 이해하는 걸 알고 계속 시비를 걸어왔다. 유목민의 아이들은 일찍 자란다. 더구나 전란 속의 열세 살 사내아이였다. 앳된 얼굴에 몸집만 커다란 소년 전사 금후는 목소리를 높였으나 현각은 못들은 양하고 길을 재촉했다.

현각의 귀에 요국 황제 야율금시의 금지옥엽(金枝玉葉) 야율금청이 금후를 달래는 소리가 들렸다.

"황상의 부탁을 잊으셨습니까? 두 분 아버님이 자기를 희생하여 우리를 살리려 하신 뜻은 황통이 끊이지 않게 하려는 데 있음을 명심하세요."

현각은 너무 빨리 어른이 되어버린 두 청소년의 대화에 씁쓸히 웃었다. 어린 연인들이 나눌 성질의 대화가 아니었기 때문이었다.

"몽골군의 움직임이 심상치 않습니다. 대산사에 몽골군의 깃발이 보입니다."

잡류별초의 척후가 긴급한 보고를 해왔다. 대산사가 이미 점령 되었다면 이후의 행로가 난감하다. 길은 외길인데 적이 기다리고 있는 격, 다행히 이어서 달려온 대산사 스님의 보고가 현각의 고민을 풀어주었다.

"적은 20여기의 마병입니다. 대산사의 식량을 약탈하고 있습니다."

현각 일행의 탈출로를 막고 기다리는 복병은 식량을 약탈하러 출동한 몽골군의 한 지대였다. 전투가 한창일 때 보급에 나섰다면 정예는 아닐 터, 필시 동진국의 항병일 거라고 짐작한 현각은 정면 돌파를 결심했다.

"단 1기도 놓쳐서는 안 됩니다. 공격이 시작되면 내응을 부탁합니다."

전령으로 온 스님은 현각의 수하 잡류별초의 하나인 무승 우명(愚暝)이었다. 우명은 현각과 함께 무상의 문하에서 무예를 배운 인물로 사형 격이었지만 스승의 적전제자인 현각을 존중하여 명을 받들었다.

"나무관세음보살."

우명은 합장을 하고 불호를 왼 후 산속으로 사라졌다. 호국불교의 나라 고려의 승려들은 자신과 중생을 아울러 지킬 만큼의 무술을 지니고 있었으므로 대산사의 대중들은 큰 힘이 될 터였다.

"아버님이 이들을 믿고 따르라 하지 않았어요? 수모를 참을 줄 알아야 대장부입니다."

야율금청이 정혼자를 달래는 소리였다. 낮고 침착한 목소리에 눈빛이 깊다. 남장을 하였지만 타고난 기품은 감출 수 없는 법, 금청의 목소리에는 유목민의 공주다운 성품이 드러나 있었다. 금후는 고개를 숙여 받들겠다는 표시를 해보인 후 서둘러 현각을 뒤따랐다.

전날 밤 김취려로부터 이야기를 들은 현각은 최인로와 박돌, 큰손을 거느리고 시구문을 통해 성에 잠입하여 금시와 함사를 만났다. 강동성 원주민 추수와 수비군 출신으로 성 안팎의 지리에 밝은 강금인이 길 안내를 맡았다.

"이리로 식량을 전합니다."

성안에는 요군에게 잡힌 고려 백성들이 있었다. 김취려는 백성들의 안위를 걱정하여 식량의 거래를 묵인했다. 시구문은 강동성의 구명줄이었다.

추수가 돌을 던져 성안으로 신호를 보냈다. 시구문이 빼꼼 열렸다. 현각은 지체 없이 성안으로 들어갔다. 현각 일행을 맞은 고려 백성들의 선두에 요군의 늙은 장수 진화가 있었다.

"대요수국 친위대의 진화요. 황상께서 기다리고 계시오."

현각은 진화의 안내로 야율금시와 야율함사를 만났다. 대요수국의 황제와 승상인 두 사람은 각기 딸과 아들을 거느리고 있었다.

"내 딸과 승상의 아들이오. 특히 이 아이 야율금후(耶律金侯)는 천성제(天成帝)가 남기신 일점혈육으로 승상의 양자요. 대요의 남은 뿌리이니 이 아이들을 부탁하오."

천성(天成)은 대요수국의 전 황제 금산의 연호다. 따라서 야율금후는 대요수국의 정통 후계자인 셈인데, 아직 어린 탓에 현 황제 금시가 임시변통으로 황제의 위에 오른 것이다. 스스로 가황제를 칭한 금시는 조카 금후에게 승상 함사를 양부로 모시게 하고 딸을 주어 다음 대의 명목을 정했다.

"김취려장군에게는 이미 부탁을 드렸소. 이 아이들을 고려 땅의 한 백성으로 자라게 해주시오."

함사가 어린 정혼자들을 현각에게 인사시켰다. 대요수국 황제의 딸과 승상의 양아들이 열다섯 살과 열세 살의 나이답지 않게 정중히 예를 차렸다. 현각은 합장하여 두 정혼자의 인사를 받았다.

"본시 우리 대요수국이 고려 땅으로 들어온 이유는 전란을 피해서였소. 헌데 고려국의 백성들에게 엄청난 피해를 끼쳤으니 무슨 말을 한들 사죄가 될까마는, 이 아이들을 고려백성의 종복으로나마 거두어 죄의 값에 만분의 하나라도 당하게 해주시오."

 금시가 새삼 예를 차려 현각을 비롯한 고려군 별초들에게 청을 드리고, 함사를 비롯한 대요수국의 중신들이 일제히 허리를 굽혔다. 현각은 수하 별초들을 대표하여 반례를 한 후 탈출 방법을 제시했다.

 "성을 나설 때가 문제입니다. 몽골군의 의심을 사지 않고 출성할 방법을 의논해 보시지요."

 한두 명이라면 야밤의 어둠을 틈타 성을 나갈 수 있을 테지만 몇백 이상을 헤아리는 유민 무리를 이끈 탈출이라면 쉬운 일이 아니었다. 고심 끝에 패전으로 성문을 열 때 유민을 대규모로 출성시켜 혼란을 일으키고 그 틈을 타서 임기응변하기로 결정을 내렸다.

 전투가 시작되고 강동성 북문을 향해 고려군이 쇄도해 들어갔다. 산에 연해 성벽이 낮은 곳을 집중 공격한 고려군 보병이 시석을 무릅쓰고 널판을 깔아 길을 만들었고, 고려군 신기군은 널판 위로 말을 달려 성벽을 넘었다.

 신기군을 뒤따라 성벽을 넘은 몽골의 척후병들은 아쉽게도 공을 세우지 못했다. 성벽 너머에서는 요군의 궁수들이 시위에 살을 매겨 겨누고 있었다. 화살 세례를 받은 몽골 병사들은 착마(着馬)에 실패하고 요군에게 살해되었다.

 전날 밤의 의논 후 현각은 최인로와 추수, 강금인을 성안에 남겨 요군을 돕도록 했다. 몽골의 감군이 지켜보고 있는 마당에 의심을 사지 않고 성벽을 돌파하기 위해서는 실전에 준한 연극이 필요했고, 이를 위한 작전과 장치를 마련하기 위해서였다. 얕은 곳에 널판을 걸쳐 뛰어넘는다지만 성벽의 높이는 10척이 넘었고, 말이 착지할 곳에 장애물이 없어야 할 것은 필수였다.

 몽골의 감군 예꾸와 탕꾸는 고려군의 분전과 성의 함락, 적 총수가 항복하는 상황을 시종 감시하고 본대에 전했다. 고려군과 함께 성벽을 넘은 척후가 모두 죽임을 당하고, 요국 사신의 항서를 받는 데 시간을 빼앗기는 등의 못마땅한 일들이 있었지만 임무를 완수하는 데는 막힘이 없었다.

 북문을 통해 쏟아져 나온 요나라의 유민들은 대박산의 험악한 산세에 의지하여 몸을 감추었다. 사방으로 흩어진 무리들 속에 야율금청과 야율금후가 있었다. 평범한 유민으로 변장한 두 정혼자는 진화가 이끄는 시종들의 호위를 받아 현각을 뒤따랐다.

 "대산사에서 불길이 오르고 있습니다."

 선발대로 달리던 별초가 긴급히 보고를 올렸다. 이어서 달려온 척후는 이미 전투가 시작되었음을 알렸다.

 "몽골군이 불을 질렀습니다. 대산사의 스님들이 여러 분 희생되셨습니다."

 현각은 진화에게 유민들을 당부하고 수하 별초군을 이끌어 내달렸다.

 대산사는 대각산에 이어진 환희산에 지어진 절로 석가모니불과 단군성조를 아울러 모신 유서 깊은 대찰이었다. 주로 교종에 속하는 노스님들이 학승을 길렀는데, 보급부대라지만 몽골군은 훈련받지 못한 스님들이 상대하기에는 너무 강한 적수였다.

 현각은 별초들을 이끌어 멀리 대산사가 보이는 곳에 도착했다. 노스님 한 분이 몽골병사에게 쫓기고 있었다. 현각은 급히 등 뒤의 활을 내려 살을 매기고 시위를 당겼다. 사거리가 긴 아기살(片箭)이었다.

 아기살은 큰 화살의 길이만큼 자른 대나무 통을 궤도로 삼아 발사하는 작은 화살이라 이 이름이 붙었다. 사거리가 길고 정확성이 높았으나 살상력이 약해 살생을 즐기지 않는 불문 무예승들이 즐겨 썼다. 전란 중의 금나라에서 개발되었으나 잊혀진 것을 고려가 이어받아 개량한 신무기로, 현각은 특별히 작은 활을 만들어 입수 초기부터 익혀 왔다.

 노스님을 해치려던 몽골병사는 목덜미에 아픔을 느끼고 고개를 돌렸다. 그의 눈에 폭풍처럼 달려오는 요나라 사람들이 보였다. 현각은 수하 별초들을 요의 유민으로 변장시켜 몽골 감군의 눈길을 피하게 했다.

 노스님을 구한 현각은 수하 별초에게 구완을 맡기고 대산사의 경내로 내달았다. 불길은 본전을 위협하고 있었고, 몽골병사들은 불을 끄려는 스님들에게 마구 칼을 휘둘렀다.

 촌각을 다투는 위기 속에 도착한 현각의 별초군은 항마군 본래의 의무를 다해 마구니들을 저세상으로 보냈다. 몽골군 약탈병들은 금나라의 항병이 주축이 된 보급부대로 별초군의 상대가 아니었다. 몇몇이 도망을 쳤지만 별초군의 추적을 피하지 못했고, 때마침 뒤따라온 요국 유민들의 도움으로 도륙이 되었다.

 유민들의 선두에는 야율금후가 있었다. 몸집만 어른인 이 소년장수는 무리의 앞장을 서서 도망치는 몽골군을 쳤다. 현각은 금후가 몽골 병사를 주살하는 광경을 보고 눈살을 찌푸렸다. 온정이 없는 칼질이라 고수의 자세가 아니었던 것이다.

 금후의 칼은 찌르고 휘두르기에 빈틈이 없었다. 요군 장교의 기본 병기인 반월도를 썼는데, 단 한 칼로 몽골 병사들의 급소에 치명상을 안겼다. 현각은 빼어난 무예에 비해 지나친 살기라고 보고 금후를 막았다.

 "이만한 희생자를 냈으니 몽골군 지휘부가 가만있지 않을 것입니다. 서둘러야 합니다."

 대산사의 승려들은 유민들의 도움을 받아 불길을 잡았다. 본전을 지키는데 성공한 승려들은 유민들에게 식사를 제공하고 고려인의 옷을 주었다. 넉 달 여의 포위전으로 굶주렸던 유민들은 다투어 음식을 먹은 후 고려인의 복장으로 갈아입었다.

 "우명 사형이 수고를 해주셔야겠습니다. 이 시주님들을 월정사에 머물게 하세요. 현정 사형이 준비를 해두셨을 것입니다."

 오대산 월정사는 신라시대 자장율사가 창건한 이래 500년을 이어온 큰 절이었다. 월정사에서는 동문 현정(玄靜)이 일단의 무예승을 이끌고 있었다. 현각과 우명, 현정은 무상스님의 문하에서 함께 무술을 배운 사이로 사형제의 인연이 있었다.

 "두 분 시주님은 사형과 함께 동계로 가십시오. 소승은 난이 수습된 후 뒤따르겠습니다."

 현각은 야율금청과 야율금후에게 당부한 후 급히 고려군 본진으로 돌아갔다. 김취려에게 상황을 보고하고, 다음 행보를 결정할 생각이었다. 김취려에게 부탁받은 무술 겨룸이 마음에 걸려서이기도 했는데, 스승 무상스님의 말씀이 떠오른 탓이었다.

 "고려는 고구려의 맥을 이은 나라이다. 고구려가 중국 땅의 나라들과 자웅을 겨루던 시절, 고구려인은 사람마다 적의 몇 몫을 하곤 했다. 싸움이 나면 기세부터가 고구려의 승리였다. 품격이 달라 감히 넘보지 못했던 거다. 우리가 고려 땅의 소출을 먹고 사는 불자로 무엇을 해야 하는지, 깊이 살피도록 해라."

내 백성을 편히 살게 하지 못하는 불법이 무슨 소용이겠느냐? 강한 힘으로 무장하고 있으면 적이 넘보지 못한다. 무상스님의 말씀하시는 뜻이었고, 고려 승려들이 가진 호국불교 사상의 뿌리였다.

현각은 김취려가 몽골인들의 무례한 무술시합 제안을 받아들인 이유도 같다고 보았다. 중이거나 군인이거나, 백성에 뿌리를 두고 백성이 거둔 양식을 나누어 먹는 것은 마찬가지로, 백성을 편히 살도록 하는 데 존재 이유가 있는 것이다. 김취려는 고려인의 품격을 가르쳐 감히 넘보지 못하게 할 생각으로 야만인들의 무술시합 제안에 응했을 것이었다.

"그들을 구했습니다. 별초군의 인도로 동계의 오대산을 바라고 이동하고 있습니다."

고려군 원수부에 보고를 올렸을 때, 김취려는 뜻밖의 말로 현각을 경악에 빠트렸다.

"몽골의 감군이 병사들을 이끌고 추적에 나섰네. 두 갈래로 병력을 나누어 출발했는데, 우리의 의도를 간파한 듯싶네."

몽골군은 백호장 아래 80명 단위의 중대급 부대를 준다. 몽골 감군 예꾸와 탕꾸는 케식텐 출신 간부라 동원된 병력은 200기 이상일 것이었다. 두 갈래로 나뉘었다지만 요나라 유민의 호위를 맡은 별초군에게는 감당하기 어려운 상대였다.

현각은 선걸음에 말머리를 돌렸다. 고려군이 요군의 청을 받아 유민 일부를 피신시킨 게 몽골군에 알려지면 동맹이 깨진다. 침략의 명분을 주는 격이라 서둘러야 했다.

불길한 예상은 사실로 드러났다. 탕꾸군은 대산사에 들려 승려들을 채근했다. 불탄 건물들의 자취를 숨길 수 없어 요국 유민들의 핑계를 댔지만 탕꾸는 속지 않았다.

"이 방면으로 출동한 우리 정탐 병력의 소식이 끊겼어. 절이 불탄 건 그들의 솜씨겠지. 소동을 벌인 후 어디로 갔을까? 나머지 건물을 보존하고 싶으면 바른대로 이야기해."

승려들은 거짓말에 서툴다. 이미 저세상으로 보낸 사람들의 행방을 묻는데 무슨 말을 할까. 때마침 탕꾸의 수하 병사가 전투의 흔적을 찾아내 보고를 올렸다.

"우리 군사의 사체가 있습니다. 도망치다가 당한 것 같습니다."

사찰의 경계 밖에서 요국 유민에게 죽은 몽골군의 시체가 발견된 것이다. 증거를 찾은 탕꾸는 승려들을 협박했지만 입을 여는 이가 없었다.

분노한 탕꾸는 절을 불태울 것을 명령했다. 승려들의 반항으로 다시 전투가 시작되었다. 허나 이번의 적은 앞서의 식량징발부대와는 격이 다르다. 몽골의 정규병으로 이루어진 탕꾸군에 승려들은 속절없이 희생되고, 유서 깊은 명찰 대산사는 불길에 휩싸였다.

"예꾸 장군께서 요나라 군사의 잔병을 발견하고 추적중이라 합니다."

고려인 향도의 보고였다. 탕꾸의 부대에는 고려의 역신 홍대순의 부하가 앞잡이 노릇을 하고 있었다. 동계와 북계의 여러 고을에서 수비군을 지휘했던 홍대순은 지리에 밝아 몽골군의 선두에 섰다.

"야율함사의 요군은 이미 격파되었습니다. 부원수께서 친히 추적병을 지휘하여 함사의 목을 벴다 합니다."

때마침 전해진 승전 소식이었다. 몽골군 지휘부는 고려군을 믿지 않았다. 요소마다 복병을 심어 동맹군의 동향을 살피던 카치운(哈眞)과 살리타이는 요군의 주력이 항복한 황제 금시를 따르지 않고 탈출했다는 보고를 받았다. 즉각 추적에 나선 몽골군은 어렵지 않게 적장 함사의 목을 얻었다.

길보에 고무된 탕꾸는 예꾸의 잔병 추적에 참여할 것을 결정하고 고려인 향도에게 길 안내를 명했다.

"우리가 쫓고 있는 무리가 요적의 마지막 잔병이라는 이야기군. 금시의 딸은 어디쯤에 있을까?"

"강동성 북문을 통한 탈출이라면 압록강을 바라고 북행하는 길이 최선입니다. 그 길을 택한 함사의 무리가 북로 가도에서 잡혔는데 왕녀 일행의 종적이 없다하니, 길을 나눈 듯합니다. 동계의 산길을 관통해 남쪽으로 가려는 듯싶은데, 동계 남로는 길이 하나, 철령(鐵嶺)을 경계로 삭방도와 강릉도가 갈립니다. 도망치는 무리라 이미 점령된 삭방도를 피하려 할 터, 강릉도를 바라고 남으로 가는 길밖에 없습니다. 먼저 갔다하나 하룻길이라 이내 잡을 수 있습니다."

고려인 향도의 장담은 추적 반나절 만에 사실로 확인되었다. 병력을 나누어 출발했던 예꾸가 전령을 보내 소식을 전해 왔다.

"요나라의 왕자와 공주가 포함된 일군을 발견하고 추적중입니다. 대병이 아니니 응원하지 않아도 좋다 하셨습니다."

요나라의 왕자와 공주가 포함된 잔병이라면 노획물이 많을 터, 공로를 독차지하려는 예꾸의 젊음을 가소로워하며 탕꾸는 추적을 명했다.

"앞장서라. 따라잡는다."

 다시 반나절을 추적 끝에 탕꾸는 몽골군의 함성소리를 들을 수 있었다. 몽골군은 작은 하천을 사이에 두고 요군과 공방전을 벌이고 있었다.

 탕꾸는 부하들에게 조력을 명하고 예꾸를 찾았다. 뜻밖에 예꾸는 부상 중이었다. 갑옷 아래에 흰 천을 대어 응급 처치를 하고 수하를 독려하고 있었는데, 핏물이 약간 배어 있을 뿐이라 상처가 깊지는 않은 듯 보였다.

"적에게 원군이 있었어. 이런 화살을 맞았어."

 세 뼘 남짓한 짧은 화살이었다. 그런데 살촉과 날개깃이 없었다. 뒷목 아래 등 부위의 갑옷 위로 화살을 맞았다고 하였다. 살촉이 없음에도 불구하고 화살은 갑옷을 뚫고 예꾸의 몸에 박혔고, 예꾸는 스스로 화살을 뽑고 다음 공격에 대비했다.

"고려군 항마병의 것으로 보입니다. 이런 화살을 이만큼의 위력으로 쏠 수 있는 병사는 세상이 넓다 해도 그들밖에 없습니다."

 고려인 향도는 신이 난 듯 말했다. 통상 전장에서 쓰는 화살은 세 개의 날개깃을 달아 회전을 추구한다. 회전시킴으로 관통력을 높이는 것인데, 예의 화살은 달랑 몸체뿐으로 날개와 살촉이 없었다.

 예꾸가 분한 안색으로 말을 이었다.

"단 1기인 듯싶은데 여럿이 당했어. 어디에서 쏘는지 종적을 잡을 수가 없어. 예서 묶인 이유이네."

 아기살, 혹은 편전(片箭)으로 불리는 작은 화살은 고려 항마병이 애용하는 신무기였다. 이덕무(李德懋)의 청장관전서(靑莊館全書)

제55권 앙엽기(盎葉記)에, '편전은 다만 우리나라에만 있다. 그래서 중국의 창이나 일본의 총과 함께 천하무적이 되었다. 상고하건대, 금(金)의 중경유수(中京留守) 강신(强伸)이 원병(元兵)에게 포위되어 병기가 다 떨어졌을 때 엽전(葉箭)으로 화살촉을 만들어 사용하다가 원병의 화살 하나를 얻으면 넷으로 잘라서 통편(筒鞭)을 가지고 쏘았으니, 이것이 편전의 시초이다.'라는 기록이 있는데, 금사(金史)를 참조한 것으로 보인다. 전란 중의 중국에서 개발되었으나 잊혀 진 것을 사거리에 착안한 항마병이 복원하여 유격전에 이용했던 것이다.

"물러설 수 없었어. 좋은 적을 발견했거든."

예꾸는 '좋은 적'으로 모호하게 표현하여 화살을 맞았을 때의 상황을 전했다. 척후로 나선 고려인 향도가 의심스러운 무리를 발견했다고 전해왔고, 따라잡아 겁박하려는 순간 쫓기던 무리가 지형을 의지하여 활을 쏘아왔다고 하였다.

"고려인의 화살이 아닙니다. 고려인의 옷을 입었지만 저들은 요군입니다."

고려인 향도는 신나는 듯 말했다. 그의 조언이 아니더라도 화살의 기세로 보아 유목민의 것임이 확실했다. 마상에서 활을 쏘는 것이 일상이 되어 있는 유목민들은 합성궁(合成弓)인 단궁에 짧은 화살을 메겨 연사를 한다. 고려군 역시 합성궁을 사용하지만 사거리의 확대를 추구하여 요군의 활보다 상대적으로 컸다. 예꾸는 요군 특유의 짧은 화살을 확인하고 공격을 명했다.

화살이 난무하는 전투가 시작되었다. 요군의 무리는 분산하여 도망을 치며 나무와 바위 등을 방패로 하여 활을 쏘았다. 이런 유의 추적전은 사냥이 생활화되어 있는 몽골군의 장기였다. 쫓고 쫓기는 와중에 예꾸는 특별히 자신을 노리고 발사되는 화살을 의식했다.
"남장을 했지만 젊은 여자가 확실했어. 천으로 머리를 감쌌는데 내가 살을 날려 얼굴을 확인했거든."
 요군의 무리 중에 겨눔이 남다른 화살이 몇 있었다. 날아오는 화살마다 몽골 병사의 목숨을 위협했다. 예꾸는 사로잡을 것을 명받은 대요수국 왕자와 공주의 일행으로 판단했다.
 예꾸는 요군의 무리 중에서 유난스레 도발이 심한 적을 발견하고 표적으로 삼았다. 화살 끝이 날카로워 위험한 상황이 몇 차례 거듭되었는데, 좋은 적수로 본 예꾸는 공방전 끝에 거꾸러트리는데 성공했다.
 예꾸가 화살을 적의 어깨 근처에 맞추어 쓰러뜨린 순간, 황급히 날아오는 화살이 있었다. 예꾸는 목 주변을 스치고 지나간 화살의 날카로움에 놀라 쓰러진 적을 사로잡으려는 욕심을 버리고 응사를 시작했다.
 나무와 나무 사이로 몸을 숨기며 활을 쏘아오는 요군 잔적은 몸집이 작고 날렵하여 한눈에 여성으로 판단되었다. 먼 거리이고 남장을 했지만 칭기즈칸의 친위대에 속해 이민족과의 전쟁 경험이 많은 예꾸는 남장 여성을 알아보는데 어려움이 없었다.
"생포하라는 명령을 받은 요국의 공주가 확실했어. 하는 짓이 예뻤거든."
 표적이 된 적은 예꾸를 즐겁게 해주었다. 공방전 끝에 예꾸는 적의 머리를 감싼 천을 풀어 뜨려 여성임을 확인했다.
 본색이 드러난 적은 저항 수단을 잃고 산속으로 도망쳤다. 예꾸는 이내 따라잡아 반항하는 적을 제압했다. 아직 앳된 기가 가시지 않은 여인이었다.

"예뻤어. 머리에 꼽았던 철비녀를 빼들어 저항하는 걸 제압했는데, 이번에는 내가 짧은 화살을 맞았어."

예꾸의 설명은 두서가 없었지만 탕꾸는 이해했다. 전쟁터에서의 여성 편력은 유목민의 특권이었다. 젊은 예꾸는 유목민의 본능대로 행동했을 것이고, 불의에 날아온 화살은 예꾸의 범죄를 응징했을 것이었다.

예꾸가 붙잡았던 남장 여자는 야율금청이었다. 정혼자 야율금후가 부상을 입고 쓰러지자 그를 보호하려고 예꾸를 대적했다가 생포되어 모욕을 당할 위기에 처했던 것이다. 다행히 예의 짧은 화살이 예꾸를 위협했고, 화살에 맞은 예꾸가 일시 후퇴하는 틈을 타서 두 정혼자는 구함을 받았다.

"적이 공세로 돌아섰습니다."

이때 쯤 탕꾸의 부하들이 달려와 예꾸군에 가세했다. 요군에서는 지휘자로 보이는 노장이 나서서 몽골군에 대적했다. 요군의 노장은 야율금청과 야율금후의 호위를 맡았던 진화였다.

고려인으로 위장했던 겉옷을 벗어 던진 진화는 야율금청과 야율금후를 물러나게 하고 몽골군을 막아섰다. 거란어로 커다랗게 외치며 달려드는 진화를 향해 몽골 병사들이 쇄도했다.

진화의 칼춤은 거침이 없었다. 몽골 병사 몇이 진화가 휘두르는 반월도 아래 피를 뿌리고 쓰러졌다.

진화의 분투로 추적군이 주춤한 사이에 일단의 고려인이 야율금청과 야율금후를 구했다. 위기의 두 젊은이를 구한 고려인들은 현각의 명에 따라 요군의 호위에 나섰던 고려 승병 우명과 그의 동료 잡류별초들이었다. 고려인 별초군은 정체가 밝혀질 것을 염려하여 직접적인 싸움에 나서지 못하고 유민들을 피신시키는 일에만 전념했다.

"이름 있는 장수로 보았소. 칸의 경호대 소속 탕꾸요. 대적을 부탁하오."

진화의 무용에 감탄한 탕꾸가 직접 싸움에 나섰다. 좋은 적수를 만났을 때 승부욕이 생기는 것은 무장의 본능이었다.

칭기즈칸의 경호대 케식텐이 정예 중의 정예임은 알려진 사실이었다. 탕꾸는 케식텐에 속한 우르두치(칼 부대)에서 한 두(斜 Tug)를 맡았던 장교로 반월도를 잘 썼다. 진화는 젊은 탕꾸가 예의를 갖추어 도전하자 마주 예를 차려 대적 자세를 갖추었다.

"대요수국 친위대의 진화요. 좋은 승부를 부탁하오."

진화와 탕꾸는 비슷한 모양의 곡도(曲刀)를 사용하여 무기의 우열이 없었다. 무술 실력 또한 비슷하여 두 사람의 겨룸은 잘 어울렸다.

허나 탕꾸에게는 일류 전사들인 몽골군 부하들이 있었다. 싸움은 수하의 도움을 받은 탕꾸의 승리로 끝났다.

연이어 도착한 탕꾸의 부하들은 주장을 도와 진화를 공격했다. 아들 진수가 요군 중에 있어 진화를 도왔지만 중과부적이었다. 진화가 탕꾸의 칼날 아래 부상을 당해 쓰러진 후, 진수를 비롯한 수하 요군들이 무기를 버렸다. 생포된 진화가 명령을 내린 탓이었다.

"황상께서 이미 항복한 전쟁이다. 모두들 무기를 버려라."

노장은 당당했다. 패한 싸움에도 기세를 잃지 않는 적장의 태도에 감탄한 탕꾸는 진화의 포박을 풀었다.
"우리가 병력이 모자라 진 싸움일 뿐이니 부끄러워할 것 없다."
진화가 아들 진수를 달래며 말했다. 탕꾸는 다시 한 번 감탄하여 부하들에게 진수를 비롯한 요군 포로들을 핍박하지 못하도록 명령을 내렸다.

진화의 무리를 제압했지만 정작 목표로 했던 요국의 황태자를 놓친 예꾸와 탕꾸는 병력을 철수시키기로 하였다. 날이 저물었고, 산세가 험해 잔적을 추적할 엄을 내지 못했던 것이다.

몽골군이 추적을 포기한 이유 중에는 아기살의 공격이 있었다. 진화를 제압한 직후 탕꾸는 예의 화살을 맛보았다. 승기를 기화로 추적을 명하는 순간, 작은 화살 하나가 탕꾸의 볼을 스치고 지나갔다. 나무에 박힌 작은 화살을 빼보니 예꾸를 다치게 했던 살과 같이 날개와 살촉이 없었다.

"죽일 수 있는데 죽이지 않는다는 표시. 이쯤해서 물러나달라는 뜻인데 구태여 희생을 치를 필요는 없지."

얼마의 병력이 상대인지 모르는 상황에서의 협박이었다. 철수는 어쩔 수 없는 결정이었다. 어둠 속에서 날아오는 작은 화살은 용맹스럽기로 소문 높은 몽골군들로서도 대처할 방도가 없었다.

추격전이 어둠을 핑계로 막을 내린 후, 본진으로 돌아온 예꾸와 탕꾸는 항복한 요군을 심문했다.

예꾸는 자신을 공격한 작은 화살의 정체와 그에 앞서 자신과 드잡이를 벌였던 젊은 남녀의 행방을 물었지만 답을 듣지 못했다. 노장군 진화를 생포한 것이 유일한 전과였을 뿐, 예꾸의 울화를 풀어 줄 정보는 아무 것도 얻어지지 않았다.

제3장 대몽무예시합

 강동성은 해를 넘긴 공방전 끝에 낙성이 되었다. 대요수국의 황제를 자칭하던 야율금시는 항복을 하고, 승상 함사는 도망치던 도중에 자살로 생을 마감했다. 몽골군원수부는 항복한 요군의 무리에 군사를 붙여 본국으로 보낸 후, 고려군과 약속한 무술시합을 가졌다.
"미염공의 공이 컸습니다. 대칸께서 상을 내리실 것입니다."
 몽골군 원수 카치운이 고려군 부원수 김취려에게 칭송의 말을 하였다. 본의가 따로 있는, 상국의 행세를 하려 드는 교언이었다. 김취려는 사양의 말로 몽골군 원수를 위로했다.
"도와주신 덕분에 요적들을 멸할 수 있었습니다. 황상께서 치하의 말씀을 내리셨습니다."
 고려가 동등한 위치의 제국임을 나타내는 언론전이었다. 몽골은 고려의 복속을 요구하고 있었지만 고려는 강국으로서의 자존심을 꺾지 않았다.
"양국이 형과 아우를 결정하는 중요한 시합에 우리 동진국이 참관하게 되어 영광입니다. 허락하신다면 저희가 대회를 이끌겠습니다."
 동진국의 원수 완안자연(完顔子淵)의 참견이었다. 동진국은 이번 강동성 싸움에 2만의 대군을 동원했다. 공성전 내내 한 방면을 맡아 분투했지만 공로는 모두 몽골군에게 돌아가고 얻은 것이 없었다.
"이번 싸움에 완안장군의 공로가 크신데, 다시 수고를 끼치게 되었습니다."

동맹의 한 갈래로 다수의 희생을 냈지만 분깃을 청하지 못하는 동진국의 처지가 안타까워 김취려가 체면을 세워 주었다. 몽골군도 이견을 보이지 않아 완안자연은 대회의 주재자로 결정되었다.

무술대회의 날, 고려와 몽골, 동진군은 대규모 열병식을 가졌다. 하늘에 승전을 고하는 의식이 베풀어지고, 삼국의 지휘부는 말위에 올라 병사들을 치하했다.

몽골군은 참전한 1만의 병력 중 가장 정예한 부대를 열병식에 참여시켰다. 고려와 동진 역시 마찬가지였지만 기병 일색으로 동원된 몽골군의 기세는 단연 압도적이었다.

몽골의 말은 체구가 작지만 지구력이 뛰어나다. 장거리 원정 때는 병사 1인이 네 마리 이상의 말을 대동하여 번갈아 타고 하루 70km 이상을 행군했다. 전투에서는 가볍고 사거리가 긴 활과 열자 길이의 장창, 접근전용 단창을 아울러 썼는데, 특히 마상전투에서는 칼날이 초승달처럼 구부러진 곡도를 사용했다.

김취려는 몽골군의 활에 주목했다. 몽골의 활은 합성궁(合成弓)에 속하는 단궁으로 짐승의 뿔을 사용하여 고려의 활과 성능, 모양, 제조법이 유사했다. 김취려를 비롯한 고려군 지휘부는 진작 몽골의 활을 입수하여 조사해보았다. 그 결과 병사의 숙련도에 문제가 있을 뿐 무기의 성능에는 우열이 없는 것으로 판명되었다.

몽골군의 중무장 기병은 쇠사슬과 철편을 엮은 갑옷을 가죽옷 위에 덧입고 날랜 말을 탔다. 말 위에 거꾸로 앉아 활을 쏠 수 있을 만큼 훈련이 되어 있고, 유목민 특유의 단결력과 오랜 전투로 얻어진 용맹성이 더하니 가히 천하무적이었다.

고려군은 근본적으로 보병이 주력이었다. 신기(神騎)의 기병이 있다 하나 소수라 보병이 대다수인 고려군은 몽골의 기병과 비교 대상이 될 수 없었다.

"대회를 시작하겠습니다."

열병식이 끝나고 완안자연의 선포로 무술대회가 시작되었지만 김취려의 안색은 밝아지지 않았다. 국력과 병사들의 숙련도에 있어서 월등히 윗길에 있는 몽골군을 적으로 돌리게 될 것을 상정할 때 지리적 이점을 이용한 전술 전략의 승부로 갈 수밖에 없는데, 우리 영역 안에서의 싸움이니 백성들의 희생을 어찌할 것인가. 무술시합은 승전의 여흥이라지만 사실상 나라의 존망과 위신이 걸린 전투였다.

"합의에 의해 세 차례의 대전이 있겠습니다. 무기는 활. 칼과 봉이 부대무기로 허용됩니다. 병사와 장교, 장군의 세 차례 대전에서 양승 이상을 거두는 쪽이 형이 되니 유의하시기를."

건국 이래 고려는 청해 온 싸움에 밀린 적이 없었다. 전쟁을 싫어할 뿐 청해 온 싸움은 마다하지 않는다, 고려의 국방정책이었고, 이 원칙은 항상 지켜졌다. 다만 이번 상대가 당대 최강의 몽골군이라는 데에 고려군 지휘부의 고심이 있었다.

외교전은 한 차례 약점을 잡히면 계속 밀리게 된다. 청하지 않은 원군으로 와서 공연한 시비를 만들고 있지만 몽골군은 무력이 강하다. 조충과 김취려는 부장격인 지병마사 한광연(韓光衍)을 도성에 보내 지침을 청했고, 고려조정은 권지합문지후(權知閤門祗侯) 윤공취(尹公就)를 보내왔다.

지후는 6품의 참직(參職)으로 윤공취는 몽골군의 체면을 세워주기 위한 공식 사신이었다. 그는 좋은 말로 몽골군의 두 원수를 위로한 후 조충과 김취려를 비롯한 고려군 지휘부에 조정의 결정을 알렸다.

"황상께서는 서북면원수부에 전권을 주셨소. 나라의 위신을 지키면서 야만족의 군대를 물러가게 할 방법을 찾아보시오."

질 수는 없지만 이기지도 않는다. 시합에 임하는 고려군의 방책이었다. 어렵지만 그렇게 방법을 마련해야 하는 상황에서 무술대회 날을 맞은 것이었다.

"짚고 넘어가야 할 게 있소."

시합 전에 카치운이 이의를 제기했다. 완안자연이 허락하자 몽골군의 장교진 중에서 백호장 예꾸가 화살 하나를 받쳐 들고 나왔다.

예꾸는 화살을 카치운에게 바쳤다. 두 뼘 길이가 약간 넘는 작은 화살인데 날개와 살촉이 없었다. 조충과 김취려의 안색이 흐려졌다. 현각에게 보고를 받았던 것이다.

"상황이 급박하여 아기살을 사용했습니다. 벌을 내려 주십시오."

"아녀자를 겁탈하려는 못된 자가 있는데 아무런 행동도 하지 않는 게 더 나쁜 거지. 스님의 잘못은 없네."

아기살은 대나무 통이나 박달나무에 홈을 판 것(筒兒)을 궤도로 삼아 발사함으로 사거리가 길다. 전란 중의 중국에서 개발되어 잊혀 진 것을 고려가 받아들여 개량한 신무기였다.

사정을 이해한 조충이 현각을 위로했고 김취려가 거들었다.

"이미 벌어진 일, 살리타이가 반드시 문제를 만들 텐데 대처할 방법을 찾아보세."

고려군 지휘부의 염려 이상으로 몽골군은 문제를 키우고 있었다. 전 장병이 집합한 무술시합 전에 화살을 보이는 것은 다분히 의도적인 시위였다. 몽골 측은 고려군이 동맹을 깬 증거를 공표하고 있었다.

그런데 카치운은 예상외의 발언을 했다. 그는 화살을 들어 보이며 고려군 지휘부에게 말했다.

"이 화살이 우리의 장병을 암습했다 하오. 그럴 일이야 없겠지만, 혹시 고려군 중에 화살의 주인이 있다면 우리 백호장이 솜씨를 보고 싶다 하니 시합에 나서시오. 응해준다면 승패 여하로 죄를 묻지 않겠소."

예꾸의 청이었다. 화살 끝에 쇠붙이를 대지 않아 큰 부상을 입지 않았지만 그것이 예꾸를 더욱 분하게 만들었다. 죽일 수 있지만 죽이지는 않을 터이니 알아서 물러나라는 경고를 몸으로 받은 격, 마음에 드는 여자를 발견하여 욕심을 채우려던 순간의 일이니 모욕감을 어찌 견딜까.

몽골군의 군율은 엄하다. 전투 중에 임무에서 벗어나 여자를 탐했으니 중죄를 범한 것이다. 더구나 상대는 요국의 공주, 칸의 후궁으로 지목된 전리품인데 그 죄가 작을까.

탕꾸에게 부탁해 상황을 적당히 보고한 예꾸는 장교전의 주자를 자천하고 예의 아기살 문제를 조건으로 걸었다. 예꾸의 무술 실력을 잘 아는 살리타이가 응해 두 번째 시합의 몽골군 대표가 결정되었다.

첫 번째 시합은 열 명씩의 병사가 출전하는 마상궁술의 겨룸이었다. 이미 의논이 되어 있었던 듯 말을 몰아 나오는 몽골군마다 기개가 우렁찼고, 도발을 당한 고려군이 반발하여 잠시 소란이 일었다.

몽골인은 어릴 때부터 남녀 가리지 않고 승마와 활쏘기를 배워 말과 활을 다루는데 능숙했다. 가려 뽑은 장정으로 편성된 군대가 원정군인데, 그 중에서 정예가 나섰으니 가히 최강의 적이다. 마상궁술은 말을 달리며 활을 쏘아 적중률이 높은 쪽이 이기는 시합, 고려군 중에 대적이 가능한 부대는 신기군밖에 없었다.

별무반 신기군의 병사들은 전원 자원을 했다. 평소 갈고 닦은 솜씨를 보여줄 절호의 기회인데다가 몽골의 말은 고려군의 말보다 체구가 크지도 않았다. 사람과 말이 일체가 될 만큼 기마술을 익혀온 신기군은 고려가 자랑하는 최정예로 자부심이 대단했다.

"1000보 밖에 표적이 있습니다. 표적물을 향해 말을 달리는 도중 몇 발의 화살을 적중시키느냐로 점수를 계산하겠습니다. 먼저 도착하는 순서로 열 명의 선수에게 각 1점, 발사된 화살의 적중된 숫자에 따라 각 1점씩을 더합니다. 활은 장궁, 단궁, 쇠뇌의 어느 종류도 허락되고, 주어지는 화살은 각인 10발씩입니다."

장궁은 명중률이 약하고 단궁은 장궁에 비해 사거리가 짧다. 쇠뇌의 경우 명중률과 사거리가 유리하지만 시합에 참여한 병사들은 솜씨를 겨루려 나왔으므로 기계에 의지할 생각이 없었다. 양군의 선수들이 선택한 무기는 평소 마상전투 때에 익히 사용하던 단궁이었다.

고려군의 대표 열 명이 선발되어 첫 번째 시합이 시작되었다. 참여자 전원이 목표물에 사격을 하면서 말을 달리는, 승마술과 궁술을 아울러 겨루는 시합이었다. 길은 스무 마리의 말이 달리기에 충분할 만큼 넓지 않고, 장애물이 곳곳을 가로막고 있어 쉽지 않은 시합이었다.

신호용 화전(火箭)이 불꽃을 태우며 오르고 병사들이 말을 달리기 시작했다. 길이 넓지 않으므로 선두를 차지하는 게 유리하다. 고려의 말은 몽골의 말보다 체구가 크지만 순발력이 약해 기선을 제압당했다.

 고려의 활은 오랜 세월 발전시켜 왔으므로 몽골군의 활에 못하지 않았다. 다만 말이 문제였는데, 승마술의 겨룸은 항마병으로 신기군에 참여한 승려 현수(玄修)만이 10위권에 들어 점수를 얻었을 뿐 나머지 고려군 기수들은 득점이 없었다.

 궁술의 경우는 호각세였다. 고려인 병사들은 후위에 쳐져 사거리가 불리함에도 불구하고 85수의 화살을 과녁에 꽂았다.

 몽골 병사가 적중시킨 화살은 79수였다. 여기에 10위권에 든 기수의 점수를 더하니 86점 대 88점, 몽골군의 2점 승리였다.

 몽골과 고려가 사용하는 활은 합성궁으로 재료와 제법에는 차이가 없었다. 주재료인 뼈대에 몽고의 활은 자작나무를 쓰고 고려의 활은 대나무를 썼지만 풍토에 따른 변화일 뿐 문제가 되지 않았다. 여기에 짐승의 뿔로 강도를 더하고 소의 힘줄을 겹으로 붙여 탄력을 만드는 것과 부레풀(魚膠)을 사용하여 결착을 시키는 것은 양측이 같았지만 고려의 활이 사거리가 약간 길었다.

 활을 만드는 장인의 솜씨에서 차이가 났던 것이다. 짐승의 뿔을 사용한다 하여 각궁(角弓)으로도 불리는 고려의 활은 재료를 다루는 정성이 남달라 사거리를 높이는데 성공했는데, 후에 몽골이 공녀와 함께 활 장인을 요구한 이유가 되었다.

 승마술의 경우 고려군의 완패였다. 김취려는 말의 강인함과 경험, 장비의 차이에서 패배의 원인을 찾았다.

1000보는 일각(一刻 : 15분가량) 이내에 다다를 수 있는 짧은 거리, 천연의 지형을 장애물로 사용했으므로 언덕과 내(河川)가 있었는데 특히 강물을 건널 때 고려군의 말이 고전을 했다. 몽골군의 말은 안낭(鞍囊)이라는 장비 주머니에 공기를 넣어 부력을 갖춤으로 도강에 유리했다.

 1차전을 일방적인 승리로 끝내지 못한 몽골군원수부의 안색 역시 밝지 않았다. 군사력에서 압도적인 위세를 보여 외교에 이용하려던 의도가 초전부터 어긋난 것이었다.

 일반 병사의 활쏘기 겨룸은 병기의 성능에서부터 몽골군이 열세로 보였다. 살리타이는 고려의 활을 청해 시위를 당겨 보았다.

 가볍고 견고하고 모양새가 예쁘다. 보병과 마병이 아울러 사용하는 기본무기라는데 300보 이상을 나른다. 몽골의 활 역시 사거리에 차이가 없었지만 이는 살리타이 개인의 역량에 기인할 뿐 병사들까지 같은 것은 아니다. 병사들이 쏠 때의 고려의 활은 몽골군의 활을 뛰어넘고 있었다.

 몽골군은 두 번째 시합에 백호장 예꾸를 출전시켰다. 예꾸는 황족이기도 하였지만 무예가 뛰어나서 훗날의 대장 깜으로 손꼽히는 인물이었으므로 최선의 인선인 셈이었다.

 고려군에서는 현각이 예꾸의 상대로 나섰다. 현각의 손에 들린 활은 고려군의 기본무기인 전통 각궁이었다. 예의 짧은 화살의 등장을 기대했던 예꾸는 실망했으나 상대가 무술승병 출신 장교라는 소개말을 듣자 단단히 망신을 주리라 작정했다.

 장교전의 시합 방식은 촉을 뺀 화살 열 개씩을 상대에게 쏘아 몇 개의 화살을 적중시키느냐로 결정되었다. 살촉이 없다지만 급소에 맞으면 죽을 수 있고, 말을 달리며 활을 쏘는 것이므로 실제의 마상전투와 다를 바가 없는 시합이었다. 상대의 말에 화살이 맞을 경우 무조건 패배를 선언하기로 한 게 유일한 예외였다.

300보를 격하고 마주 선 두 전사는 신호와 함께 말을 달렸다. 1대 1의 마상전투는 활쏘기에 유리한 지형을 확보하는 게 상식인데 현각과 예꾸는 이를 무시하고 정면으로 돌진하며 연사를 했다.

첫 번째 화살을 피했는가 하니 두 번째와 세 번째 화살이 꼬리를 물고 날아온다. 현각은 목봉을 휘둘러 첫 번째와 두 번째 화살을 쳐내고, 세 번째 화살은 말 등에 몸을 엎드려 피했다.

네 번째 화살은 얼굴 정면을 향하고 날아왔다. 앞서의 세 발이 허사가 된 탓에 독기를 품고 쏜 화살로 보였다. 현각은 상대의 젊음에 고소하며 허리를 비틀어 피하고 화살 셋을 잇달아 쏘았다. 불편한 자세에서의 활쏘기였음에도 화살은 예꾸의 정면으로 날아갔다.

예꾸는 반월도를 휘둘러 화살들을 쳐냈다. 정면에서 날아오는 화살을 칼로 받아 쳐내는 것은 훈련된 장교에게는 어려운 일이 아니었다.

두 사람의 말이 가까워질수록 화살은 위협적으로 스쳐갔다. 적의 화살을 피하며 활을 쏘는 것이라 실수가 있을 법하지만 한 화살도 낭비가 없다. 재주를 부려 피하거나 무기로 쳐내며 화살을 나누는 사이에 마주 달린 두 마리의 말이 부딪칠 듯 접근했다.

말과 말이 스치는 순간 예꾸는 반월도를 빼들어 현각을 쳤다. 현각도 마주 대응하여 목봉을 휘둘러 예꾸의 칼을 막았다. 군장에 제한이 없었지만 예꾸의 무장은 활과 반월도를 지닌 게 전부였고, 이는 현각도 마찬가지여서 목봉은 활과 함께 유이한 무기였다.

목봉과 반월도가 격렬하게 부딪쳤다. 박달나무로 만든 목봉이 댕강 잘려나갔다. 동시에 예꾸의 반월도가 손에서 벗어나 하늘을 날았다. 현각의 목봉은 불문 승려들의 선장을 휘두르기 쉽게 개조한 것이고, 예꾸의 반월도는 몽골 기병의 기본무기로 무게가 가벼워 휘두르고 내리치는 일을 자유자재로 할 수 있었다. 격돌의 결과는 두 사람의 무기들이 제 몫을 다한 것이어서 어느 쪽도 불만이 없었다.

현각은 짧아진 목봉을 버리고 다시 활을 잡았다. 뒤돌아 활쏘기로 평소 익힌 기술이었다. 말위에서 몸을 돌려 활을 쏘는 현각에게 예꾸는 아예 말위에 거꾸로 앉아 화살을 날려 맞섰다. 두 사람의 마상묘기가 일품으로 펼쳐지고, 시합을 참관하는 양군의 장교와 병사들이 모두 놀라 탄성을 질렀다.

놀람은 몽골군 지휘부가 더했다. 몽골군은 망구다이(曼古歹)의 전통이 있다. 망구다이는 경기병(輕騎兵)을 부르는 이름으로 위장 후퇴술의 의미를 지니기도 한다. 적을 유인하여 지치게 한 후 강력한 본대를 만나게 하는 전술인데, 이를 위해 말을 달리며 몸을 뒤로 돌려 활을 쏘는 능력을 갖추어야 했다. 고려군의 장교 현각의 승마술에 몽골군지휘부가 놀라는 이유였다.

예꾸는 몽골의 황족으로 전투 경험이 많고 전공도 적지 않았다. 그런데 만만히 생각한 고려 병사에게서 매운 맛을 보고 있으니 자존심이 상했다. 어릴 적부터 익혀 온 활쏘기와 기마술인데 정작 중요한 시합에서 전혀 무용했다. 게다가 요군의 잔적을 추격하다가 화살을 맞은 뒤끝의 시합이라 젊은 혈기가 이성을 잃게 만들었다.

예꾸의 화살은 살기가 가득했다. 현각은 손님을 맞듯 조심스레 모셨다. 승려에게는 오는 손님은 모두 손님일 뿐 적아의 구별이 없다. 현각은 적의 화살을 동무로 맞이하고 답례로 내 화살을 보냈다.

예꾸가 말을 멈추어 마지막 화살을 겨누었다. 현각도 예를 다해 같은 자세로 적을 겨누었다. 상대의 동작 하나하나가 순간에서 순간으로 이어져 보였다.

두 사람은 마지막 화살을 겨눈 채로 말을 달렸다. 그리고 동시에 화살을 놓았다.

현각은 문득 가을 하늘을 보았다고 생각했다. 끝없이 청명한 하늘에 스승 무상스님의 말씀이 가득했다.

－부처의 길을 걷는 중놈이 병장기를 잡을 때는 중생을 구함에 목적을 둘 뿐이다. 무술이 기술에 그치면 흉기가 된다. 예를 갖추고 지성을 다할 때 활인지도(活人至道)에 이르니, 이로써 한 소식을 들을 수 있을 것이다.

현각은 스승 무상이 정식 수계를 주지 않고 말씀만을 주신 뜻을 이해한 듯싶었다. 화살이 다가오는 매순간이 눈에 보여 천천히 손을 내밀었다. 그리고 갓 알에서 깨고 나온 병아리를 붙들듯 공손히 받들어 화살을 잡았다.

예꾸는 활쏘기란 활과 사람이 숨쉬기를 함께 할 때 비로소 완성된다고 배웠다. 이번 원정에 부원수로 참전한 살리타이는 칸이 인정한 코르치의 장으로 예꾸의 우상이었다.

살리타이의 활쏘기에는 서두름이 없었다. 살을 빼어 시위에 물리고 당기는 동작이 물 흐르듯 자연스러워 거리낌이 없었다. 우주에 가득 찬 듯 우아해 보이던 살리타이의 활쏘기에 비해 허점투성이인 상대에게 아직 승점이 없는 것은 왜일까.

 예꾸는 평소 원하는 곳으로 화살을 보낼 수 있다고 생각해 왔다. 어릴 적부터 활과 함께 살아 숨쉬기처럼 삶의 일부가 되어버린 활쏘기였다. 활에 살을 물린 순간 상대의 생사여탈권은 내게 있다는 자부심을 가질 만큼 연마를 해왔는데, 상대의 동작을 본 순간 오싹 추위가 느껴졌다. 상대는 땅에 떨어져 있는 물건을 줍듯 자신이 쏜 화살을 붙들어 잡고 포로로 한 화살을 되쏘기를 예사로 했다.

 예꾸는 급하게 말고삐를 당겼다. 말이 앞발을 들어 곧추섰고, 정면에서 다가오던 화살이 말목을 건드리고 뒤로 흘렀다.

 "졌습니다."

 순간 현각의 소리가 들렸다. 말에게 상처를 입히면 패한다는 규정을 어긴 것이다. 갈기털을 스친 정도라 말을 상하게 한 것은 아닌데 패배를 인정하니 심판을 맡은 완안자연이 판정을 주저하고 양국 수뇌부의 반응을 살폈다.

 "이번 시합은 승패가 없소. 무승부로 하시오."

 살리타이의 선언이었다. 서로 적중시키지 못하고 열 개의 화살을 다 사용했으니 무승부라는 것이었다. 갈기털을 스친 화살을 문제로 삼지 않은 판정이었는데 정작 예꾸는 승복할 수 없었다.

 나는 상대의 화살에 추위를 느껴 말의 힘을 빌린 것이다! 그렇게 외치려 하였고, 실제 목소리를 낸 듯도 싶었다. 허나 예꾸의 소리는 양군 병사들의 함성에 묻혀 들리지 않았다.

 자신과 화살을 주고받던 여인의 눈동자가 커다랗게 다가왔다. 남장을 하여 감추었지만 각처의 정복지에서 경험한 일이라 한눈에 여인임을 알아볼 수 있었다. 몇 차례의 활쏘기로 궁지에 몰아넣었을 때, 내 소유로 하고 싶다는 감정이 이성을 흐려 몸을 덮쳤었다.

(철비녀를 뽑아 찌르려 했지. 그래서 더욱 귀여웠는데…… 어린 사슴을 산 채로 잡았을 때의 기분……)

그때의 여인이 웃고 있었다. 동그란 눈매에 귀티가 가득한 얼굴이 즐거운 듯 생글거리고 있다. 나는 또 한 번 모욕을 당했구나. 그것도 여자 앞에서.

현각은 말에서 내려 상대에게 몸을 숙였다. 판정이 여하하던 한 차례 패배를 인정했으니 그에 준한 의식을 베푸는 것이다. 현각은 낮게 불호를 외웠다.

"나무관세음보살."

순간 스승 무상의 소리가 귀를 울렸다. 낮고 부드러운 소리였는데 울림은 사자후(獅子吼)처럼 컸다.

"활쏘기는 점심(點心)이다. 때가 한낮인데 점심은 하였느냐?"

현각은 반문했다. 제자가 점을 찍기는 한 건가요? 스승은 답을 주지 않고 주장자를 들어 등을 쳤다. 상쾌한 아픔이 현각의 정신을 맑게 했다.

"가는 길에 올바름이 있으면 주저하지 않을 일이다. 무릇 무인에게 무기는 도의 방법이다. 술(術)과 예(藝)에 그치느냐, 도(道)로 완성하느냐? 판정은 화살의 마음에 달려 있다."

스승 무상이 무술 승려들에게 가르치던 말이었고, 고려 무인들이 활을 쏘는 이유였다. 무상이 주재하던 묘향산 보현사 영천암은 무예승들을 기르는 곳이었다. 수제자 현각은 스승의 진전을 이어받아 후배 무예승들에게 전했다.

　훗날 집성된 정사론(正射論)에서는 다음과 같이 사예(射藝)에 대해 말하고 있다.

　활쏘기에 대해 논하는 것은 단지 활을 쏘는 방법만이 아니라 활쏘기에는 도(道)가 있고, 규(規)가 있고 구(矩)가 있고 법(法)이 있고 도(度)가 있음을 논하는 것이다. 하늘에는 해와 달의 도가 있고 땅에는 사람과 사물의 도가 있다. 활쏘기에는 군자의 도가 있으니 곧 몸가짐을 바르게 하고 마음가짐을 바르게 하는 것이 도(道)이다. 거궁할 때 앞 팔을 높이 들어 둥그런 모양을 하는 것이 규(規)이고, 뒤 팔을 높이 들어 직각이 되게 하여 붙잡는 것이 구(矩)이며, 활을 열 때 앞 팔을 들어 올리며 미는 전거(前擧)와 뒤 팔을 내리 누르며 붙잡아 당기는 후집(後執)을 아울러 법(法)이라 하고, 한 잔 술을 즐기며 활을 쏘는 경지를 주례(周禮)의 도(道)라고 한다.

　(금유논사자(今有論射者)는 비도사야(非徒射也)요, 사이유도규구법도(射而有道規矩法度)니라. 천유일월지도(天有日月之道)하고, 지유인물지도(地有人之道)하며, 사유군자지도(射有君子之道)하며, 제(第) 정기정심왈도(正己正心曰道)요, 전거정원왈규(前擧正圓曰規)요, 후거집방왈규(後擧執方曰矩)요, 전거후집왈법(前擧後執曰法)이요, 음사주례왈도(飮射周禮曰道)니라.)

　정사론은 사예를 일러 또 이렇게 가르친다.

그러므로 사예를 행하는 도는 오직 마음을 바르게 행하는 것일 뿐이다. 이리하여 사예를 논할 때는 언제나 바름을 함께 논했으며, 과녁 쏘기는 마음을 다스림이라는 말로 설명했다. 그런즉 몸을 수양하고 집안과 나라와 천하를 다스림이 모두 마음을 바르게 함에 달려 있다 할 것이다. 이 어찌 두려워하지 않을 수 있겠는가?

(고(故)로 위사지도(爲射之道)는 직정심위이이(直正心爲而已)니, 시이(是以)로 논사왈비어정(論射曰比於正)이요, 사후왈비어심(射後曰比於心)이니, 연즉(然則) 수제치평(修齊治平)이 계어정심자야(繫於正心者也)라, 공시(恐是)가 하여재(何如哉)야?)

주례(周禮)가 등장하는 이유는 기술자가 유학자인 때문으로 불자라면 다르게 썼을 것이었다. 물론 불문에서의 일이니 격식을 만든다는 것 자체를 허사로 볼 터이지만.
 마지막 세 번째 시합의 두 주자는 고려군과 몽골군의 부원수 김취려와 살리타이였다. 몽골군 지휘부가 현각과 예꾸의 시합을 무승부로 하여 세 번째 시합을 만든 이유는 살리타이 개인의 김취려에 대한 적의가 작용했다. 상대가 인정했으니 두 번의 승리를 취해 목적을 이룰 수 있었지만 시합의 과정이 상쾌하지 못했고, 고려군 제일의 무용이라는 김취려와 견주어 보고 싶은 욕심이 1승 1무의 상황으로 세 번째 시합을 갖게 했던 것이다.
 "미염공의 높은 무예를 배우고 싶소이다. 앞서의 두 차례 시합은 박빙, 마지막 시합에서 진정한 형 아우를 가리기로 하지요."
 "겸양의 말씀, 소장은 부원수의 공정하신 판정에 탄복했소. 대칸께서 인정한 명궁이시니 소국의 말장으로 겨룸이 될까마는, 구태여 청하시니 따를 뿐이오."

김취려가 응하여 시합이 성사되었다. 시합은 살리타이의 제안으로 말을 달리며 활을 쏘는 방식을 택했다.

"표적은 움직이는 것으로 하지요. 날짐승이 좋겠군요."

살리타이는 완력이 뛰어나 철궁을 썼다. 철편을 뼈대에 붙여 강력을 높인 그의 활은 강도가 높아 당기는 사람이 드물었다. 그는 몽골 잘라이르부 출신으로 궁술에 능하여 칭기즈칸의 신임을 받았는데, 칸의 코르치(Qorchi, 豁儿赤)임을 명예로 알았다.

코르치는 칸의 경호대 케식텐 휘하 활 부대의 명칭으로 개개의 병사들에게 자부심을 갖게 하는 대명사이기도 하였다. 살리타이가 김취려에게 무예시합을 청한 이면에는 몽골 제일의 궁사라는 자신감이 있었던 것이다.

몽골군의 코르치와 고려군의 미염공은 사대에 나섰다. 몽골 제일의 궁사와 고려 제일의 무인은 한 마장(馬丈 : 약 393m)을 달리는 사이에 한 개씩의 화살만을 쏘아 우열을 가리기로 하였다.

"평생을 익힌 활인데, 두 번째의 화살은 필요치 않을 것이오."

살리타이의 주장이었다. 김취려가 동의하여 양군의 두 부원수는 하나씩의 화살을 지닌 채로 말위에 올랐다.

완안자연이 신호 깃발을 올리고, 말이 질주를 시작했다. 두 무인의 승마술은 말과 한 몸이 된 듯 자유스러웠다. 만장한 병사들은 숨을 죽이고 지켜보고 있었고, 두 무인은 전통에서 화살을 뽑아 시위에 메겼다.

멀리 해동청보라매가 꿩이라도 발견한 듯 선회비행을 하고 있었다, 살리타이는 말을 달리며 보라매를 목표로 화살을 날렸다.
 살리타이의 철궁은 사거리가 길기로 정평이 있었다. 게다가 그는 칸이 인정한 천하제일의 명궁, 눈에 보이는 거리 안에서의 목표가 된 보라매는 수명이 끝난 셈이었다.
 살리타이의 화살이 보라매의 몸통을 관통할 것은 의심의 여지가 없었다. 정통으로 날아간 화살이 보라매를 명중시킬 찰나, 작은 화살이 뒤따라 날아와 살리타이의 화살을 스쳤다. 어느새 김취려가 발사를 한 것인데, 간발의 차이나마 늦게 발사한 화살이 앞서 발사된 화살을 친 것이었다.
 아기살이었다. 김취려의 아기살은 보라매의 명을 끊으려는 살리타이의 화살을 건드려서 과녁을 빗맞게 했다.
 살리타이의 화살은 보라매의 날개에 맞았다. 가엾게도 보라매가 부력을 잃고 숲으로 떨어져 내렸다. 반면에 김취려의 아기살은 살리타이의 화살을 스친 후 진로를 잃고 엉뚱한 방향으로 날아갔다. 활의 위력과 다루는 이의 솜씨가 비교되는 결과였다.
 상전의 승리를 본 몽골 병사들이 환호성을 올렸다. 그러나 그들의 환호는 오래 가지 못했다. 화살을 맞았던 보라매가 날아올랐던 것이다.
 살리타이의 화살은 보라매의 날개에 맞았으나 치명상을 입히지 못했고, 추락하는 서슬에 화살을 떨친 보라매는 기운을 차리고 다시 날아올라 멀리 사라졌다.
 "명불허전이라, 가히 천하제일의 명궁이시오. 게다가 측은지심으로 생령을 살리셨으니, 소장은 다시 한 번 탄복했소이다."
 김취려가 말에서 뛰어내려 고개를 숙였다. 적장의 패배 선언을 본 몽골 병사들은 멈추었던 환호를 다시 시작했다. 완안자연이 깃발을 올려 살리타이의 승리를 알리고, 장내는 몽골 병사들의 환호로 열광의 도가니가 되었다.

"그 화살, 우리에게 보여주시오."

정작 몽골군 지휘부는 즐거운 표정이 아니었다. 살리타이의 화살은 김취려의 화살보다 먼저 발사되었지만 뒤따라 발사된 화살에 스쳐 빗맞았던 것이다. 더구나 예의 화살이 시합 전에 몽골군을 암습한 화살로 사용자를 밝히기를 청했던 작은 화살이었으니, 몽골군 지휘부가 발끈하지 않으면 이상할 일이었다.

"이 화살을 철령(鐵嶺) 고갯길에서 얻었습니다. 생김새가 신통하여 써보았는데, 위력이 대단치 않아 부원수께 대적이 되지 못했습니다. 원수께서 혜량하셔서 선처해 주시지요."

김취려가 화살을 전하며 발견한 장소를 적시하여 선수를 쳤다. 이쯤 되면 엄포다. 칸의 소유가 될 여인을 능욕하려 했는데 그 죄가 작을까. 사건의 내막을 알고 있다는 의미. 몽골군에도 군율은 있고, 특히 칸에게 바칠 예물은 신성시된다. 예꾸가 상황을 윤색하여 보고한 이유였다.

탕꾸에게 캐물어 사정을 짐작한 몽골군 지휘부가 고려군의 책임으로 돌리려 하였는데, 결과가 엉뚱하게 나온 것이다.

"감군께서 잔적을 쫓다가 뜻밖의 적과 부닥쳤다 하여 병사를 보내 조사한 결과 얻은 화살입니다. 아마도 부적(附賊)들의 소행이 아닐까 싶은데, 원수께서는 어찌 생각하시는지요."

부적은 산도둑을 말한다. 전쟁터에 기생하여 못된 짓을 일삼는 잡류들에게 몽골군의 정예 장교가 당한 것이라는 뜻이니 모욕도 이런 모욕이 없다. 김취려에게 받은 화살을 살펴보니 예꾸를 공격했던 화살과 다르지 않은데, 다른 증거가 없으니 부인도 할 수 없어 카치운은 김취려의 말을 인정하고 말았다.

"미염공의 말씀이 옳겠군요. 차후 다시 논하기로 하고, 이미 약정한 대로 형제지의를 갖기로 하지요."

전쟁의 여흥으로 벌인 무술대회에 승자가 형이 되고 패자가 아우가 되는 조건을 단 것은 고려의 완고함을 우회적으로 돌파하려는 잔꾀였다. 나라와 나라가 결맹을 갖는 일을 전장에서 논하자 하니 고려군이 응할 수 없다 하였고, 방편으로 청한 무예 겨룸의 결과가 몽골군의 의도대로 나온 것이다.

조충과 김취려는 카치운과 살리타이에게 고개를 숙였다.

"아우의 예를 받으십시오."

경과가 여하하던 시합은 2승 1무로 몽골군의 승리로 끝났다. 고려군 원수부의 두 지휘관은 아우를 칭해 카치운과 살리타이를 상좌로 모시려 하였다. 유쾌하지 못한 승리로 꺼림이 많았던 몽골군 지휘부는 짐짓 겸양을 보였다.

"아하, 왜 이러시오. 두 분 원수께서 연상이신데 형님이 되셔야지요."

"장수끼리의 맹의에 나이가 무슨 소용이겠습니까. 약조한 대로 하시지요."

카치운은 김취려보다 몇 살 아래고 살리타이에 이르러서는 반 배분이나 차이가 나는 나이다. 서로 사양한 끝에 가장 연상인 조충을 맏이로 하여 서열이 정해졌다. 가외로 완안자연이 형제에 들었으나 김취려의 호의였을 뿐 몽골의 두 원수는 관심이 없었다.

"두 분 형님을 모시니 이런 경사가 없소이다. 헌데 귀국의 조정에서는 우리 대칸의 제의에 어떤 답변을 주셨는지?"

"황상께서 비답을 내리셨습니다. 조만간 좋은 뜻의 국서를 받든 사신이 올 것입니다."

나라에서는 이런 상황의 대비로 윤공취를 보냈고, 그가 고려 조정을 대신하여 답했다. 조정에서는 원수부에 전권을 주었으나 나라와 나라 사이의 형제지의가 어찌 전장에서의 결맹과 같을까. 차후에 공식 사절을 맞아 매듭짓기로 하고, 무술대회는 한 바탕의 주연으로 이어졌다.

현각은 김취려와 살리타이의 시합 내내 감탄을 하였다. 양국 제일의 장수들다운 겨룸 때문이기도 하였지만, 특히 김취려의 고심이 읽혀진 탓이었다.

전날 야율금청을 겁탈하려 드는 예꾸를 아기살로 응징한 사람은 현각이었다. 대요수국의 황자 황녀가 몽골군의 추적대장 예꾸에게 겁탈을 당하는 현장에 뒤늦게 도착한 현각은 다급한 김에 사거리가 긴 아기살을 쏘아 경고를 보냈고, 이는 김취려가 살리타이와의 시합에서 고전하게 만든 원인이 되었다.

"그러한 상황이었다면 나일지라도 똑같은 행동을 하였을 것이네. 내게 생각이 있으니 맡겨주시게."

편전(片箭), 혹은 통전(筒箭)으로도 불리는 아기살은 아직 병사들에게 보급되지 않은 신무기였다. 고려의 보병은 집단 전투 때에는 기본적으로 쇠뇌, 즉 노(弩)를 썼다. 기계적인 힘으로 화살을 발사하는 무기인 노는 사거리가 천보(千步)에 이르고 적중률이 높아 기마병을 제압하는데 효과적이었지만 일반화살에 비해 길이는 2배에 무게는 4배에 달해 개별 접전에는 적합하지 않았다. 편전은 쇠뇌의 그러한 결점을 보강하기 위해 개발된 신무기였다.

"어쩌면 전화위복이 될 수도 있지 싶으니, 스님은 자신의 시합에 충실하시게."

예꾸와의 시합에 내정되었음을 알리며 김취려는 현각을 안심시켰다. 그리고 오늘, 현각은 김취려의 고심을 보았다.

편전은 활에 비해 화살이 작아 대나무로 만든 보조 기구 통아(筒兒)의 도움을 받아 발사한다. 통아의 궤도를 빌려 화살의 속도와 정확성, 사거리를 높이는 것인데 김취려는 엄지손가락 끝마디에 끈으로 연결한 댓조각을 달아 통아를 대신했다.

후예사일(后羿射日). 궁도는 예(羿)가 아홉 태양을 떨어트린 경지를 최고로 본다. 현각은 김취려에게서 후예사일을 보았다고 생각했다.

하늘에 열 개의 태양이 떠서 인간을 괴롭게 할 때 명궁 예가 나서서 화살 아홉으로 아홉 태양을 떨어트려 화염지옥을 끝냄으로 인간계를 구했다. 천제의 아들들인 아홉 태양을 활로 쏘아 죽게 한 예는 하늘의 노염을 사서 벌을 받았지만 인간은 그를 활의 신으로 추앙했다.

이러한 살신성인 제세구민(殺身成仁 濟世救民)의 경지가 후예사일이었다. 현각은 김취려가 오른손을 소매 속으로 감추는 양을 보며 후예사일 외의 다른 말을 떠올릴 수 없었다. 그가 통아를 대신한 댓조각은 간신히 화살을 지탱할 정도로 약했으므로 손아귀의 힘을 빌릴 수밖에 없었고, 온힘을 집중한 발사로 김취려의 엄지와 검지 사이의 손아귀 근육은 피를 뿜고 말았다.

몽골군에 김취려의 활쏘기를 유의해서 본 자가 있었다. 고려군의 감군으로 예꾸와 함께 활약했던 탕꾸였다. 그는 침착하기로 유명한 장수여서 특별히 이 임무를 맡아 시종 지켜본 후 나중에 보고를 올렸다.

"노(弩)의 하나인 것 같습니다. 댓조각을 이용하여 사거리를 늘리는 기술로 용법에 익숙한 자라면 제법 가치가 있을 듯싶습니다. 능숙하게 사용할 수 있도록 익히는 데까지 시간이 걸린다는 것이 문제입니다마는."

탕꾸는 김취려가 사용한 댓조각과 그것을 흉내 내어 만든 댓조각을 아울러 지참하고 있었다.

"예의 댓조각을 수습하여 만들어 본 것입니다. 시험 삼아 몇 발 쏘아보았지만 신통한 결과를 얻지 못했습니다. 댓조각을 따로 지참해야 함으로 전장에서 급히 사용할 수 있는 무기로는 적합하지 않은 것 같습니다."

탕꾸는 힘주어 한 마디 말을 덧붙였다.

"그리고 그는 손아귀에 부상을 입었습니다."

몽골군 지휘부는 탕꾸가 바친 댓조각을 이용하여 활을 쏘아 보았다. 그리고 김취려의 실력을 인정하는 것으로 귀결이 났다.

"김취려만한 장수가 부상을 당하지 않으면 사용할 수 없는 무기라면 염려할 바 없지 싶군요. 다만 이런 얄팍한 속임수로 그만한 실력을 보인 김취려는 적이지만 인정하지 않을 수 없습니다."

살리타이의 결론이었다. 유쾌하지 못한 승리로 모욕을 당한 당사자의 감복이라 몽골군 지휘부는 살리타이의 의견을 따르기로 하였다.

후일 김취려는 현각에게 말했다.

"허허실실이었지. 내가 애써 댓조각을 감추지 않은 이유일세."

김취려가 시합에서 사용한 댓조각은 완전한 통아가 아니었다. 그는 통아를 대신한 댓조각에 상처를 입는 모습을 보임으로 몽골인들의 상상력에 한계를 만드는데 성공한 것이었다.

"스님의 스승이신 무상스님에게서 배운 지혜일세. 무상스님은 심경을 가르치실 때 무무명 역무무명진내지무노사 역무노사진(無無明亦無無明盡乃至無老死 亦無老死盡) 부분을 특별히 설하시어, '어미의 배를 앓게 하여 태어난 게 인생인데, 인간세에 어찌 무명(無明)이 없겠는가. 다스릴 수 없으면 달랠 수밖에…'라고 하셨네."

현각은 스승이 그리워졌다. 무상은 심경의 주체를 스스로 욕심을 내고 명분을 만들어 망집으로 허물어져 가는 것을 경계함이라고 풀었다.

"중생의 고통을 덜어주는 게 중의 일이다. 경을 골백번 외워도 부처는 오지 않는다. 지금은 난세이니 하나의 마구니(魔軍)라도 감하는 게 성불의 길이 된다."

스승 무상이 무술을 가르칠 때 하신 말씀이었다.

제4장 잡류별초

"활쏘기가 기술에 그치면 사람 잡는 백정이 될 수 있다. 사예를 갖춘 연후에야 도의 길에 들 수 있으며, 화살마다 중생을 구하는 일념으로 떠나보낼 때 비로소 도를 보았다 할 수 있다. 궁도는 중생을 구하는 활인지도이나, 난세에 한하는 편법임을 잊지 말 일이다…' 네게 사조되시는 무상스님이 가르치신 그대로 옮긴 것이니, 그 이치는 스스로 깨닫도록 해라."

 현각은 도성인 중경으로 떠나면서 제자 김윤후(金允侯)에게 스승의 말을 전했다. 김윤후는 옛 신라 왕실의 후예인 야율금후가 조상의 성을 찾아 개명한 이름이었다. 강동성 낙성 후 한 해, 현각과 김윤후는 사제의 명분을 정하고 가르침을 주고받는 사이로 발전했다.

"네 그간의 행적을 우명 사형에게서 전해 들었다. 분노가 어디로 향하고 있는지 모르는 바가 아니나, 살생이 목적이 되면 마구니(魔軍)에 다를 바 없다. 강동성 낙성 때에 너희를 살리려 애쓰신 선대 어른들과, 조정에 청원하여 너희 일족을 받아들인 김취려장군님의 고심을 잊지 말아라."

 현각은 도성과 묘향산 보현사, 처인 부곡마을을 오가며 전란의 뒷수습을 위해 노력했다. 대요수국 유민들의 방화로 불타버린 보현사는 스승 무상이 무승들을 기르던 곳이었고, 처인 고을 부곡마을은 유민들이 머물도록 주어진 곳이었다. 현각은 묘향산 보현사의 재건과 처인 부곡마을의 건설을 위해 온 힘을 다했다.

"기왕에 이 땅의 백성으로 받아들이기로 했으니 사람이 살만한 곳을 주어야 하지 싶네. 처인 고을에 나라에서 내리신 땅이 약간 있으니 그곳을 이용하라 하시게. 스님이 수고를 해주셔야겠네."

김취려의 배려였다. 현각은 김취려의 청을 받아들여 집을 짓고 물자를 들여 마을을 건설했다.

"너희 마을이 부곡으로 불림은 죄의 값이니 고려 백성들과 다투는 일이 없도록 해야 한다."

이제 15세가 된 김윤후는 기질이 강했다. 거란의 황족이라 하나 유목민 출신이라 타협을 몰라 고려인 원주민들과 다툼질을 자주했다.

"식량 문제는 김취려장군이 안배하신 바가 있으니 염려는 않는다만, 내 특별히 처인성 수비군에 있는 우본(牛本)에게 언질을 해두었다. 고려백성들과 다툼이 생기면 우본에게 중재를 부탁해라. 우명사백도 도움을 주실 것이다."

우본은 현각이 김윤후에 뒤이어 거둔 제자였고, 우명은 현각과 동문인 무승이었다. 우명과 우본은 난리 때 현각을 따라 공을 세운 잡류별초의 하나로 관직에 임용되어 처인성 수비군의 장교로 있었다.

"우명 사형을 비롯한 항마병 출신 스님들의 무술은 네 사조 무상스님의 진전을 이은 것으로 배울 바가 많을 것이다. 조만간 네가 원한 승적이 나올 것이니 승속 가리지 말고 고려 풍속을 익혀 두어라."

야율금후는 김윤후로 개명함과 함께 고려 조정에 승적(僧籍)을 청했다. 불교국가 고려에서 승려는 가장 자유스러운 신분이었고, 김윤후는 곳곳에 흩어진 거란족 유민들을 찾아보기 위해 승적이 필요했다.

"제가 있으니 염려 놓으세요. 잘 다스릴게요."

 요국 공주였던 김청(金靑)이었다. 본래 야율금청인 요국의 공주는 부곡마을에 정착한 후 이름을 외자 청(靑)으로 바꾸고 신라김씨의 성을 붙여 김청으로 행세했다.

"올해부터는 소출도 있을 거예요. 고려 사람들이 농사일을 가르쳐 주었어요."

 김청은 글을 알아 부곡마을의 재정을 관리했다. 강동성 낙성 후 두 번째 맞는 봄, 대요수국의 공주는 마을 사람들의 먹고 입는 것을 걱정하는 안주인이 되어 있었다.

"이번에 가면 여러 날이 걸릴 것이다. 공부에 게으름이 없도록 해라."

 현각은 김윤후를 이끌어 연무장으로 나섰다. 공부를 시험해보겠다는 뜻이었다. 스승을 따라 선장을 든 김윤후가 대적자세를 갖추었다.

 선장은 찌르고 휘두르고 내려치기를 자유롭게 하는 봉술용 무기이다. 무장을 해제당한 부곡마을 사람들은 선장이나 지게막대기 등을 사용하여 봉술을 연마했다.

"얍!"

 요란한 기합이 김윤후의 입에서 발해졌다. 동시에 혼신을 다한 찌르기가 들어갔다. 그리고 잠시 후 김윤후는 자신의 손이 허공을 잡고 있음을 알았다. 현각에 의해 선장을 탈취당한 것이었다.

"일격필살의 의기는 좋다. 허나 상대의 기량이 월등할 때는 퇴로가 없으니 생각해 볼 일이다."

현각은 찰나지간에 몸을 피해 김윤후의 찌르기를 피하고 선장을 가로챈 것이었다. 김윤후는 공격하던 기세로 앞으로 내닫다가 현각의 발걸이에 걸려 몸의 균형을 잃고 선장을 탈취 당했다.
"넘침은 모자람만 못하다. 김취려장군님의 교훈을 잊지 말아라."
김취려는 강동성 전역 후의 무술시합에서 나중에 발사한 화살로 앞서 발사된 몽골군 부원수 살리타이의 화살을 쳐서 해동청보라매의 생명을 구했다. 현각은 그때의 시합에 참여했던 당사자로, 내막을 잘 알고 있는 단 하나의 증인이었다. 김취려는 특별히 고안된 작은 대나무 조각을 통아로 삼아 고려군의 명예를 지켰다.
"그때의 시합 이야기는 정말 통쾌해요. 어떻게 나중에 발사한 작은 화살이 앞선 철궁을 쳐서 빗맞게 할 수 있었는지……"
김청이 김윤후를 가로막고 호들갑을 떨었다. 김취려의 궁술에 대해 감탄을 금치 못한 현각은 시합의 전말을 제자에게 전했고, 곁에서 주워들은 김청은 자신이 가르침을 받은 양 즐거워했다.
"장군님은 혼신을 다한 활쏘기로 생령을 살리셨지만 상대에게 공을 돌리셨다. 너의 기세는 자칫 교만이 될 수 있다. 범사에 장군님의 의행을 교훈 삼도록 해라."
당부를 마친 현각은 행장을 둘러맸다. 김청과 함께 배웅을 나선 김윤후가 인사말을 대신해 물었다.
"고려 조정은 요국 백성들을 흩어놓았습니다. 믿지 못한 때문이겠지요?"
고려는 성종 12년(993년) 이후 거듭된 대요전쟁에서 연승을 거두어 포로로 잡은 거란인들이 작지 않았다. 이의 처리로 포로들을 거란장(契丹場) 명색의 부곡마을에 몰아 하층 고려인으로 융합시키는 정책을 썼는데, 강동성 전역 후의 거란 유민들 역시 같은 취급을 받았다.
"네가 승적을 청한 뜻을 짐작하고 있다. 각처의 부곡마을이 고려 조정의 호의임을 설마 모르지는 않을 터, 더는 거론하지 말거라."
 불승은 왕조국가 고려에서 각처를 자유로이 왕래할 수 있는 유일한 신분이었다. 현각은 승려가 되고자 한 김윤후의 뜻을 에둘러 지적한 것이었다.
"어디로 가시나요?"
 김청이 물었다. 현각은 이 당돌한 요국 공주에게 한몫을 놓아 말을 높였다.
"도성의 일을 마치면 묘향산에 머물러 스승 무상스님의 유업을 이을 생각입니다. 선사께서는 미구에 북적에 의한 본격 난리가 있을 것을 염려하여 대비책을 마련해 두셨습니다."
 그렇게 답하고 떠난 현각을 찾아 김청이 묘향산에 온 것은 다시 한 차례 봄이 지난 다음 해의 초여름이었다.
 묘향산 보현사는 고려국의 황실 사찰 중 하나로 대요수국의 난리 때에 불탄 것을 당시의 집권 최우가 특별히 영을 내려 서둘러 재건했다. 현각이 도착한 고종9년(1222년)의 보현사는 망치질 소리가 드높은 건설현장이었다.
"조정에서 별초를 뽑는다지요."
 주지스님에게 인사를 드리고 나온 현각에게 인부들 사이에서 불화(佛畫)를 그리던 홍제스님이 인사를 차리고 나섰다. 홍제는 우본과 함께 대요수국의 난리 때에 잡류별초로 활약했던 농민 출신 백성으로 강동성의 낙성 후 승적에 들었다. 현각에게 무예를 배운 것을 핑계로 제자를 자처하고 있었지만 나이가 덜한 것은 아니었다.
"막쇠와 박돌, 큰손, 삼매가 모두 관직에 들었네. 김취려장군님의 주선으로 평졸은 면했네."
"장교가 되었군요. 몽골의 케식텐처럼 특별한 별초를 만든다더니…… 출세를 한 셈인가요."
"전란의 시대에 군인이 되었는데 출세일까? 농민이 농사일을 떠났는데?"
 현각의 탄식에 홍제는 입을 다물었다. 홍제는 대요수국의 난리 때에 수많은 죽음을 본 충격으로 중이 된 처지라 초급장교가 어떤 신분인지 잘 알고 있었다.
 현각이 다시 입을 열어 홍제를 달랬다.
"저녁에 영천암으로 오시게. 별초군 문제로 의논할 게 있네."
 현각은 영천암을 거처로 삼고 있었다. 본래 영천암은 현각이 스승 무상과 더불어 머물던 작은 암자로 신경통에 약효가 있는 샘이 주위에 있어 그렇게 불렸다. 무상은 항마군총교두로 영천(靈泉) 주위 분지에 연무장을 만들고 제자를 길렀다.
"암자에 우본 사형이 시주님을 모시고 와 계십니다."
 무상은 출가 이전 관직에 있을 때 용호군의 무술교두였다. 무상의 별칭 항마군총교두는 대중이 존중해서 부르는 이름이었다. 현각은 스승이 입적한 후 자연스레 영천연무장의 후계자가 되어 무상문중의 일을 주관하고 있었다.
 현각은 처인성에 있을 우본이 스승의 제자 중 하나를 모시고 왔으리라 짐작하고 내방객을 만났다.
"오랜만에 뵙습니다. 여전하시네요."

내방객은 김청이었다. 처인 고을의 부곡마을에 있어야 할 요국 공주 김청이 묘향산에 나타난 것이었다. 김청은 영천 분지의 연무장에서 연무교사인 원통스님의 안내로 무승(武僧)들의 연무를 구경하고 있었다.
"소림권과 비슷한 것 같은데, 자세히 보니 다르네요. 스님들의 공력이 대단한 것 같습니다."
 김청은 대충 인사말을 던진 후 잔뜩 상기된 얼굴빛으로 무승들에 대한 평가부터 내렸다. 김청은 부처님을 뵈러온 사대부가의 부인인 양 머리를 틀어 올리고 꽃장식이 달린 철비녀를 꼽고 있었다.
"태껸입니다. 신라 화랑들이 익히던 무술인데 본문의 사조이신 무상스님이 불승에 맞게 보강하셨지요. 소림권의 장점도 일부 차용되어 있습니다."
 원통이 김청에게 답한 후, 현각에게 상황을 설명했다.
"여시주님의 안력이 대단하십니다. 잠깐 보신 것만으로 본문 무술의 내력을 간파하셨습니다."
"요나라 사람들은 무술이 생활입니다. 소림권은 어릴 때부터 아버님에게 배워서 알고 있어요."
 할 말을 다하고서야 김청은 우본과 함께 스승을 뵙는 예를 차렸다. 현각은 김청의 신분을 존중하여 마주 인사를 했다.
"남편이 길을 떠났습니다. 몽골 파림(巴林)에 아버님을 만나러 간다고 편지를 남겼습니다."
 파림은 내몽골 지역에 있는 요나라 시절부터의 군사도시로 훗날의 원나라 상도(上都)로 통하는 요로에 있었다. 이 무렵 건설이 진행 중이었는데, 몽골군은 강동성 낙성 때에 포로로 잡은 요나라 사람들을 파림으로 끌고 가서 도시를 건설하는 일에 동원하고 있었다.

"아버님이 고초를 겪고 계시다는 소식을 듣고 분개하여 모셔오겠다 하였습니다. 파림에서 탈출해 온 동무들 중에 진장군의 아들이 있어 함께 떠났습니다."

진장군이라 함은 옛 대요수국의 늙은 장수 진화를 말할 것이다. 진화는 요국 황제 친위대의 대장으로 야율금후와 금청이 강동성을 탈출할 때 호위를 맡았으나 몽골 감군 탕꾸에게 추적당해 결투 끝에 잡혀갔다.

"제자에게는 서북면에 사람들을 찾으러 간다 하였습니다. 어느 마을에도 속하지 못하고 사냥으로 연명하는 사람들이 있다 하여……"

대요수국의 난리 때에 고려에 침입한 거란족 유민들은 10만을 웃돌았다. 강동성 낙성으로 난리가 끝났지만 고려군과의 전투 중에 각처로 흩어진 유민들은 그 수가 작지 않았다. 김윤후는 승적을 얻은 후 고려 조정의 통제에 들지 못한 유민들을 찾아다녔다.

"결국 그렇게 되었군요. 원행에 고단하셨을 터, 우선 공양을 들고 의논을 갖도록 하지요."

현각은 김취려의 선견지명에 혀를 찼다. 김취려는 야율금후 시절의 김윤후를 만나본 후 걱정을 많이 했었다.

"이 아이는 기질이 너무 강해. 이대로라면 반드시 일을 벌일 텐데, 고쳐줄 방법이 없을까?"

"스승님이 계셨더라면 예전의 저처럼 길러주셨을 텐데…… 안타깝습니다. 제 어린 시절의 가시도 이 아이에 덜하지 않았습니다."

"전란으로 부모를 잃은 처지로 오죽했을까. 스님이야 백번 이해할 만하네."
 김취려는 친구 무상에게서 들어 현각의 어린 시절을 알고 있었다. 그는 현각을 위로한 후 김윤후의 일로 말을 이었다.
 "다행이 불도에 들겠다하니 부처님의 감화를 기대할 수밖에. 스님이 또 수고를 해주셔야겠네."
 현각은 강동성 싸움 이후 김윤후의 교육을 맡고 있었다. 그는 김취려의 기대에 부응하지 못했음을 자책하며 수습책을 논하기 위해 대중을 모았다.
 "조정은 지난 거란족의 난리 때 우리 별초군이 한몫을 했음을 인정하여 도성에 별초부대를 편성하려 합니다. 내게도 책임의 한 끝이 주어졌는데 사양하고 내려왔습니다. 다만 이미 관여한 부분만은 피할 수 없으니 일을 마무리한 후 파림으로 떠날까 합니다."
 현각은 무상의 적전제자였다. 무상은 불일보조(佛日普照) 지눌(知訥)의 제자로 조정의 부탁을 받고 보현사에 무예승들을 위한 연무장을 만들었다. 무관 출신 승려인 무상은 지눌의 '마음 안에 극락이 있다(唯心淨土說)'는 말에 감복하여 경을 외는 것과 무기를 드는 것을 한 가지로 보았다.
 "무상 문중의 일은 원통에게 부탁해 두었고, 외사는 우본과 홍제가 잘 처리할 것입니다. 졸지에 내린 결단이라 송구스럽습니다만, 피할 수 없는 일이기도 하니 허락해 주시지요."
 현각은 어린 시절 무상의 제자가 되어 무술실력이 발군이었다. 불교국가 고려는 젊은 승려들을 무장시켜 항마병 명색으로 외침에 대비했는데, 무상은 이들의 교두(敎頭)로 전국의 절에 제자들이 있었다. 현각은 수계를 받지 못해 승랍(僧臘)이 주어지지 않았지만 대중은 그의 승적을 의심하지 않았고, 자연스레 무상 입적 후 문중의 후계자로 인정받고 있었다.

"대사형의 고심에 경의를 표합니다. 미구에 북적으로 인한 화가 있을 것은 자명한 일, 사형께서 안배가 있을 것으로 믿습니다."

보현사의 주지인 현지스님의 발언이었다. 현지는 현각보다 한 배분 이상 선배인 교종의 고승이었다. 성품이 온화한 현지는 무상에게 무예를 가르침 받은 적이 있어 현각을 예우했다.

"몽골은 금국을 초토화하고 있습니다. 사형은 이 나라 무예승의 사표이신데 그 호혈로 가셔야겠습니까?"

지눌 문중의 장로인 현상이 염려의 말을 했다. 현상 역시 승랍이 까마득히 높은 고승이었으나 무상과의 인연을 중히 여겨 현각을 높였다.

"가야합니다. 제자는 그를 고려백성으로 만들어주기로 약조했습니다. 그리고 그가 자칫 일을 벌여, 몽골에 침입의 빌미를 줄 수도 있습니다. 이야말로 큰 일, 반드시 막아야합니다."

현각은 강동성의 전역 때에 요국의 황자와 공주를 구한 일의 내막을 설명했다. 몽골과의 관계 때문에 드러낼 수 없는 사연이었지만 적국의 심장으로 가는 마당이라 사정을 밝히지 않을 수 없었다.

"도성에서는 몽골 사신들이 온갖 횡포를 부리고 있다 합니다. 수달피 1만 장을 공물로 요구하고, 고려 처자들을 공녀로 청했다합니다."

몽골은 전쟁으로 먹고사는 나라였다. 과다한 공물과 무리한 특혜를 강요하여 상대의 반발을 부르고 전쟁으로 몰고 갔다. 고려의 처지를 도외시한 공물의 요구는 전쟁의 명분을 만들기 위한 횡포였다.

"그들은 천하에 적수가 없는 강군이다. 그렇다고 무작정 굽혀 들어가서 노예가 될 수도 없는 일, 피할 수 없는 전쟁이라면 피해를 줄일 방법을 찾아보아야 한다.' 김취려장군님의 말씀입니다."

현각은 김취려가 요국 황제 금시와 교통을 가졌던 일을 포함한 모든 사실을 밝혀 대중의 이해를 구했다. 강동성 싸움 때의 두 원수 중 조충이 세상을 떠남으로 홀로 원로로 남은 김취려는 대몽대책에 고심이 컸다.

"우리 묘향산 보현사는 병마사공에게 은혜를 입고 있습니다. 본사는 사형의 일을 돕겠습니다."

보현사의 주지인 현지가 편을 들고 나섰다. 묘향산 보현사는 대요수국의 난리에 요국 유민들에게 점령되어 절이 전소되는 피해를 입었다. 보현사는 나라의 위임을 받아 대장경 인경본 일습을 보관하던 법보 사찰이기도 했는데, 대장경 역시 절이 불탈 때 난을 피하지 못해 한이 컸다.

보현사가 겁박을 받던 날, 원군을 이끌고 급히 달려온 김취려는 적을 물리치는데 성공했으나 장남을 잃었다. 그는 전란 후에도 조정에 청을 하여 절의 재건에 힘을 보탰다.

"병마사공은 본사를 위해 아들을 잃었습니다. 우리가 어찌 돕지 않을 수 있겠습니까?"

현지의 발언이 결론이 되어 무상 문하의 대중 집회가 끝났다. 현각은 김청과 우본을 대동하고 도성인 중경으로 향했다. 도성에서 처인 부곡마을까지는 우본이 김청을 호위하기로 했다.

"조정의 허락이 떨어지는 대로 중원으로 떠나려 합니다. 최선을 다할 테니, 부곡마을로 돌아가서 기다려주시지요."

일행은 중경에서 작별을 했다. 김청은 정혼자를 직접 찾아가지 못함을 아쉬워하며 듣는 이들의 가슴을 치는 부탁을 남겼다.

"부황을 뵙게 되면 딸이 대요수국의 후계를 가졌다고 전해 주세요. 남편에게는 애비가 됨을 고해 주시고요."

청년기에 접어든 두 남녀가 부부의 명분을 맺었으니 회임은 당연한 결과였다. 현각은 세 해 전 강동성 낙성 때를 되새겼다.

"이 아이들을 고려 땅의 백성으로 만들어 주시오. 고려는 선조의 땅, 이 아이들이 아들딸 낳고 잘 산다면 더 바랄 게 없소."

대요수국의 가황제 야율금시는 딸 야율금청과 딸의 정혼자 야율금후의 장래를 부탁한 후 적국의 포로가 되었다. 그때에 현각은 금시의 충심을 헤아려 최선을 다하겠노라 약조를 했었다.

도성에 들어선 현각은 김취려를 찾았다. 김취려는 현각을 반겨 맞았다.

"영공께서 기다리셨네."

영공은 집권 최우를 높여 부르는 호칭이다. 아버지 최충헌의 뒤를 이은 최우는 동생 최향을 상대로 한 형제의 난에 승리하고 권좌에 오른 후 새로운 군제를 계획하고 있었다.

"도방이 둘로 갈려 싸웠소. 이번 일로 도방은 믿을 수가 없게 되었습니다. 따로 결사를 꾸미려 하니 힘을 빌려 주시지요."

최씨 무신정권의 두 번째 집권인 최우는 민심을 얻는 방법을 아는 영걸이었다. 그는 사재를 털어 백성과 왕실을 도왔고, 강국 몽골에 비굴하지 않았다.

"스님의 별초군은 고려군의 귀감이오. 도성에 도적이 많아 백성들이 괴로워하는데 따로 직책을 마련할 테니 맡아주지 않으려오? 세부의 일은 사람을 붙일 테니 의논해 주시오."
 최우는 현각의 조력자로 젊은 장교를 내세웠다. 기골이 장대하고 용모가 수려하여 명문가의 자제로 보이는 사람이었다.
 "영공의 막하에 있는 김준입니다. 스님의 명성은 익히 듣고 있습니다. 거두어 가르침을 주십시오."
 김준이 예의 바르게 인사를 했다. 그는 최씨 정권 휘하 도방의 일개 장교였으나 이번 형제의 난에 공로가 커서 이름이 알려졌다.
 현각은 김준의 인품을 높이 보고 격식을 차려 인사를 받았다.
 "항마병의 무예는 격이 다르다고 들었습니다. 한 합쯤 어울려주지 않으시려는지요."
 김준은 인사가 끝나자 대뜸 도전을 했다. 현각은 김취려를 돌아다보았다. 김준이 문무를 겸전한 인물임은 소문을 들어 알고 있었지만 시합은 좌중의 어른인 김취려의 허락이 있어야 가능한 일이었다.
 김취려가 고개를 끄덕여 동조의 뜻을 보였다. 일찍이 초년 장교 시절에 현각의 스승 무상에게 매운 맛을 본 바 있는 김취려는 김준의 기세를 꺾어 겸손을 가르치는 것도 괜찮겠다 싶다고 생각한 것이었다.
 "뒤로 미룰 게 있나. 바로 연무장으로 가도록 하지."
 최우가 바람을 넣었다. 김준은 도방에 속한 무장 중 무예가 가장 빼어난 장교였다. 무승들의 최고수라는 현각과의 겨룸은 신진 장교 김준이 고려군의 최고원로 김취려에게 인정받을 수 있는 절호의 기회일 터였다.

"가르침을 청합니다."

최우의 연무장에서는 도방에 속한 장사들 수십 명이 연무 중이었다. 장사들은 최우와 김취려 일행이 들어서자 예를 갖춘 후 자리를 물렸다. 평소의 훈련을 짐작하게 하는 절도 있는 행동들이었다.

"지켜들 보거라. 공부가 될 것이다."

최우의 명령일하, 도방의 장사들은 연무장의 중심을 비우고 물러나 관전을 시작했다.

김준은 최우와 김취려에게 군례를 올린 후 창을 들어 자세를 갖추었다. 창날을 가죽으로 감싼 연습용 창이었다. 불문 무예승들의 최고수 현각이 봉술에 능하다는 사실은 알려진 바였으므로 김준의 창봉 도전은 어떤 무예에도 대적할 수 있다는 자신감의 표시였다.

"삼가 받들겠습니다."

현각이 선장을 잡았다. 잠시의 대치. 김준의 호흡이 거칠어지기 시작했다. 현각의 선장은 중단으로 겨누어졌을 뿐 미동도 없는데, 김준의 창끝은 떨림이 요란했다.

"이얍!"

기합과 함께 김준의 창이 내질러졌다. 그리고 다음 순간, 김준의 창은 현각의 손에 있었다.

"졌습니다!"

창과 선장이 맞부딪친 순간 '뭐, 이런 무거운 무기가 다 있나' 싶었고, 다음 순간 선장에 얽힌 창이 손에서 빠져나갔다. 김준이 껑충 뛰어 뒤로 물러날 수 있었던 것은 그 나마의 순발력 덕분이었다.

"시주님의 양보에 감사드립니다."

현각이 김준의 창을 돌려주며 예를 차렸다. 관전하던 최우가 감탄한 얼굴로 김취려에게 물었다.

"어떻게 된 승부인지요? 순식간의 일이라 도무지 알 수가 없으니……"

김취려가 김준과 현각을 손짓해 불렀다. 직접 보고하라는 의미였다.

"격이 다른 무술이었습니다. 천방지축 범 무서운 줄 모르고 덤빈 소장을 벌해 주십시오."

"양보해 주신 덕분입니다. 대단한 실력이셨습니다."

김준은 스스로 패배의 길을 달려갔다고 고백했다. 현각의 선장과 마주한 순간, 미동도 없이 고요한 상대에게 초조감을 느껴 선제공격을 했고, 현각의 선장은 김준이 내지른 창의 기세에 작은 힘을 더해 손에서 빠져나가게 했던 것이다.

김준의 패배 인정에 현각이 겸양을 곁들인 답변을 하고, 김취려가 명쾌한 설명으로 결론을 내렸다.

"무술이 예로 발전하면 저런 아름다움이 나옵니다. 스님은 무상 문하의 도를 이었습니다."

고려 항마병의 총교두였던 무상의 무예는 전설로 전해지고 있었다. 최우가 김취려의 설명을 듣고 찬사를 보냈다.

"일찍이 아버님께서 말씀하셨습니다. 일생에 두 사람에게 감탄하셨다고. 김취려장군님과 무상스님이신데, 이렇게 보게 되는군요."

최우는 연무장 안의 장사들을 불러 모으고 현각에게 간곡히 청했다.

"북적(北狄)이 보낸 사신의 횡포가 극에 달했소. 그들의 억지가 침략을 위한 명분 쌓기임은 명약관화한 사실, 전쟁이 나면 가장 고초를 겪는 것은 백성들이오. 이들을 가르쳐 대적할 만한 강병으로 만들어 주시오. 내 직책을 떠나 한 사람의 고려백성으로서 간청을 드리오."

현각이 마주 머리를 조아리며 답변을 했다.

"보기 드문 장사들이신데 가르칠 여지가 있을런지요. 항마병에는 좋은 무술교사가 있으니 도움이 되지 싶습니다."

최우는 장사들에게 현각을 무술 스승으로 삼도록 인사를 시켰다. 김준과의 대련을 구경하여 현각의 실력을 확인한 장사들은 다투어 군례를 올렸다.

"배중손입니다. 사부로 모시고 싶습니다. 헌데 저에게도 매운 맛의 깊이를 직접 체험할 기회를 주시런지요."

현각에게 예를 올리던 장사들 중 마지막으로 나선 젊은이가 돌연 한 말을 했다. 현각이 자격을 갖춘 인물임은 의심하지 않지만 자신보다 월등히 높지 않으면 인정할 수 없다는 기세였다.

"제 아우입니다. 도방의 수석교두로 있습니다."

김준이 소개말을 했다. 아우로 불렀지만 성씨가 다르다. 아마도 결의형제일 터, 배중손은 김준보다 머리 하나는 더 큰 체구에 눈빛이 형형하여 예사 인물이 아닌 듯 보였다.

"이번에 야별초군의 장교로 내정되어 부임하게 되었는데, 과욕을 부리는 듯싶습니다."

야별초는 현각이 이끌던 잡류별초의 발전형으로 수도 개경에 새로이 만들어질 치안군이었다. 현각은 최우와 김취려를 돌아보아 의견을 구했다.

"젊은이의 체면을 살려 주는 것도 괜찮지 않을까요."

최우가 김취려의 양해를 구하는 형식으로 허락을 했다. 현각은 군례를 올린 후 연무장의 중앙으로 나섰다.
 배중손이 무기 중에 대도를 택해 나섰다. 검은 모든 무기의 왕, 대도는 검들 중에 가장 무거운 무기였다. 현각은 엷게 웃으며 선장을 잡았다.
 "삼가, 가르침을 받겠습니다."
 배중손은 대도를 대상단으로 높이 치켜들었다. 대도의 무거움에 완력을 가세한 선제공격의 표시였다. 현각은 선장을 중단으로 들어 수비 자세를 취했다.
 "야얍!"
 요란한 기합소리와 함께 배중손의 칼이 내리쳐지고 현각의 선장이 가로로 받았다. 기세로 보아 한낱 나무막대기에 지나지 않는 선장은 두 동강이가 날 것이었다.
 "쨍그렁!"
 정작 두 동강이가 난 것은 배중손의 대도였다. 배중손은 반 토막이 난 대도를 들고 얼이 빠져 있었다. 베었다고 생각한 선장은 흠집도 없는데 대도는 절반을 잃고 있었다.
 "졌습니다!"
 배중손이 허리를 굽혔다. 더불어 도방의 장사들이 일제히 같은 형식의 예를 올렸고, 현각이 황급히 반례를 했다.
 "훌륭한 솜씨, 요행에 힘입은 승리인 것을."
 승자의 겸손은 패자의 감복을 부른다. 반 토막 난 대도를 내려놓으며 배중손이 물었다.
 "미몽 속을 헤맨 느낌 뿐 연유를 모르겠습니다. 길을 열어 주십시오."

 완력도 무기의 위력도 우위인데 패배한 것이다. 배중손의 가르침을 청하는 자세는 간절했다.

 현각은 김취려를 돌아다보았다. 말로 가르칠 수 없는 것이 무술의 극의라 김취려의 도움을 청한 것이었다.

"배움의 깊이에서 오는 차이이니 잘 배우시게. 좋은 젊은이이니 가르치시게나."

 김취려는 배중손과 현각에게 아울러 권했다. 당대 무인 최고 원로의 중재다. 이로써 명분이 지어졌다.

"제자 중손, 스승께 예를 올립니다!"
"스승께 예를 올립니다!"

 배중손이 현각에게 제자로써의 예를 올리고, 도방의 장사들도 일제히 고개를 숙여 중손을 따랐다.

"아우들! 내가 먼저 모셨으니 현각 문하의 사형은 날세. 잊지 말기!"

 김준이 배중손과 장사들을 거들고, 최우가 호탕한 웃음으로 추인을 했다.

"하하! 좋은 인연이야! 젊음이 부럽네그려. 나도 말석에 끼워주시게."

 최우는 대고려국의 최고집권자였지만 성정이 곧발라 권위를 고집하지 않았다. 부친 최충헌의 성품을 올바르게 이은 때문으로 살벌한 무신정치시대에 그들 부자가 장기집권을 하는 이유이기도 했다.

"헌데 몽골에 가보고 싶으시다고?"

 도방 장사들과의 상견례가 끝난 후 주안상을 받은 자리에서 최우가 물었다. 현각은 강동성 낙성 때의 일을 들어 몽골행이 필요한 이유를 설명했다.

"그들은 이미 고려 땅의 백성이 되었습니다. 더구나 요왕 금시와의 약조도 있고 하여, 구하지 않을 수 없습니다. 조만간 몽골의 사자가 돌아간다고 들었습니다. 그때에 소승을 동반시켜 주십시오."

몽골 사신은 고려 조정을 겁박하여 막대한 공물을 얻어내고, 공물의 운반까지 고려 측에 책임을 맡겼다. 수달 가죽만도 수천 이상이라 필요한 인부가 백 명이 넘었다. 현각은 인부의 하나로 몽골 땅으로 들어갈 계책을 낸 것이다.

"지피지기면 필승이라, 적을 알기 위해 적의 심장에 발을 딛는 것도 좋은 방법일 것입니다."

이미 의논이 있었던 김취려가 말을 보탰다. 최우가 고개를 끄덕여 찬성의 뜻을 보였고, 김준이 감탄하여 덩달아 청을 드렸다.

"소장도 동행하고 싶습니다. 몽골군의 강한 면은 이미 겪은 바가 있어 알고 있지만, 결점이 없지도 않을 것입니다. 직접 확인하고 싶습니다."

김준은 강동성 공방전 때 군사 행정을 담당하는 부대인 내상(內廂)에 속해 지병마사 한광연을 도왔다. 최충헌이 심은 감군이었던 것이다.

"군은 도성에 할 일이 많아. 국경까지만 동행하도록 해요."

최우는 김준의 말을 중히 여겨 함신진(咸新鎭)까지 몽골사신의 귀국 행렬을 호위토록 했다. 김준은 최우의 측근으로 도방의 책임자였으므로 언제 돌아올지 모르는 몽골 행은 허락되지 못했다.

함신진(咸新鎭)은 훗날의 의주로 북방의 최전선이다. 성을 나서면 바로 동진의 영역, 사신단의 하임으로 변복을 하고 국경에 온 현각은 수하 별초 육매를 만났다.

 삼매와 오매, 육매 삼형제는 윤관장군의 완안부 정벌 때 항복한 여진인의 후예로 매를 잘 다루었다. 그들 형제는 해동청을 날려 교신을 했으므로 정보를 주고받는 일을 전담했다.
"금시는 살리타이 휘하 바아토르에 동원되어 개봉성 전투에서 전사했다 합니다. 금군의 일지대가 살리타이군을 요격했는데, 김윤후로 추정되는 인물이 보였다고 하였습니다."
 삼형제의 맏이인 삼매는 이미 몽골의 영역 안에 들어가 있었고, 오매는 몽골 사신을 따르는 짐꾼으로 현각과 행동을 함께 했다. 육매는 삼매에게서 매를 통해 받은 전통문을 현각에게 전했다.
"몽골군은 금의 수도 연경을 함락시키고 남쪽으로 도망친 잔적을 쫓고 있습니다. 살리타이는 독립부대를 이끌고 각처의 촌락을 약탈하고 있는데, 김윤후가 그를 노려 도발하고 있다 합니다."
 바아토르는 몽골 특유의 죄수부대였다. 군중에서 중죄를 범한 몽골군 병사는 바아토르에 속해 공을 세움으로 속죄를 할 수 있었는데, 포로로 잡은 적군의 장수를 귀순하게 하는 목적으로 활용되는 경우도 많았다.
 바아토르는 본래 케식텐의 하위부대로 칸의 친정에 돌격대로 활약했다. 후에 영역의 확장으로 각처에서 전투가 벌어지게 되자 원수급 장수의 지휘를 받기도 하였다. 강동성 싸움 때에 몽골군에 항복했던 야율금시는 몽골의 중국방면 총수 무칼리 휘하 바아토르로 개봉성 전투에 동원되었던 것이다.
 금시는 50세를 바라보는 나이로 요국의 가황제였다는 특수한 신분이었다. 바아토르에 속할 형편이 아니었는데 무리하게 끌려갔고, 그 배후에 예꾸가 있었다.

"예꾸가 앙심을 품고 칸에게 참소하여 금시를 바아토르에 동원했습니다. 윤후는 원수를 갚겠다고 나섰지요."

예꾸는 강동성의 전역 때에 감군의 임무에 소홀했다는 평가를 받고 바아토르에 속해 전공을 세워야 했다. 고려 원정군의 두 원수 카치운과 살리타이는 예꾸가 요국 공주 야율금청을 탐냈던 일을 상세히 보고하여 죗값을 치르게 했다.

예꾸는 요국의 가황제 야율금시에게 앙심을 품고 참소를 거듭했다. 명색이 일국의 황제였던 야율금시가 죄수부대인 바아토르에 일개 장교로 끌려가는 수모를 겪게 된 데는 그 같은 내막이 있었다.

"별초군에 유능한 사람들을 보내주셔서 고맙습니다."

몽골 사신단이 국경을 넘기 전날 밤 현각을 만난 김준은 그간의 일에 치사를 했다. 현각은 김준에게 불문 무술을 가르쳐주는 일면 옛 잡류별초의 사람들을 소개하여 신설되는 야별초에 들게 했다.

"전란의 수습에는 편견 없는 힘이 필요하다는 것이 영공의 생각입니다. 기존 도방의 장사들은 하나같이 권력의 맛을 알아버린 사람들, 필요한 시점에 맞춤한 인재들을 보내주신 점, 영공을 대신하여 감사드립니다."

현각은 김준과의 짧은 동행 길에 그가 언행이 일치하고 심성이 바르다는 것을 간파하고 문하에 들기를 허락했다. 김준은 문무겸전의 장수로 맹자의 사상을 내비치기도 하여 현각의 감탄을 샀다.

"나라의 근본은 백성입니다. 고려가 대륙 여러 나라의 침입을 견뎌낸 힘은 백성들에게서 나왔는데, 정작 위정자들은 이를 모르고 있습니다. 그간의 집권들은 백성을 착취의 대상으로 보고 쥐어짜기만 하였습니다. 다행히 현금의 영공께서는 선정을 베풀고 계십니다. 소장은 영공이 도를 벗어나지 않는 한은 계속 도울 생각입니다. 힘이 될 만한 사람들을 빌려 주십시오."

통치자가 악행을 벌일 때는 섬기던 주군일지라도 내칠 수 있다는 의미의 말이었다. 현각은 젊은 장수만이 가질 수 있는 정의로 보고 기꺼이 수하 잡류별초의 사람들을 신설되는 야별초(夜別抄)에 들게 했다.

현각의 수하 잡류별초는 요국과의 오랜 전쟁으로 싸움에 익숙한 전사들이었다. 유능한 사람들을 찾던 김준은 환호로 맞았고, 야별초라는 새로운 병제가 만들어져 집권 최우의 세력은 더욱 공고해졌다.

최우는 야별초를 총애하여 정규군 이상의 대우를 해주며 도적들의 횡포를 막는 경찰력으로 삼았다. 거듭되는 난리로 백성들이 고초를 겪던 시절 야별초는 큰 활약을 했다.

야별초는 후에 좌·우별초로 나누어지고, 몽골에 잡혀 갔다가 탈출해 온 사람들이 합세하여 신의군(神義軍)이 더해져서 삼별초(三別抄)라고 불렸다. 훗날 대몽전쟁의 막바지에 삼별초가 보인 애국애족의 활약상은 현각이 예견한 것은 아니었지만 뜻하는 바대로의 결과였을 것이다.

제5장 대륙

 고려 고종 11년(1224) 5월 현각은 몽골 사신 찰고야(札古也)의 하임(下任)으로 중국 땅을 밟았다. 오매를 비롯한 몇몇 잡류별초가 행동을 같이하여 현각을 도왔다. 이 무렵 몽골의 대칸은 서역 원정 길에 있었고, 중국방면 정복을 맡고 있는 무칼리가 전 해에 죽어 대륙의 정세는 혼돈 중에 있었다.
 집권 최우는 수하 김준에게 병력을 주어 몽골 사신단을 국경까지 호위토록 했다. 그간 몽골에 신속해왔던 동진국이 배신의 깃발을 들고 고려에 연맹을 청해 왔기 때문에 적아의 구별이 모호해진 탓으로 엄중한 경계가 필요했던 것이다.
 "제자는 야율금후 부부와 그들을 따르는 요나라 사람들을 고려백성으로 만들어주기로 약조했습니다. 현재 야율금후는 금국에 있습니다. 그가 자칫 일을 벌여 몽골에 침입의 빌미를 주게 될 수도 있습니다. 이야말로 큰 일, 반드시 막아야합니다."
 중국행을 말리는 무상 문중의 대중들에게 그렇게 의지를 피력한 현각은 수도 중경에 들려 김취려에게 같은 뜻을 고한 후 고려를 떠났다.
 현각은 함신진까지 배웅을 온 김준에게 각별한 부탁의 말을 남겼다.
 "몽골과의 전란은 피할 수 없을 것입니다. 그때에 한 역할을 할 재목이니 처인 땅 부곡마을의 옛 요나라 사람들을 홀대하지 말아주십시오."
 이미 최우에게 허락받은 문제였지만 김준에게 다시 다짐을 한 것이었다. 김준은 약관의 나이였지만 최우 정권의 실세였고, 의지가 강한 성품이라 믿음을 주는 인물이었다.

"중원은 오랜 싸움으로 온갖 무예가 성하다 들었습니다. 제자는 이번에 동행하지 못하지만 반드시 중원 땅의 무예를 구경할 날을 갖도록 하겠습니다."

김준은 제자를 자처한 터라 극진히 답했다. 현각은 그에게 병서 한 권을 남겼다.

"일찍이 스승께서 중국 땅을 유행할 때 얻으신 소림의 무술서입니다. 따로 한 권을 만들어 부곡마을에 남겼고, 이는 그 원본입니다. 소문으로 알려진 바와 같이 경이적인 권술각법(拳術脚法)을 배울 수 있는 무술비급은 아니나 근골의 단련에 신통한 점이 있어 흉내를 내보았는데 성취가 컸습니다. 중원에 간 윤후 역시 익힌 무술이니 참고하시지요."

달마역근세수경(達磨易筋洗髓經)이었다. 김준은 근본적으로 무인이었으므로 중원무예의 본산이라는 소림사를 알고 있었고, 소림의 조사 달마가 남긴 역근세수경에 대해서도 소문을 듣고 있었다. 때문에 이 뜻밖의 귀물을 공손히 받았다.

"열심히 공부하겠습니다. 실력을 키워놓을 테니, 다녀오신 후 다시 한 번 겨룸의 기회를 주십시오."

김준은 병서를 받으며 당돌하게 재대결을 청했다. 현각은 반드시 살아서 돌아오라는 말의 반어적인 표현으로 읽고 불호로 그의 충심에 답했다.

"나무관세음보살."

수행한 오매를 통해 삼매 형제의 전통(傳通)을 받았으므로 갈 곳은 정해져 있었다. 애초에 야율금후로 다시 돌아간 김윤후가 고려에 누가 될 일을 할 것을 염려한 중국행이었으므로 삼매 형제의 맏이를 심어두어 동정을 살피게 했던 것이다.

 김윤후는 원수인 예꾸를 쫓고 있다 하였다. 몽고 대칸의 조카인 예꾸는 윤후의 사촌누이이자 정혼자인 야율금청을 노렸다가 현각에게 혼쭐이 났었고, 그때의 원한으로 금청의 부친 야율금시를 죽음으로 몰아넣었다고 하였다. 윤후가 예꾸를 원수로 보고 목숨을 노리는 것은 인지상정이었다.

 이 무렵 몽골은 고려와 형제지의를 맺었다하나 처음부터 상국 노릇을 하려 들었다. 몽골의 사신은 수달피 1만 장, 고운 명주 3천 필, 종이 10만 장, 면자(棉子-목화 씨앗) 1만 근 등 막대한 양의 공물을 요구하여 고려 조정을 곤란하게 만들었다.

 고려 조정은 전쟁을 피하기 위해 최대한의 예의를 갖추어 몽골의 사신을 대접하고 공물을 마련했다. 몽골의 사신 중 저고여라는 자는 전날 가져갔던 공물 중 일부의 품질을 트집 잡아 왕의 면전에 팽개치기도 했다. 심지어 공물의 운반까지도 고려에 책임을 맡겼으므로 매번 백 명 이상의 인부가 동원되었는데, 그렇게 끌려간 인부는 돌아오지 못했다.

 찰고야의 하임으로 국경을 넘은 현각은 묵묵히 사신단의 행로를 뒤따랐다. 김윤후를 찾기 위해서는 먼저 짐꾼의 신분에서 벗어날 필요가 있었으나 인부의 수와 이름은 공물과 연계되어 있어 돌연한 이탈은 고려 조정에 누가 될 염려가 있었다.

 애초에 현각은 몽골사신단의 행로를 따라 그들의 대칸을 볼 계획이었다. 몽골의 왕인 칭기즈칸은 이 무렵 서역 원정길에 있어서 뜻을 접었지만 사신단의 정규 행로를 보는 것만으로도 적의 허실을 살필 수 있으리라 생각했다. 현각은 고려 조정이 파견한 정탐이었고, 그 같은 임무의 대륙행인 탓에 사신단을 따르는 고려인 짐꾼 중에는 가려 뽑은 별초군 몇이 함께 하고 있었다.

 그 무렵 중국 대륙은 서역 원정 중인 칭기즈칸을 대신하여 금나라를 치던 구양(國王) 무칼리가 죽어 혼돈 상태에 있었다. 군벌들이 난립해 각자도생을 꾀했고, 그간 몽골에 신속해 왔던 동진국은 앞장서서 반기를 들고 고려에 편들기를 재촉했다.

 함신진을 벗어난 몽골 사신단은 압록강을 넘은 얼마 후 정체불명의 도적 집단에게 공격을 받았다. 도적들은 몽골의 적국인 금나라 군사의 복장을 하고 있었지만 이 무렵의 금나라에는 몽골 사신을 공격할 만큼 간이 큰 군대는 남아 있지 않았다. 현각은 동진국군의 한 갈래로 보고 동료 짐꾼들의 저항을 말렸다.

"저들이 고려에 피해가 될 행동을 하지 않는 한은 우리는 평범한 짐꾼입니다. 조정이 힘들게 공물을 보내는 목적이 전쟁을 피함에 있음을 명심하기요."

 현각의 결정은 올바른 것이었다. 김준 휘하의 고려군에게 사신단의 호위를 인계받은 몽골군은 소수였으나 습격군을 잘 막아냈다. 현각은 그 짧은 싸움에서 몽골군이 세계 최강이 된 이유를 보았다.

 말을 달리며 활을 쏘고 접근전이 되면 만도를 휘둘러 적을 치는 것은 유목민 군대 본래의 싸움법이었다. 몽골군은 고래의 싸움법에 전략을 심어 승리를 얻곤 했다. 진법에 따른 병력의 우회와 거짓 후퇴인 망구다이가 그것으로 병력에 한정이 있던 몽골군이 백전백승한 비결이기도 했다.

도적 집단의 공세를 막는 몽골군은 한 두(斜 Tug)의 절반 정도 병력으로 소대급인 40명 정도였으나 무칼리 휘하에서 갈고닦은 정예병들이었다. 공격을 받자 호송하던 공물들을 미련 없이 버리고 후퇴했고, 적이 지칠 만큼의 거리를 도망친 후 기회다 싶은 시점에 이르자 재빨리 말머리를 돌려 반격을 했다. 반면에 습격해 왔던 도적집단은 압도적인 숫자였으나 재물들을 챙기는데 절반의 병력을 빼앗겼으므로 반격을 시작한 몽골군을 견디지 못했다.

 싸움이 끝난 후 다시 모인 고려인 짐꾼은 현각의 수하들을 비롯한 몇 십에 불과했다. 이에 몽골 사신단은 수달 가죽 1만 장만을 챙기고 나머지 공물을 아낌없이 버렸다. 수달피는 그들 군대의 갑주를 만드는데 쓰이는 필수품이었지만 명주나 종이는 관심 밖이었기 때문이었다.

 현각은 냉정한 관망자로 싸움을 지켜보았다. 몽골인은 용감했고 영리했고 잘 조직되어 있었다. 무칼리가 중국 대륙을 종횡하기 3년여, 몽골인 정복자들은 대륙에 특화된 역참 조직을 만들어 몇 십 배에 달하는 중국인들을 다스렸다. 현각을 비롯한 고려인 짐꾼들은 싸움의 끝 무렵에 달려온 이웃 역참 병력들에게 붙들린 형식으로 전장으로 돌아왔는데, 그 과정에 전혀 무리가 없는 몽골인들에 놀람을 금치 못했다. '중국은 곧 몽골인의 소유로 넘어가겠구나!' 하는 것이 현각의 감상이었다.

 싸움의 막바지에 이웃 역참에서 달려온 몽골 병사들 중에는 몇 명의 이색적인 차림새의 한족이 있었다. 백무명의 도포로 몸을 감싸고 상투를 튼 머리에 소요건(逍遙巾)을 쓰고 운리(雲履)를 신어 행장을 가볍게 했으니 표주(漂周)에 나선 건도(乾道)일 터, 일찍이 스승 무상으로부터 들은 바가 있는 전진교 도사임이 확실한데 살생을 일삼는 병사들과의 동행이라 현각은 고개를 갸웃했다.

"전날 일개 무인의 몸으로 중국 땅을 유력할 때 참된 스승을 여럿을 만났으니 불법으로는 소림의 고승이요 현교(玄敎)로는 전진도의 도장이었다. 특히 전진의 장춘진인에게는 배운 바가 많았다. 네게 전한 출가인의 마음자세는 진인의 가르침에 힘입은 바가 크다."

무상은 "무릇 출가인은 구세제민(救世濟民)에 목적을 두어야 한다."고 했는데 이는 스승 보조국사 지눌의 정혜결사 사상의 일환이기도 했지만 중국에서의 수행 때에 얻은 전진도의 가르침에도 일맥을 두고 있었던 것이다.

현각의 의문은 예의 도사가 몽골인들을 가르치는 모습을 보는 것으로 풀렸다. 도적떼의 뒷수습이 끝난 후 다수의 고려인 인부들이 도망을 친 탓에 몽골인들은 수달피를 제외한 나머지 공물을 불태우려 하였으나 도사들 중의 대표인 듯싶은 인물이 명주를 들어 보이며 이를 말렸던 것이다.

"아주 잘 짠 명주요. 한 올 한 올 아낙들의 정성이 깃들어 있는 물건인데 불태우는 것은 대칸의 뜻에 합당치 못할 것이오. 일찍이 대칸께서는 우리 스승께 내린 조칙에 '백성들을 내 아이들처럼, 재사들을 내 형제들처럼 기른다(視民如赤子, 養士若兄弟)' 하셨소. 또 말씀하시기를 '이를 위해 여러 사람들을 자신보다 먼저 생각하고, 수많은 전쟁에서 자신을 돌보지 않았다(練萬衆以身人之先, 臨百陣無念我之後)' 하셨는데, 어찌 백성들의 노고를 불태우려 하시오."

칭기즈칸을 텡그리의 아들로 받들고 있는 몽골인들에게 칸의 뜻을 어긴다는 것은 하늘의 뜻을 거스르는 것과 같은 중죄였다. 때문에 이내 의견이 정해졌고, 가져갈 수 없는 공물은 그 자리에 고스란히 쌓여 남겨졌다. 누군가 인연이 있는 백성이 얻을 것이라는 도사의 조언 덕분이었다.

 현각은 예의 도사가 몽골인들을 지휘하여 일처리를 하는 모습을 묵묵히 지켜보았다. 특히 도사가 명주를 불태우지 말도록 말리고 백성들이 가져가기 쉽게 쌓아놓는 부분에서 감탄하여 무언으로 감사를 보냈다.

 그리고 그날 밤, 현각은 예의 도사의 전통을 받고 숙소를 나왔다. 도사는 인부들의 중심에서 움직이는 현각을 고려인의 대표로 보았던 것이다.

 현각을 인도하여 은밀한 곳에 당도한 도사는 자신을 소개했다.

 "장춘진인의 제자 윤지평이외다. 일찍이 사부께서 고려 땅에 무상이라는 법호를 가진 이인이 계심을 말씀하셨는데 혹 그분이시런지요."

 현각보다 20여 년 연상으로 보이는 청수한 얼굴의 황관(黃冠)이었다. 윤지평의 스승인 장춘진인 구처기의 나이는 이때 76세로 현각에 어울릴 연배가 아니었으나 신분을 감춘 사람에게 사문을 묻는 것은 예가 아님으로 에둘러 표현한 것이었다.

 "소승은 무상 문하의 현각입니다. 제 스승께서 장춘진인과의 인연을 말씀하신 바 있어 뵈옵고 싶었는데 이렇게 인연이 닿는군요."

 "현각스님이시라면? 강동성 무술대회의 그 무승(武僧)이시군요?"

 3년 전 강동성 싸움 때에 고려군과 몽골군이 가졌던 무예대회는 대륙에서도 소문이 높았다. 현각 자신은 의식하지 않았으나 고려의 무술승려 무상의 제자 현각의 이름은 대륙의 무예계에 한 끗을 갖고 있었던 것이다.

"부끄러운 이름을 기억해 주시니 고마울 따름입니다. 헌데 진인께서는 서역에 다녀오신지 얼마 되지 않은 것으로 알고 있는데 어찌 이곳까지 행차를?"

전진교의 5대 조사 장춘진인 구처기(丘處機)는 칭기즈칸의 초청을 받고 1220년 정월 윤지평과 이지상을 비롯한 도사 18인을 이끌고 산동성 내주의 호천관을 출발하여 막북과 천산산맥을 지나는 대장정에 올랐다. 2년여를 여행한 끝에 1222년 4월 대설산 파르완의 오르다(行官)에 도착해 대칸을 예방한 후 1년여를 머물다가 1224년 3월에 돌아왔다. 몽골의 쾌마(快馬)로 낮밤 없이 달려도 한 달 이상이 걸리는 길을 뚜벅뚜벅 걸어 답습한 결과였으니 실로 대단한 장정이었던 것이다.

"스승께서는 대칸께 무위청정(無爲淸淨) 경천애민(敬天愛民)을 설하셨지요. 대칸이야말로 하늘이 내신 분이니 하늘의 뜻을 받들어 백성을 사랑할 것을 청하셨고, 다행히 수용해 주셔서 빈도가 이곳에 오게 되었습니다."

윤지평은 스승의 명을 받들어 동진국을 위무하러 가는 길이라 하였다. 앞서 강동성 싸움 때에 고려와 몽골을 도와 대요수국을 멸망케 했던 동진국은 대칸의 서역 원정을 기화로 반기를 들었고, 이에 대노한 칸의 명으로 토벌전이 시작되고 있었다.

칭기즈칸에게서 천하의 도관을 통할하여 인민을 평안케 하라는 명을 받은 구처기는 전쟁을 말리려 윤지평을 파견했다. 당시 전진교의 위세는 대단하여 동진국의 왕 포선만노 역시 신도의 하나였다. 구처기는 금나라 치하 산동에서 군벌 양안아(楊安兒)와 경격(耿格)

의 반란을 멈추게 한 적이 있어 동진국을 위무하는 일 역시 자신의 몫이라 생각했던 것이다.

"동진은 우리 고려국에 인접해 있어 전쟁이 나면 피해가 적잖을 터, 천하의 창생을 위한 진인의 노고에 감사드립니다."

현각의 치사를 받은 윤지평은 답례를 한 후 뜻밖의 일을 물었다.

"혹 선사께 우리 전진파와 관련한 유시(遺示)를 받은 일이 없으셨는지요?"

현각은 엷게 웃었다. 그의 이번 대륙행에는 스승 무상의 유언을 성취하려는 목적도 있었던 것이다.

일찍이 달마역근세수경을 전수할 때 무상은 말했었다.

"용호군의 무관 시절 중원을 유행하던 도중에 소림과 전진의 속가 제자들이 일으킨 싸움을 말린 적이 있었다. 그 일을 인연으로 소림의 무상대사에게 무경 몇 권을 얻었고, 전진의 구진인과는 차후 상봉을 약속했다. 내가 불문에 들어 취한 이름 무상은 한때의 스승을 이은 것이다."

중국은 고래로 불(佛) 도(道) 양교의 분란이 잦았다. 민생의 교도(敎導)라는 양교의 목적은 같았으나 교리와 이행 방법에는 차이가 컸고, 천변만화하는 대륙의 정세 탓에 정치를 의식하지 않을 수 없었기 때문이었다. 금송 시기에 이르러 양교는 번갈아 황제의 고임을 받고 속가의 제자를 문호에 들임으로 위세를 과시했는데, 이 속가 제자들이 방파를 만들고 출신을 내세워 충돌을 일으키는 일이 잦았다.

"몽골 초원에 풍운이 일어 금나라의 국경이 어지러울 때였다. 대륙의 혼란은 우리 고려국에도 영향이 큼으로 조정에서는 나를 지적해 암행토록 하였다. 중원을 유행하기 3년 여, 옛 노나라 땅 안읍(安邑)에 이르렀을 때 불도 양교의 속가 제자들이 싸우고 있었다."

무상은 양측의 딱한 사정을 알게 되어 중재에 나섰다. 안읍은 전국시대부터 전해온 큰 성으로 소림과 전진의 속가제자들은 성안의 분뇨처리 권리를 놓고 각기 방파를 만들고 싸웠던 것이다.

"달팽이 뿔들의 싸움(蝸角之爭)으로 희생을 부르려느냐고 충고를 했더니 통하더구나. 때마침 달려온 소림 무상대사와 전진교 장춘자의 도움으로 큰 희생 없이 싸움을 멈출 수 있었다."

농업이 주산업이던 시절이었다. 인간의 분뇨는 으뜸 비료였고, 대도시에서 나오는 분뇨를 처리하는 권리는 각 방파에게 쟁탈의 대상이었다. 고려국 용호군 무술교두의 몸으로 대륙의 정세를 관찰하러 나왔던 무상에게 안읍의 분뇨처리 권리를 다투는 싸움은 가소롭기 그지없었으나 양측이 내세운 고수들의 싸움은 볼 만하여 구경하다가 약세인 불제자들을 돕게 되었고, 때마침 도착한 소림의 장로 무상대사와 전진파의 5대 조사 구처기가 이해를 같이함으로 싸움을 끝낼 수 있었다.

"사부께서는 '고려의 항마승을 처음 보았는데 가히 일가를 이룬 고수였다. 그는 소림과 전진의 속가제자들을 압도적인 무예로 제압한 후 말로 달래어 싸움을 끝냈다.'고 하셨습니다. 당시 사부님은 황제의 부름을 받아 가던 길이라 훗날을 약속하셨다고 들었습니다. 오늘 후대인 우리가 이렇게 만났음은 그때의 인연 덕분인데, 어떻습니까, 선대의 약속을 마무리해보는 것은?"

윤지평은 구처기에 이어 전진교의 조사를 지낸 인물로 천하에 명성이 높았다. 반배분 이상 아래 나이인 현각과 어울릴 신분이 아니

113

었으나 선대의 인연을 존중하여 동배를 자처한 것이었다.
"선사께서 문호를 당부하셨습니다. 당연히 남기신 뜻을 이어야겠지요."

 수행자들이라지만 근본적으로 무예를 익힌 사람들이었다. 무술인의 약속은 무예의 겨룸이 상례, 현각은 애용하던 선장을 잡았고, 윤지평은 도목검(桃木劍)을 빼들었다.

 현각의 선장은 산짐승을 쫓기 위해 박달나무를 깎은 막대기이고 윤지평의 도목검은 복숭아나무의 가지를 손에 잡기 좋게 다듬은 축귀용 검이었다. 양측 모두 살생을 목적으로 하지 않는 목제 무기였지만 사용하는 사람이 초고수급 인물들이라 전장은 잘 어울렸다.

 잠시 두 사람은 무기를 맞겨루고 호흡을 가다듬었다. 현각의 선장이 길이에서 우위에 있었으므로 공방의 순서는 처음부터 정해져 있었다. 현각은 산을 찌를 듯싶은 기세로 선장을 내밀었다.

 윤지평의 도목검이 현각의 선장을 쳤다. 찌르기와 후려 막기의 교합. 현각의 선장은 목표를 잃고 옆으로 흘렀으나 이는 예정된 수순이었다. 현각은 헛되이 찔러진 선장을 흐르던 기세 그대로 원을 그려 윤지평의 허리를 노렸고, 윤지평의 도목검 역시 선장이 비켜간 간극을 노려 현각의 어깨를 쳤다.

 고수의 싸움은 길지 않다. 도문의 검술도 불문의 봉술도 수많은 찌르기 베기 휘두르기의 초식을 자랑하고 이를 가르치지만 정작 승부는 한 합의 교합으로 정해지기 마련이었다. 현각은 찌르기와 후리기가 연계된 공세로 윤지평의 허리에 선장의 끝을 이르게 했고, 윤지명의 도목검은 선장을 후려 만든 순간적인 틈을 노려 현각의 어깨에 미쳤다.

양측 모두 상대의 몸에 닿기 직전에 공세를 멈추어 상처를 입은 이는 없었다. 한 발짝씩 뒤로 물러나 무기를 물린 현각과 윤지평은 미소를 교환했다. 한 세대 전 선대 어른들이 치른 무승부의 싸움을 답습한 겨룸이었기 때문이었다.

 선대의 행적을 반복하는 것으로 서로를 확인한 두 사람은 이제야말로 본격적인 겨룸을 시작했다. 현각이 선장을 풍차처럼 돌려 바람을 일으켰고, 윤지평은 한 걸음 물러나 간격을 유지했다.

 현각의 선장이 만든 돌개바람은 수비를 위한 것이 아니었다. 윤지평은 자신이 틈을 보이는 순간 돌개바람이 현각의 손을 떠나 공격해 올 것임을 알고 있었다. 때문에 윤지평의 도목검은 어떤 상황에도 즉시 반응할 수 있도록 중단으로 고정되어 있었다.

 잠시 그러한 상태에서 정적이 이어졌다. 선장을 돌려 바람을 일으키고 있는 현각도, 도목검을 중단으로 받들어 대적하고 있는 윤지평도, 호흡이 평정을 유지하고 있어 정적은 언제까지나 이어질 듯 싶었다.

 전진교의 무예는 도교의 무술(巫術)에 연원을 둔다. 연단술(鍊丹術)과 도인술(導引術), 양생술(養生術)로 대표되는 도교 무술은 본래 수행자의 장생불사와 심신단련을 목적으로 출발하였으나 차츰 기술이 가해져 무예(武藝)에 이르니, 이는 중국 땅의 흉흉한 정세에 힘입은 바가 컸다.

 땅이 넓고 왕조가 자주 갈린 중국은 곳곳마다 대소의 군벌이 방파를 이루어 방위 세력으로 존재하고, 심지어 도적집단을 나타내는 녹림도(綠林徒)를 녹림도(綠林道)로 높여 부르기도 하였다. 따라서 표주에 나선 도사는 강호를 유력할 때 만날 수 있는 수많은 위험으로부터 자신을 보호하기 위해 월등한 무예를 갖추어야 했다.
 두 대적자의 우주는 한동안 정적을 유지했다. 윤지평은 이러한 평온도 괜찮겠다 싶었다. 도교의 두 교조 노자(老子)와 장자(莊子)는 지식과 욕망을 떨치고 근원으로 복귀하는 것을 '허기심(虛基心)'과 '망아(忘我)'로 표현하고 '처처(處處)에 도(道)'라 하여 생활 속에 도가 있음을 가르쳤다. 때문에 윤지평이 자신이 처한 태풍 속의 고요를 망아로 보고 만족함은 틀리지 않을 터였다.
 그러나 윤지평은 곧 자신의 생각 자체가 '상(想)'이라는 또 하나의 생각을 떠올렸다. 망아(忘我)는 의식함으로 망상(妄想)으로 변해 떨쳐야 할 집착이 되고, 스승이 경계하던 허상일 수 있었다. 윤지평이 그러한 생각을 스쳐 보내던 순간 현각의 선장이 바람을 몰고 날아왔다.
 무릇 바람은 클수록 중심이 고요하다. 윤지평의 도목검은 현각이 일으킨 태풍의 눈을 찔렀고, 잠깐 동안 두 대적자의 우주는 고요 속에 있었다.
 벼락은 빛이 먼저 오고 소리는 나중에 요란한 법, 두 대적자가 빚어낸 벼락은 잠시의 고요에 이어 요란한 폭풍을 몰고 왔다.
 무기와 무기가 부딪치는 소리가 들렸다 싶은 순간, 윤지평은 자신의 손이 무기를 들고 있지 않음을 의식했다.
 무기는 흉기라 최고의 무예인은 소지를 피한다. 윤지평이 하찮은 복숭아나무 가지를 도목검 명목으로 들고 다님은 그 나마의 사치였는데, 이제 그마저 잃으니 더 없이 가벼웠다.
 "빈도가 패했습니다."
 "소승이 졌습니다."

동시에 나온 소리였다. 윤지평이 도목검을 버린 순간 현각의 손은 선장을 잃고 있었다.
 두 대적자는 통쾌하게 웃었다. 그들은 선대의 어른들이 서로를 칭찬함이 이런 경지였으리라 싶어 스스로 대견했다. 현각과 윤지평은 어느새 손을 마주잡고 있었고, 이심전심 하나가 되었다.
 "우리 전진교는 대칸에게 천하의 모든 교를 통할하여 인심을 달래라는 윤지(綸旨)를 받았습니다. 혹 도우께서 힘이 필요하실 경우 백운관을 들려주십시오."
 헤어지는 마당에 윤지평이 남긴 인사였다. 현각은 감사를 표하고 돌아섰다.
 이튿날 다시 인부의 하나로 돌아간 현각은 윤지평을 모르는 양하고 가던 길을 재촉했다. 윤지평도 현각의 입장을 이해하여 두 사람은 남몰래 목례를 주고받았을 뿐으로 작별을 고했다.
 도적떼의 습격을 당한 소동 끝에 짐을 덜한 몽골 사신단의 행로는 한결 가벼워졌다. 사신단은 대칸에게 바칠 귀물 약간을 따로 챙긴 나머지를 역참 군사들에게 부탁한 후 날랜 말을 택해 대칸의 행궁으로 향했다.
 현각을 포함한 몇몇 고려인 인부들은 사신단의 귀중품 운반에 동원되어 짐말을 끄는 마병이 되었다. 현각은 이 과정에 몽골이 세계를 지배하는 이유를 보았다. 적의 습격에서 도망치지 않고 짐을 지켰다는 사실 하나로 대우를 달리하는 점이 그 하나였고, 몽골 특유의 역참제도와 기병을 운용한 대규모 전투가 다른 하나였다.
 현각이 따르게 된 사신단은 요소마다 마련된 역참에서 식사를 해결하고 새로운 말을 갈아탔다. 몽골은 이무렵 훗날의 여권 격인 파이자를 발행하여 여행자를 위한 통행권으로 삼았는데, 사신단이 소지한 파이자는 가장 높은 등급으로 최고의 식사와 말이 제공되었다. 고려인 인부들은 말을 탈 수 있을 만큼 건장한 사람들만으로 차출되었으므로 사신단과 함께 역참을 이용할 수 있었다.

몽골 기병의 본격 전투를 보게 된 건 무칼리의 아들 보로의 동진국 정벌전에서였다. 대칸으로부터 구양(國王)의 칭호를 받고 중국 방면을 책임졌던 무칼리가 죽은 후 반기를 들었던 군벌들 중에 동진국이 첫 번째 정벌 대상이 되었던 것이다.

몽골군은 평소에 흩어져 있다가 소집령이 내리면 순식간에 모여드는 유목민 특유의 전술에 특화된 군대였다. 현각이 몽골의 동진국 정벌전에 참여하게 된 것도 그 때문이었다. 사신단의 대표 찰고야(札古也)는 본래 무칼리 휘하의 대두령관으로 백호장급 장교였으므로 전장을 지나치지 못했다.

동진국군의 총수는 현각과 강동성 싸움 때에 인연이 있던 완안자연(完顔子淵)이었고, 몽골군의 장수는 보루 휘하 천호장 탕꾸(唐古)로 역시 강동성 싸움 때에 현각과 인연이 있던 자였다. 현각은 어제의 동무가 오늘의 적이 되었음을 확인하고 윤지평의 화해 노력이 헛되이 되었음을 안타까워했다.

"사부께서는 몽골의 대칸을 본 후 천마(天魔)의 기운을 타고난 자라고 하셨습니다. 그가 세상 전부를 전쟁으로 몰아넣고 있지만 이는 하늘의 뜻으로 우리가 할 수 있는 일은 그를 감화시켜 민생을 지키는 것이 전부라 하셨습니다. 멈출 수 없다면 늦추기라도 하여 생령을 보호하라는 말씀이셨지요."

윤지평이 헤어질 때 남긴 말이었다. 현각은 스승 무상에게서 들었던 교훈과 비교하여 무릇 세상의 이치는 하나라고 생각했다.

"대륙의 정세로 볼 때 몽골의 침입은 피할 수 없는 폭풍이 될 것이다. 불자 된 우리는 다가올 고난의 시기를 견딜 수 있는 방법이 무엇인지 살펴, 백성의 보호에 최선을 다할 뿐이다."

일찍이 무상은 그렇게 가르쳤고, 이는 현각이 대륙에 오게 된 이유이기도 했다.

해 뜰 무렵 병력이 월등하게 많은 동진군의 공세로 시작된 전투는 한나절을 넘기지 못하고 끝났다. 전투가 벌어진 곳은 요하의 동쪽 구릉지대로 몽골군은 특유의 전쟁방법으로 동진군의 기세를 꺾었다. 완안자연의 동진군은 여진족이 대부분으로 기마에 능했으나 세계 최강 몽골군을 견디지 못했다.

몽골군은 포로들과 현지인을 동원해 부대를 급조하여 선봉으로 내세웠다. 현각은 오매를 비롯한 고려인 인부들과 함께 볼모부대에 속해 동진군을 향해 내몰렸다.

대충 무기를 들었을 뿐인 볼모부대는 동진군이 피로해질 때까지 학살을 당했다. 양측이 택한 구릉지대는 기병이 활동하기 적합한 싸움터였으므로 보병 일색의 볼모부대는 속절없이 동진국의 기병에게 죽어갔다.

이 무렵 몽골의 기마병은 세계 최강의 강군이었다. 동진군의 주력이 볼모부대에 힘을 빼앗기고 있는 사이에 몽골 철기는 양쪽 측면을 우회하여 포위전을 벌였다.

짐승을 몰이 사냥하듯 포위망의 주위를 달리며 활을 쏘는 전투는 몽골군의 장기였다. 탕꾸는 5분의 1에 불과한 병력으로 동진군을 몰아붙여 승전가를 불렀다.

현각은 싸움 도중 전장을 이탈하여 사신단을 탈출했다. 동진군 기병의 말발굽에 짓밟혀 쓰러진 볼모부대 속에서 뜻밖의 비명이 들려왔기 때문이었다.

"아이고 어매야, 나 죽소!"

고려인이었다. 아마도 국경지대에 살다가 몽골병사들에게 끌려온 듯 행색이 초라한 젊은이가 말발굽에 차여 부상을 입은 몸으로 어머니를 부르고 있었다. 현각은 연이어 달려오는 동진국군 기병의 말을 선장으로 후려쳐서 쓰러뜨리고 젊은이를 구해냈다.

"정신 차려! 겁을 내면 죽는다!"

등을 세차게 두드려 기를 돌게 해준 현각은 수하 오매에게 젊은이를 업게 하고 동진군의 파도를 헤쳐 앞으로 나갔다. 뒤로 물러서는 것은 몽골군 독전대의 화살이 기다리고 있었으므로 전진은 유일한 활로였다.

현각 일행의 분전을 본 동진군의 장교 하나가 작정하고 달려들었다. 현각은 쾌마가 정면으로 달려오는 와중에도 피할 기색 없이 마주섰다.

장교는 말을 높이 달려 짓밟으려 했지만 현각은 선장을 길게 내찔러 말의 앙가슴에 타격을 주었다. 말이 고통으로 울부짖으며 나뒹굴고 장교는 말에서 굴러 떨어졌다.

동진군의 장교는 제법 무술이 익은 자였다. 곧 자세를 수습하여 만도를 빼들고 달려들었다. 현각은 가볍게 피하며 선장으로 만도를 쳐서 날아가게 했다. 어이없이 무기를 잃은 장교는 얼이 빠진 상태로 죽음을 기다릴 뿐이었다.

"어서 가게. 우리는 당신들의 적이 아냐."

현각은 무기를 주워 주며 말했다. 거란 말이었지만 장교는 알아듣지 못했다. 여진족이었던 것이다.
 역시 여진족인 오매가 현각의 말을 여진어로 바꾸어 소리친 후에야 장교는 허겁지겁 도망쳤다. 그리고 그 순간 몽골군 쪽에서 화살이 날아왔다. 상황을 시종 지켜보던 몽골군의 독전부대는 현각의 행동을 이적행위로 판단하고 화살의 비를 상급으로 내렸다.
 몽골군은 천하의 강군으로 후퇴를 수치로 알았다. 더구나 이적행위를 했으니 용서는 바랄 수도 없었다. 현각과 오매를 비롯한 고려인 일행은 몽골군과 동진군 모두를 적으로 삼은 도주를 시작했다.
 현각 일행은 전장에 흩어진 말을 붙잡아 타고 달렸다. 10여 기 이상의 몽골군 독전대가 즉각 추격에 나섰다. 말을 달리며 활을 쏘기로 유명한 몽골군 경기병들이었다.
 부상자가 있어 행동이 자유스럽지 못한 현각 일행은 몇 마장 가지 못하고 따라잡혔다. 고려인 둘이 연달아 화살에 맞았을 때, 현각은 말머리를 돌리며 오매에게 말했다.
 "먼저 가시게. 곧 가겠네."
 현각은 몽골 독전부대에 치를 떨었다. 대개 바아토르로 구성되기 마련인 독전부대는 공을 세우기에 혈안이 되어 있었으므로 살상에 주저함이 없었다. 현각은 죽일 수밖에 없다 생각하고 말을 달려 몽골 기마병들을 향해 달려들었다.
 뜻밖의 반격을 맞은 몽골군은 둘로 갈려 그 하나가 현각을 상대하고 남은 하나는 추적을 계속하려 했다. 현각이 탄 말은 전사한 동진군 기마병의 것으로 활과 화살이 장비되어 있었다. 현각은 활을 빼들어 연사를 하여 몽골군을 막았다.

단 1기였지만 현각은 몽골군 추적대를 압도했다. 현각의 화살에 맞은 몽골병사 셋이 잇달아 낙마하고, 남은 병사 중 셋이 반월도에 몸통이 갈려 생을 달리했다.
 허나 몽골군은 역시 최강의 군대였다. 남은 몽골 병사들은 기세를 잃지 않고 잇달아 달려들었다. 몽골군 철기 집단이 벌이는 차륜전에 현각은 어깨에 한 칼을 받고 말위에서 떨어졌다.
 재빨리 몸을 일으킨 현각을 향해 몽골 병사들이 돌진했다. 마상무술에 능한 몽골 철기 다섯에게 협격을 받은 현각은 다시 병사 하나를 베어 낙마시켰으나 또 한 차례의 부상은 피하지 못했다.
 위기의 순간, 화살이 날아와 몽골병사들을 쳤다. 현각이 걱정된 오매가 되돌아왔던 것이다.
 오매는 항복한 여진족 출신으로 마상 무술에 능했다. 현각이 특별히 가려 뽑아 동행한 터라 작정하지 않아도 손발이 맞았다. 오매의 협격에 힘입은 현각은 달려오는 몽골군 기마병을 향해 몸을 솟구쳤다.
 현각의 비상을 맞은 마상의 몽골군은 만도를 휘둘러 막으려 들었다. 허나 현각의 선장은 솜씨와 간격에서 우위에 있었다. 뛰어오른 현각과 막으려는 몽골군은 동시에 무기를 내질렀으나 먼저 적에게 닿은 것은 현각의 선장이었다.
 선장의 끝에 턱을 찔린 몽골군이 낙마하고 현각은 적의 말을 빼앗아 탔다. 남은 몽골군은 3인, 현각의 기세에 질릴 법도 하지만 후퇴를 모르는 강군이라 정면으로 다시 달려들었다. 현각과 오매 역시 마주 말을 달려 한 차례 폭풍이 스쳐갔다.
 현각의 선장이 다시 내질러졌다. 오매 역시 만도를 휘둘러 적을 쳤다. 한 차례 교합으로 승부는 가려졌다.

 몽골군 병사들은 말위에서 굴러 떨어졌다. 그들의 탔던 말들은 때마침 달려온 고려인들에 의해 포획되었다.

 현각과 오매는 몽골군 병사들을 모두 죽이고 탈출에 성공했다. 현각의 일행 다섯 중 둘이 이미 전사를 했고, 전장에서 구한 고려인을 포함한 셋이 크고 작은 부상을 당한 끝에 얻은 승리였다.

 구호가 급한 현각 일행은 안전한 곳을 찾아 말을 달렸다. 어둠이 짙어졌을 무렵 멀리 인가가 보였다. 일행 중 유일하게 부상을 입지 않은 오매가 정찰을 다녀와서 말했다.

"절집입니다. 스님들이 보였습니다."

 현각은 스승 무상의 말을 떠올렸다. 무상은 중국에 가면 전진교와 소림사를 방문하여 옛 인연을 찾아볼 것을 부탁하곤 하였다.

"내 이름 무상은 소림의 장로 무상스님의 법명을 빌린 것이다. 출가하기 전의 나는 강씨 성에 진충이라는 이름을 쓰던 자로 나라의 명을 받고 중국 땅을 밀행하던 첩자였다. 무상스님은 강호 유행 중에 어려움이 있을 때면 절집을 찾아 인연을 말하라 하셨다."

 소림사는 대륙 무예계의 태두였다. 무예계에 적을 두지 않은 대중일지라도 이름을 기억했다. 소림의 장로 무상과의 인연을 말하면 어느 절집에서도 기꺼이 거두어줄 것이었다.

제6장 대륙의 고려무인

고려 불승들의 무술교두인 승려 무상이 출가 전의 직책인 용호군 무술교두 강진충의 신분으로 돌아가서 대륙으로 파견된 때는 명종 26년(1196) 여름이었다. 그 해에 고려는 권신 이의민이 최충헌 최충수 형제에게 도륙을 당한 정변이 있어 혼란 중이었는데, 무상은 불승의 몸으로 이의민의 횡포를 잠재우는 데 공을 세웠으나 최충헌이 내린 상을 거절하고 대륙행을 택했다.

"그는 죽임을 당해 마땅한 자였지만 소승으로서는 살생계를 범한 경우라 상을 받을 입장이 아닙니다."

고려 제일의 무술인을 수하에 두고 싶어 했던 최충헌은 아쉬움 끝에 그의 중국행을 허락했다.

"지눌스님의 명이 있으셨습니다. 미구에 나라에 큰 환란이 있을 것이니 중국을 정탐하라 하셨습니다."

고려는 호국불교의 나라였다. 외세의 잦은 침입과 권신들의 싸움으로 크고 작은 환란이 있었지만 불교를 지주로 나라를 지탱할 수 있었다. 지눌은 일부 타락한 승려들이 권력과 야합하여 혼란을 부르는 것을 염려하여 정혜결사운동을 일으켰고, 새로 권력을 잡은 최충헌은 지눌의 그 같은 노력에 호응하여 승속을 가리지 않은 혁신을 했다.

"예전 경대승 경장군 시절 도방 인사들 중 출중한 자들을 골라 대륙에 보낸 적이 있었소. 경장군의 도방이 끝나고 소식이 끊겼는데 혹 연결이 닿으면 구해 오시기를."

경대승은 이의민 이전에 정권을 잡았던 무신으로 재물에 담백하고 직위를 탐하지 않은 특이한 인물이다. 도방은 그의 사병집단으로 권력층의 발호를 감시하고 체제를 수호하는 일을 했다. 강진충에게 주어진 첫 번째 임무는 경대승의 죽음 이후 끊긴 대륙정보망의 재건이었다.

"거란족이 세운 요나라 침입 이후 북적(北狄)은 늘 우리 고려의 우환이었습니다. 요가 금에게 패망하여 국경이 안정되었다지만 우리로서는 적의 이름이 바뀐 것에 지나지 않습니다. 그 문제로 경장군의 도방에서 응양군에 의논을 해왔고, 낭장이던 내게 책임이 주어져 무술에 능한 자를 보내 정탐토록 하였습니다."

고려는 영웅 강감찬의 대요전쟁 승전 후에도 대륙에 큰 일이 있을 때마다 첩자를 보내 정세를 살피곤 했다. 최충헌은 경대승의 집권 시절 응양군 장교로 대륙첩자 조직을 관리하는 직무를 맡았었다.

"2년 전, 금나라 사신단의 귀국길에 평주(平州) 무녕현(撫寧縣)에서 하급 수행원 김정(金珽)이라는 자가 고려인 관리 하첨아를 척살하고 도주한 일이 있었습니다. 김정은 응양군이 관리하던 고려인으로 사신단에 숨어 나라를 탈출하던 중에 추적자인 고급 첩자 하첨아를 제거했던 것입니다."

최충헌은 금나라와의 작은 분쟁 하나를 특별히 지적하여 두 번째 임무를 주었다.

"김정은 무예가 뛰어난 자입니다. 나라에서 보낸 무사들은 그의 적수가 되지 못하여 소식이 끊겼습니다. 굳이 스님에게 청을 드리는 이유입니다."

강진충은 최충헌의 가볍게 내린 명을 무겁게 받아들였다. 첩자는 국가가 심혈을 기울여 키운 인재라 고려인 김정이 조정이 파견한 첩자를 죽이고 도주한 이면에는 필시 사정이 있을 것이었다.

고려 명종27년의 4월, 속인으로 돌아온 강진충은 금나라의 수도인 중도대흥부와 산동 양산현을 거쳐 대운하를 따른 남하 끝에 하남 제일의 도시 개봉에 도착했다.

개봉은 북송의 수도였던 곳으로 휘종과 흠종이 잡혀간 정강의 변 이후 금군이 주둔하고 있었다. 본시 국제도시였던 곳이라 각국의 특산품이 거래되어 물산의 이동을 호위하는 표국이 많았다. 강진충은 이름에서 성인 강(姜)을 뺀 진충으로 행세하고 여진인이 경영하는 표국에 적을 두었다.

"진표사는 고려인이라 들었소. 고려검파는 예부터 우리 장백파의 형제였소. 이번 일만 잘 마무리되면 진충아우를 부자로 만들어 주겠소."

장백표국의 국주이자 총표두인 대호검(大虎劍) 완안지웅은 부총표두 강북일웅(江北一雄) 제갈군후와 함께 진충을 환영했다. 장백표국은 남행과 북행 두 가지 일을 동시에 맡아 표사를 모집하는 중이었다.

"부자를 바랄 제목은 못되지만, 견마지로를 다하겠습니다."

완안지웅은 금나라 황실과 출신이 같은 완안부의 사람으로 구환도(九環刀)를 잘 썼고, 제갈군후는 단검술과 창술의 명인이라 하였다. 두 사람은 번갈아 새로 동료가 된 강진충의 신변사를 물었다.

"중도대흥부 고려상관(高麗商館)의 행수 홍인순은 내 막역지우요. 그 친구의 연환태도(連環太刀)는 요동제일이지. 요동제일검 홍인순이 높여 받드는 고수가 찾아주시니 장백표국으로서는 더한 영광이 없소이다."

완안지웅의 질문은 채용을 기정사실로 한 것으로 호의 일색이었다. 그가 말한 요동제일검 홍인순은 인주지역 호족 출신으로 고려 조정이 인가한 공식무역상이었다. 강진충은 홍인순의 소개장을 들고 장백표국을 찾은 터였다.

"홍인순은 제 의형입니다. 소제의 공부는 의형의 발끝에도 미치지 못합니다."

"겸손의 말씀, 이번 우리 장백표국의 임안행 표행에 진충아우의 군자검을 기대하겠소."

이 무렵의 중원은 송나라가 금나라에게 해마다 세폐(歲幣)를 보내던 시절이라 국경은 평화로웠으나 이는 군대가 주둔한 도시의 경우뿐이었다. 지역 마다 방파가 있고 골짜기와 물길마다 산적(山賊)과 수적(水賊)이 있는 게 현실이라 사설경호단체인 표국이 필요했던 것이다.

인사말을 마친 완안지웅이 강진충에게 중국땅에 온 이후의 행적을 물었다.

"진충아우의 협행을 들었소. 산동에서 도적들을 치셨다고?"

"양산박의 형제들은 명불허전이라 고전을 면치 못했습니다. 소제의 의형 홍인순의 이름을 들먹인 덕분에 목숨을 보전할 수 있었지요."

산동 지역은 북송 말기 양산박 송강의 반란이 있은 이후 모두가 경원하는 곳이었다. 강진충이 양산현에서 만난 도적들은 무예가 보잘것없는 초적들이었지만 양산박의 후예임을 내세우고 있어 평수를 가장하고 친교를 맺었던 것이다.

"아우의 군자검은 자비롭기도 하지. 고려 군자검은 살상을 모른다고 소문이 높더군."

 군자검은 강진충의 별호였다. 그의 명성이 알려진 데는 싸움이 있을 때마다 출신을 내세운 탓도 있었다. 그는 사람을 찾는 일을 임무로 갖고 고려를 떠나왔고, 중국대륙에 숨은 고려 사람을 찾는 일은 바닷가에서 바늘을 찾는 일과 같았으므로 양산박의 명성을 빌려 소문을 냈던 것이다.

"대단치 않은 무예를 양산박의 형제들이 높게 보아주신 덕분입니다."

 강진충의 고려환도는 석자 두 치의 소도이지만 손에서 휘둘러질 때면 세상을 온통 칼빛으로 물들여 놓았다. 양산현 도적들과의 싸움에서 강진충은 원수 맺기를 저어하여 피를 보기 전에 칼끝을 멈추었고, 이는 별호 군자검의 이유가 되었다.

"그런데 찾는 사람이 있으시다고?"

 부총표두인 제갈군후가 물었다. 제갈군후는 선비형인 총표두 완안지웅과 대조적으로 호걸형의 외모를 하고 있었다.

"두 살 위인 형님을 찾고 있습니다. 고려에서의 이름은 김정이나 변성명을 하여 찾는 일이 용이치 않습니다. 양산현의 친구들 중에 임안에서 본 듯싶다고 일러준 이가 있어 두 분 총표두님의 도움을 청하게 되었습니다."

 강진충이 장백표국의 표행에 참여하게 된 것은 표물을 호위하는 표사들 중에 고려인 무사가 있다는 소문이 나기를 바란 때문이었다. 양산박에서 떠들썩하게 고려 군자검의 소문을 낸 것과 같은 이유였다.

"표국은 천하의 소문이 모이는 곳이지. 반대로 소문을 만드는 곳이기도 하니 처신을 잘해야 할 것이오."

 제갈군후의 총평이었다. 완안지웅은 진작 좋은 평을 내리고 있었으므로 강진충은 장백표국의 식구가 되었다.

 필요한 만큼의 표사를 채운 제갈군후의 표행이 먼저 출발했다. 장백표국의 본가가 있는 중도대흥부로 개봉 부호의 재물을 운반한다 하였다.

 "표국의 일이 대개 그러하오. 남행 역시 송의 조정에게서 세폐로 받은 재물 중에 일부를 돌려 전하는 일이요. 관도를 이용하고 정부군의 호위를 받는다지만 곳곳에 녹림영웅이니 쉬운 여행은 아닐 것이오."

 개봉과 임안을 잇는 관도는 대운하와 함께 중원의 남북을 잇는 혈맥으로 이 무렵의 대운하는 전란으로 인한 훼손이 심했으므로 관도는 유일한 교통로였다. 강진충은 임안행을 원하여 완인지웅이 이끄는 남행에 참가하게 되었다.

 완안지웅은 강진충을 표두로 임명하고 남행에 함께할 표사의 인선을 맡겼다.

 "쟁자수는 충분하오. 표사 몇이 필요하여 방을 붙였으니 진충아우가 맞춤한 사람을 찾아 주시오."

 장백표국의 명성은 대단하여 당일로 무예인들이 모여들었다. 강진충은 중국의 방파와 무술문파를 알 수 있는 기회라고 생각하고 시험관으로 나섰다.

 "고려검파의 이구명입니다. 각궁과 환도를 씁니다."

 소림파와 무당파, 장백파, 전진교의 속가제자임을 자처하는 고수 몇을 선발한 후에 고려검파로 행세하는 무인이 찾아왔다. 강진충은 찾던 바라 반겨 맞았다.

"나도 고려인이오. 진충이라 하오."

이구명은 강진충보다 10년이 연상인 장년의 무인이었다. 이구명은 예를 차린 후 검을 들었다.

"용호군 총교두이셨던 강진충 공이시군요. 군자검(君子劍)의 명성은 익히 듣고 있습니다."

고려의 검술은 실전검이다. 중원의 무술문파들은 형과 식의 반복 훈련으로 동작을 몸에 배게 하는 수련법을 강조하지만 고려검은 실전에 응용할 속성 훈련에 우위를 두었다. 북방 기마민족과의 오랜 전란 끝에 얻은 경험을 바탕으로 적보다 빨리 휘두르고 발출된 검을 변화시켜 재공격을 하는 능력을 가르쳤다.

"그럼 제가 먼저."

상단으로 치켜들었던 이구명의 검이 직선으로 내리쳐졌다. 무게와 자신감이 아울러 실린 일격이었다.

강진충은 고려검의 기수식인 지검대적(持劍對賊)의 동작 중에 멈추어 어깨에 걸치듯 검을 눕히고 있었다. 이구명이 검이 하늘로부터 내리쳐진 순간, 강친충의 검은 이구명의 검이 만든 검광을 향해 부딪쳐갔다.

어느 점에서 선과 선이 교차했을까. 날카로운 파쇄음과 함께 이구명의 검이 왼편으로 흘렀다.

"졌습니다!"

강진충이 검을 거두며 한 걸음 물러나고 이구명이 패배를 인정하는 말과 함께 한쪽 무릎을 꿇었다. 강진충은 이구명의 검신을 후린 후 뒤로 물러나 간격을 벌렸는데, 물러서지 않고 검을 내질렀을 경우 목표가 된 상대는 한 칼을 피하지 못했을 것이었다.

 고려의 환도는 무기의 견고함과 날램에 장점이 있었다. 석자 남짓의 검이 갖는 간격은 한계가 있고, 쓰이는 방법도 베기 찌르기 내려치기 휘두르기가 있을 뿐이었지만, 고려검의 고수가 간격 안의 적을 놓치는 일은 드물었다.

 특히 상단에서 하단으로 내려치는 공격은 기세가 대단하여 간격을 빼앗긴 적이 검을 들어 막는 것은 사실상 불가능했다. 고수급의 내려치기 노림을 받으면 대개의 경우 두개골이 둘로 갈리는 치명상을 면치 못했다. 강진충의 마주 후리기가 가능했던 이유는 상식을 벗어난 쾌검과 적보다 몇 곱절 뛰어난 완력이 조화를 이루었기 때문이었다.

"과연 군자검다운 쾌검, 산동 양산현의 녹림 형제들이 높여 말하기에 찾았더니 허전이 아니어 다행이오. 허나 중국 땅에는 인재가 많소. 자중하시기를."

 이구명은 총표두 완안지웅의 만류에도 장백표국의 표사를 사양하고 떠났다. 그리고 며칠 후 이구명은 또 다른 고려검파의 무인과 함께 강진충을 찾았다.

"고려검파의 장문인인 신우일입니다. 고려검파는 도방이 무너진 후 남은 무인들이 방편으로 내세운 이름이니 웃지 마시기를."

 강진충은 고소를 지었다. 산동의 도적들이 저마다 양산박 108호걸의 후손을 자처해 방파를 이루고 있던 양을 보았기 때문이었다. 중국 땅에서 행세하기로는 방파만한 것이 없었다.

"경장군이 가시고 도방이 흩어진 지 십여 성상, 경당(慶黨)은 진작 고려를 잊었습니다. 헌데 이제야 우리를 찾는 이유가 무엇인지요?"

 신우일은 이구명보다 나이가 윗길로 보였지만 몸집이 작고 눈빛이 안정되어 있었다. 강진충은 그가 최충헌이 말한 옛 첩보조직의 일원임을 짐작하고 명을 전했다.

 "공이 있었으나 상이 없는 고려 조정에 좋은 감정이 없음을 알고 있소. 허나 이번 일은 나라의 중대사라 전하지 않을 수 없소. 영공께서는 김정이라 하는 자를 찾아 데려오라 하셨소."

 강진충은 김정이 평주 무녕현에서 고려 관리를 참살한 사건을 설명하고 협조를 구했다.

 "김정은 탈출 후 금과 고려 모두에게 쫓겨 송으로 갔소. 고려 조정은 그에게 몹쓸 짓을 저질렀는데 왜 찾으려 하시오?"

 "새 정부에서 필요로 하는 사람이오. 그에게 해가 되는 일은 아닐 것이오."

 신우일은 강진충이 모르는 일을 말하고 있었다. 그러나 그뿐으로 강진충의 추궁에도 입을 굳게 다물었다.

 "우리가 먼저 찾았으니 적대할 수는 없고, 이로써 낭장 어른께 대한 고려인으로서의 예우는 다한 셈이니, 다시 만나지 않기를 바라오."

 이구명이 신우일을 대신하여 절연을 선포했다. 강진충은 선배를 보내는 예를 차렸다. 강진충은 고려를 떠나올 때 '경당의 잔당을 찾아 대륙 첩보망을 재건할 것'과 '관인을 살해하고 탈국한 역도 김정을 찾을 것'을 임무로 받았었다. 이구명의 절연 선포로 강진충이 고려를 떠나올 때 받은 임무 중 하나는 실패가 된 셈이었다.

 "장백표국의 총표두 완안지웅은 주의하는 게 좋을 것이오. 그에게는 숨은 적이 많아요."

 이구명의 절연 선포에 이어 신우일이 말을 보탰다. 강진충은 호의로 받아들였다. 장백표국의 국주이자 총표두인 대호검(大虎劍) 완안지웅은 인품이 훌륭한 사람으로 알려져 있었다. 신우일이 구태여 '숨은 적'이라는 말을 남긴 데는 이유가 있을 것이었다.

 고려 명종27년(1197) 8월에 개봉을 떠난 장백표국의 표행은 달포 후 금나라와 남송의 경계인 회하(淮河)에 닿았다.

 회하 이북의 표행 내내 장백표국의 표차들은 문제를 일으키지 않았다. 총표두 완안지웅을 비롯한 표사들을 녹림의 무리들이 예우한 탓이었다.

 표국은 신용의 장사였다. 완안지웅은 금나라 황실과 같은 완안부의 사람임을 내세워 관군의 호송을 받았고, 무예인로서는 장백파의 장로였다. 수하 표사들 또한 명문인 소림과 무당, 전진의 속가제자들인 데다가 표두로 있는 군자검 진충의 명성이 높았던 때문에 흑백양도 모두가 양보했던 것이다.

"고려검파의 군자검 진충은 양산박의 형제다!"

 회하에 닿기까지 강진충은 자신의 명성이 과대하게 선전되고 있음을 실감했다. 완안지웅은 이름난 산채와 수채를 만나면 표국의 깃발이 닿기 전에 미리 선물을 주어 충돌을 방지했는데, 그때마다 녹림의 영웅들은 군자검 진충을 명분으로 내세워 예의를 다했다.

"비수 풍협채의 악가 삼형제가 군자검 진충대협을 뵙습니다."

 회하의 한 지류인 비수(淝水)를 영역으로 수채를 갖고 있던 녹림호걸 악씨 삼형제가 강진충을 찾은 건 국경에 가까워 올 무렵이었다.

"진충입니다. 대협이라 하심은 당치 않습니다. 악무목(岳武穆)의 후예인 세 영웅의 명성은 익히 듣고 있습니다."
 악무목은 남송의 명장 악비를 말함으로 무목은 훗날 악왕에 봉해질 때까지 불리던 그의 시호다. 악비는 남송의 명줄을 한 몸으로 지키다가 간신 진회의 모함으로 죽어 전설이 된 인물인데, 그의 사후 녹림에 악가 성을 자처하는 호걸이 갑자기 많아졌다 하였다.
 "진대협은 호위하고 있는 화물이 누구에게 가는 것인지 아십니까?"
 풍협채주 악천걸이 다짜고짜 물었다. 표사가 표물의 향방을 묻는 것은 금기라 강진충은 생각해본 적이 없는 질문이었다.
 "한탁주에게 가는 뇌물입니다. 한탁주는 진회를 잇는 간물, 의로운 재물이 아니라는 뜻입니다."
 악천걸은 표물의 정체를 금나라가 적국인 송의 간신에게 사사로이 보내는 재물이라고 했다. 공식 외교 통로 외의 재물이니 올바르지 못함은 당연할 터, 요컨대 불의의 재물을 왜 전하려 하느냐의 항의였다. 강진충은 짐작하고 있는 사실이었지만 몰랐던 양하고 악천걸의 다음 말을 기다렸다.
 "양산박의 형제가 되신 예의로 강북에서는 체면을 세워드렸지만 회하 이남은 같지 않을 것입니다. 강남의 형제들이 벼르고 있으니 대협께서는 자중하시기를."
 중국의 협객담은 멀리 춘추시대로 거슬러 올라가지만 양산박 108호걸은 그 정점이자 변곡점이었다. 양산박 영웅들의 이야기가 수호전으로 집약되기 이전에도 수많은 영웅담이 있어서 인구에 회자되었으나, 급시우 송강을 중심으로 한 양산박 108호걸의 등장은 그 정점으로 녹림의 호걸들에게 사표를 선물한 효과가 있었다.

"…이와 같이 경고를 받았습니다."

강진충은 총표두 완안지웅에게 악씨 삼형제의 이야기를 전했다. 완안지웅은 크게 걱정하지 않는 표정으로 답했다.

"재물이란 물이 흐르는 것과 같아서 필요한 곳으로 모이기 마련입니다. 회하를 넘으면 한탁주가 보낸 군병이 기다리기로 했으니 우리는 갈 길을 갈 뿐입니다."

성하의 계절이었지만 금나라로 향하는 화물로 국경은 번다했다. 남송이 대금국에 바치는 세폐였다.

그 무렵 금나라는 명군 세종이 폭군 해릉왕(海陵王)을 축출한 후 내정에 눈을 돌려 국력을 충실히 하고 있었다. 한숨을 돌린 남송은 회하 이남을 영토로 확보했지만 거액의 세폐를 바쳐 평화의 대가를 치렀다.

"여기서부터 송입니다. 강남 무림은 우리에게 호의를 갖지 않았으니 아우들은 각별히 유념하시기를."

남송은 금나라에 원한이 많았다. 장백표국의 깃발은 회하를 건넌 이후 내내 냉대를 받았다. 완안지웅의 경고는 적의 습격이 반드시 있을 것이라는 뜻이었다.

이 해는 남송 경원3년으로 4대 황제 영종의 시대였다. 간신 한탁주가 대현 주희(朱熹)를 핍박하여 죽음에 이르게 한 경원(慶元)의 당금(黨禁)이 있던 해로 명운이 다한 송나라는 조종을 울릴 차비를 갖추어가고 있었다.

"못된 정치의 폐해가 이리 크다는 것을 느꼈습니다."

훗날 귀국 후 강진충은 최충헌에게 그렇게 보고를 올렸다. 첩자의 냉정한 눈에도 확연히 보일 만큼 금과 송의 현실은 달랐던 것이다.
"추수철이 가까웠는데 노역이라니, 제정신이 아니군요."
 그새 친해진 표사들이 강진충을 찾아와 말했다. 명군 세종이 선정을 베풀고 있는 금나라 영토와 한탁주의 무리한 통치 속에 있는 남송은 백성들의 기색부터가 달랐다. 한탁주는 북벌을 부르짖어 정적과 다투었고, 그 준비를 핑계로 백성들의 고혈을 빨았다.
"비단을 짜면 금나라에 세폐로 바친다고 빼앗아가고, 자식을 낳으면 군역에 올리니 논밭에 잡초가 끓을 수밖에 없지 싶었습니다."
 강진충이 최충헌에게 올린 보고문은 그렇게 결론을 내고 있었다.
 대륙의 북쪽을 이민족에 내준 이후 송나라는 매년 비단 30만 필과 은 20만 냥을 요와 금에 바쳐왔다. 이는 남송 말기 집필된 주밀(周密)의 잡극 무림구사(武林舊事)에 백성들의 고초로 읊어지고 있었는데, 이국의 첩자인 강진충의 눈에도 한 가지로 보였던 것이다.
"강호의 본문 형제가 한낙주의 재물을 백성들에게 돌리자고 통문을 보내왔습니다. 우리 표사 일동은 관여치 않겠다고 하였습니다."
 소림의 속가제자인 표사 호경술이 전해 온 말이었다. 회하를 건넌 이후 장백표국의 표차들은 한낙주가 보낸 사병 집단의 호위를 받았다. 덕분에 여유를 갖게 된 강진충은 표사들과 쟁자수들을 은근히 대하여 신임을 얻고 있었다.
 의양(義陽) 남쪽 대별산(大別山) 산채의 주인 강남일호(江南一豪) 장춘호가 근동의 무림인을 망라하여 쳐들어왔을 때 장백표국은 간단히 항복을 했다. 표사들은 진작 내통이 되어 있었고, 호위하던 한탁주의 병사들은 무림인들의 적수가 되지 못했다.
"공연한 싸움으로 피를 부를 일 없습니다. 재물은 모두 드리겠으니 우리가 돌아갈 말 몇 필만은 남겨 주시기를."

완안지웅의 명을 받든 강진충은 장백표국을 대표하여 담판을 벌였다.

"재물은 모두 가져가셔도 좋지만 장백표국의 체면만은 세워주셨으면 합니다."

"군자검 진대협의 중재이시니 응하지 않을 까닭이 없습니다."

진충을 존중한 무림인들은 말 몇 필뿐만 아니라 상당한 재물을 남겨 인사에 대신했다. 완안지웅과 강진충은 그렇게 얻은 말과 재물을 표사들에게 나누어 주어 표행을 흩뜨렸다. 실패한 표행에는 호위할 표차가 없었으므로 인원을 정리할 필요가 있었던 것이다.

표사들을 전송한 후 완안지웅과 강진충은 술상을 앞에 두고 마주 앉았다.

"처음부터 이렇게 계획된 표행이었습니까? 나는 중재자의 역으로 안배된 배우였고?"

강진충의 항의는 강하지 않았다. 자신이 군자검으로 과대 포장되고 있음을 느꼈을 때부터 짐작하는 바가 있었던 것이다.

"한탁주는 대금국에 세폐를 과다히 보내고 그 일부를 되돌려 받아 사복을 채우고 있었습니다. 이번 표행은 처음부터 한탁주에게 재물을 전할 마음이 없었던 남북 무림의 사람들이 함께 꾀한 연극이었겠지요. 강진충은 명분으로 내세울 만큼의 인물이 아니었지만 명성이란 허세라 여럿이 작정하면 부풀려지기 마련, 때마침 양산현에 다녀온 인연도 있고 하여 맞춤한 배우였겠지요."

술상을 앞에 두었지만 강진충은 잔을 들지 않았다. 정작 원하던 답이 따로 있었기 때문이었다.

"누구십니까, 당신은?"

강진충은 일갈과 함께 발도자세를 취했다. 여차하면 한 싸움을 할 기세였다.

완안지웅은 묵묵부답으로 잔을 비웠다. 강진충 역시 발도의 자세를 이어가고, 다시 한참을 굳어 있던 완안지웅이 고려 말로 입을 열었다.

"짐작하셨겠지만 나는 고려의 황족 왕정(王珽)입니다. 여러 해 전 금국 사신단의 감시인을 죽이고 도망쳤던 김정이란 변성명한 이름이었습니다."

강진충은 자세를 바꾸어 예를 차렸다. 왕정은 왕재(王才)로 명성이 높았던 인물로 강진충도 이름을 들은 바가 있었다.

"이의민은 나를 왕으로 만들고 싶어 했고, 나는 왕족으로 태어난 자체가 싫은 사람이었습니다. 종형을 대신하여 고려의 황제가 되라는 말을 듣고 도망치던 길에 추적자를 뿌리치기 위한 살인이 있었지요.

아마 이번의 집권자도 왕을 바꾸고 싶어 나를 찾는 것이겠지만, 내게는 병약한 아내와 젖먹이 아이가 있습니다. 나는 왕이 되지 않으려고 떠난 사람으로 기왕의 뜻을 고수하려 합니다."

완안지웅의 이름을 벗어버린 왕정이 간곡한 어조로 말했다. 강진충은 왕정이 금의 남경개봉부와 송의 임안에 저택을 갖고 있음을 알고 있었다. 개봉에서 왕정의 가족을 본 적이 없으니 필시 임안 어딘가에 감추어 두고 있을 터, 장백표국의 국경을 넘나드는 표행에는 그의 고심이 숨어 있었다.

"내 아내는 송나라 사람입니다. 고려 조정이 보낸 추적대의 습격을 받아 중상을 입고 사경을 헤매던 나를 구해주었습니다. 나는 아내와 자식을 지켜야 합니다."

 무인의 정의는 검으로 집행된다. 강진충은 환도를 잡고 몸을 일으켰다. 자신의 정체를 고려 황족 왕정으로 밝힌 완안지웅 역시 검을 잡았다.

"살인은 중죄가 맞으니 벌을 받아야 할 것입니다. 당신은 임무에 충실하여 죄인을 놓아주지 않으리라 싶지만, 아이는 고려인으로 살게 해주셨으면 합니다."

 칼을 맞댄 왕정이 문득 청을 드렸다. 강진충의 검신이 파르르 떨리고 그의 얼굴에 고뇌가 스쳤다.

 잠시 후 강진충은 냉혹하게 칼을 고쳐잡았다.

"당신은 고려의 진골 황족, 조정은 유력한 왕위 계승자의 이탈을 용서하지 않을 것입니다. 내가 패하면 더욱 강한 자를 자객으로 보낼 터, 역시 당신은 한 차례 죽어야 할 사람입니다."

완안지웅과 강진충의 결투가 끝난 것은 그로부터 일여드레가 지난 후였다.

"고려인 강진충은 고려국의 역도 김정을 쳤습니다. 역도 김정은 관인을 헤치고 탈국한 자로 고려조정은 그에게 체포령을 내렸습니다. 나 강진충은 조정의 명을 받아 역도를 수색하던 중에 완안지웅이라는 자가 김정과 같은 인물임을 밝혀냈고, 체포하던 중에 반항하는 김정을 결투 끝에 척살하게 되었습니다. 이는 정당한 대결의 결과로, 강진충의 행사에 이견이 있으신 분은 이 자리에서 밝혀주시기를!"

 김정으로 밝혀진 완안지웅의 몸에 한 칼을 안긴 강진충이 쓰러진 적의 시신의 앞에서 소리를 높이고 있었다. 두 고수는 회하(灰河) 변의 깎아지를 듯 험한 절벽 위의 분지를 결투장으로 택했고, 팻말을 내걸고 서명하여 정당한 대결임을 천명하고 있었다.
"이견이 있으신 분은 나서시오!"
분지는 좁지 않은 면적이었지만 두 고수의 대결을 구경하러 모여든 무림인들로 성시가 이루어져 있었다. 강진충은 다시 한 번 칼끝을 높이 쳐들고 소리쳤다.
"이견이 있으신 분?"
고려의 무사 군자검 진충이 살인 후 탈국한 역도를 쳤다! 명분이 확실한 결투였다. 송은 주자학의 나라로 충절을 제일의 의로 여겼으므로 역도를 변호하고자 나서는 사람은 없었다.
"이견이 있으신 분 없으시오?"
같은 말을 세 번 외친 강진충은 잠시 관중들을 지켜본 후 김정의 시신을 들고 절벽 끝을 향해 걸었다. 절벽 아래는 검푸른 물이 격랑을 이루어 흘러가고 있었다.
"잠깐!"
구경꾼 중에서 무사 하나가 나섰다. 장백표국의 표사였던 호천걸이었다.
"진충대협은 그를 역도라 하나 완안지웅은 장백표국의 총표두로 의로운 사람이었소. 장백표국은 대대로 정파의 고수를 총표두로 받들어 왔으니 선대 국주 완안지웅이 그를 후계로 택한 데는 필시 이유가 있을 것이오. 역도를 변호할 마음은 없지만 역도를 총표두를 모셨던 자로써 내막을 알고자 하오."
호천걸은 일개 표사였지만 소림의 속가제자로 인품이 천하지 않아 동료들 간에 신임이 두터웠던 자였다. 표행이 흩어진 후에도 떠나지 않았던 사람들 속에 속해 있다가 강진충의 행사에 제동을 걸고 나섰던 것이다.

"역도 김정은 장백표국의 선대 국주 비면신창 완안지웅이 표행 도중 민란에 휩쓸려 표물을 약탈당하고 위기에 있을 때 홀연 나타나 구해낸 후 양자가 되어 사업을 이어받았다 하오. 완안지웅이라는 이름은 장백표국의 국주에게 대대로 이어진 명예이니 대단한 기연인 셈, 허나 그는 행운을 거저주운 사람이 아니었소. 선대 완안지웅을 구해 전장을 빠져나오면서 중상을 입은 자국이 예 있으니 직접 살펴보시오."

강진충이 완안지웅의 칼끝으로 옷을 들쳐보였다. 그의 배에는 강진충의 칼에 베어진 자국 외에도 수많은 칼자국이 종횡으로 얽혀 있었다.

"흐음, 과연!"

호천걸이 살펴보고 탄식을 터뜨렸다. 그와 함께 구경꾼들 중에서 나섰던 몇몇도 인정을 하고 나섰다.

"대호검 완안지웅이 고려국의 역도인지는 모르나, 자신의 몸을 돌보지 않고 선대의 생명을 구한 의인임은 우리가 인정하겠소."

강진충은 완안지웅의 시신을 들어 절벽 끝으로 향했다. 군중 가운데 수런거림이 일었다. 김정으로 밝혀진 완안지웅은 강진충의 손을 떠나 절벽 아래 강물 속으로 빨려 들어갔다. 고인의 시신이 혹 모욕을 입을까 염려한 장례 방법이었다.

"강북일웅 제갈군후 대협에게는 따로 서신을 보냈습니다. 총표두께서는 제갈대협에게 다음 대의 완안지웅을 이으라 하셨습니다."

강진충이 호천걸에게 말했다. 대중이 듣도록 큰 소리로 말한 이유는 대호검 완안지웅이 확실히 죽었고, 그의 죽음 이후에도 명문 장백표국의 총표두 완안지웅의 명맥은 계속될 것임을 알리는 선포였다.

고려국의 고급 첩자 강진충이 다시 남송의 수도 임안을 찾은 때는 그로부터 한 해 반의 시간이 흐른 후였다. 대륙의 정세를 살피라는 고려 조정의 명을 받들어 만리장성 너머 몽골의 초원지대까지 다녀온 강진충이 금의 수도 중도대흥부에 이르렀을 때 장백표국의 표사였던 호천걸로부터 소식이 전해졌던 것이다.

"그들이 인의검 김정 대협의 소재를 찾아낸 듯합니다. 장원을 지키던 형제들이 수상한 무리의 흔적을 발견했다 합니다."

전날 장백표국의 표행 도중 찾아온 고려검파의 사람들은 완안지웅에게 '숨은 적'이 있음을 알렸었다. 강진충은 한 무리의 기운이 장백표국의 표행 내내 암중에 뒤따르고 있음 감지하고 예의 '숨은 적'으로 의심을 가졌다. 완안지웅을 친 회수 강변 절벽 위에서의 결투는 '숨은 적'에게 고려인 김정이 죽었음을 확인시켜주려는 의도의 연극이었던 것이다.

"당신은 고려의 진골 황족, 조정은 유력한 왕위 계승자의 이탈을 용서하지 않을 것입니다. 내가 패하면 더욱 강한 자를 자객으로 보낼 터, 역시 당신은 한 차례 죽어야 할 사람입니다."

강진충은 완안지웅의 가면을 벗어버린 김정을 죽여서 강물에 던지는 연극을 꾸몄다. 그는 장백표국의 남은 인원 중에서 가장 믿을 만한 사람들을 골라 연극에 참여시켰다. 호천걸은 그 중 대표격으로 관중 속에 숨은 사람들과 함께 완안지웅의 죽음을 확인하는 역할을 훌륭하게 해냈다.

"김정 대협께서 자신을 드러낸 탓입니다. 재산을 아낌없이 나누어 주고 못된 무리들로부터 백성을 보호하기를 예사로 하였으니 소문이 나지 않을 수 없습니다."

남경 개봉부에 이르러 호천걸이 전한 김정의 소식은 강진충의 마음을 바쁘게 했다. 지난 한 해 반 동안 강진충은 소림의 무상대사와 동행이 되어 몽골 초원의 풍운을 살피고 왔는데, 무상의 가르침으로 불법(佛法)이 천마(天魔)를 다스리는 이유를 깨달은 강진충은 김정의 처신을 이해할 수 있었다.

그 무렵 중국 땅은 남북국 할 것 없이 민란이 잦았다. 특히 재상 한탁주의 횡포가 극에 달한 송나라는 그 정도가 심했다. 한탁주는 북벌을 핑계로 백성들의 고혈을 짜서 사복을 채움으로 민중의 저항을 불렀다. 1196년부터 2년에 이어진 장강변 어부들의 난리는 그 중 하나로 민란의 극을 보여준 사건이었다.

남중국의 여러 나라는 예로부터 장강의 수운을 젖줄로 삼아 발전해 왔다. 바다처럼 넓은 장강은 해변의 소금을 내륙으로 실어 나르는 교통로였고, 물고기가 풍부하여 강변 마을사람들을 먹여 살리는 생활터전이기도 하였다.

경원의 당금 이후 인심을 잃은 한탁주가 반전을 노리고 꾀한 북벌에는 자금과 사람이 무한정 필요했다. 한탁주의 무리는 장강의 풍요에 눈을 돌려 요소마다 관소를 만들고 군사와 세리를 배치했다.

장강의 수운선은 화물을 약탈당하고 어부들은 군사로 끌려갔다. 특히 소금은 내륙 오지로 가져가면 같은 무게의 미인과 바꿀 수 있다는 귀물이어서 밀무역이 성했는데, 한탁주의 무리는 이의 단속을 핑계로 장강의 수운을 마비시켰다. 소금을 가득 실은 밀무역선을 적발할 경우 엄청난 재물이 굴러들어오는 격이라 각 관소의 군사들과 세리들은 정상적인 수운선까지 밀무역선으로 몰아 약탈을 했다.

 중국은 방파가 성하다. 정기 무역선도 소금의 밀수선도 예외 없이 방파에 속해 위험을 방지했다. 각 방파는 관과의 거래를 통해 서로의 이익을 지켜왔는데 그 관례가 깨진 것이다. 민란은 당연한 결과였다.

 소금 밀수업자들의 저항으로 시작된 민란은 가장을 군대에 빼앗긴 어부들의 아내가 가세하여 들불처럼 번졌다. 허나 당시는 북벌이 대세이던 계엄령의 시기, 각 관소를 습격하여 빼앗겼던 사람과 재물을 되찾은 민중의 기쁨은 이내 절망으로 변했다.

 한탁주는 대군을 동원하여 민란을 진압했다. 만란은 초기에 제압하지 않으면 대규모 난리로 변한다. 특히 소금을 매개로 한 당파의 반란의 진압에는 대단한 무력이 필요했다. 옛날 당나라 때의 황소의 난이 그 예로 간신이었을망정 무능한 정치가가 아니었던 한탁주는 중앙군을 급파하여 민란을 초기부터 진압해 나갔다.

 김정은 이 민란의 수습 시기에 활략하여 이름이 알려졌다. 그는 강우겸으로 변성명을 하여 장원을 경영했는데, 진압군에게 쫓겨 도망쳐 온 반란군의 무리를 받아들여 감추어주고, 추적해 온 관군을 뇌물로 달래거나 무력을 행사하여 돌려보냈다.

 유혈을 극히 싫어한 그의 처신은 인의검(仁義劍)이라는 명성으로 돌아왔다. 인의겸 강우겸은 군자다! 명성은 곧 위험을 불러 그의 숨은 적들은 강우겸이 완안지웅이기도 했던 인물 김정임을 간파해내고 암습을 했다.

호천걸이 전한 김정의 소식은 암울했다. 임안과 개봉의 거리로 보아 이미 사달이 나고 말았을 터, 강진충은 동행했던 무상과 서둘러 작별하고 남행길에 올랐다.
"중국 천하의 선종 불자들은 모두 달마의 제자요. 달마는 선종의 초대 조사로 소림은 남기신바 첫 번째 유업, 본사와의 인연을 말하면 어느 절이거나 편리를 보아 줄 것이니 어려울 때 찾으시오."
 무상은 중원 무림의 태두인 소림의 장로로 달마역근경을 선물로 주며 격려의 말을 하였다. 작별의 전날 밤, 고려의 강진충은 고려의 승려 무상의 신분으로 돌아가 소림의 장로 무상에게 임의로 사용하고 있던 법호 무상(無想)의 인가를 받았었다.
"한 발 늦으셨습니다. 아이는 우리가 구했으나 김정 대협과 부인은 참변을 당하셨습니다."
 이구명과 신우일을 비롯한 고려검파의 사람들이 강진충을 맞았다. 김정은 전날 예고했던 '숨은 적'들의 야습을 받아 최후를 맞았다고 하였다.
"이의민과 이고가 보낸 무리들 중에 살아남은 몇이 그들입니다. 적들은 송나라 관군들과의 싸움으로 지쳐있는 김정 대협을 야습으로 무너뜨렸습니다. 우리가 도착했을 때는 이미 늦어 아이를 구하는 게 고작이었습니다. 그들은 우리의 칼에 응징을 당하면서 '조정이 보낸 추적자로서의 임무라 어쩔 수 없었다.' 하였습니다."
 이구명이 전한 김정의 최후였다. 이구명과 신우일은 중도대흥부 고려상관(高麗商館)의 행수 홍인순에게서 정보를 얻어 달려왔다고 하였다. 고려상관은 북송 시절부터 존재했던 고려국의 공식 무역관으로 대륙 첩보망의 총책이었으므로 이번의 집권자 최충헌이 역도 김정에게 호의를 가졌음은 증명이 되었다.

 1197년 9월 집권 최충헌은 명종을 폐위하고 그의 동생 왕민(王 旼)을 세우니 이가 고려 20대 왕 신종이다.

 강진충은 이태 후인 신종3년(1199년)에 고려로 돌아왔다. 경대승이 남긴 첩보조직을 재건하고, 금나라 사신단에 숨어 나라를 떠났던 고려인 김정을 찾아 제자리로 돌리는 것을 임무로 고국을 떠나왔으나, 어느 하나도 이루지 못하고 돌아온 것이다.

 고려 땅에 돌아온 강진충은 본래의 승려로 돌아갔다. 묘향산 보현사의 영천암에 들어설 때 그의 곁에는 네 살 남짓한 남자아이가 있었다. 그 무렵 송나라는 한탁주의 무리한 통치로 민란이 잦았는데, 아이는 무상이 전란 속에서 구한 고려인의 하나라고 하였다.

 "네 부친은 내가 일생을 통해 얻은 유이한 친구였다. 나는 네 부친에게서 올곧게 사는 방식을 배웠다."

 무상이 얼핏 비친 아이의 출신 이야기였다. 스승의 친구가 김취려 뿐인 줄 알았던 아이는 자신의 출신에 긍지를 가졌다.

제7장 김윤후

 왕년의 야율금후인 김윤후가 숙부이자 장인인 야율금시의 죽음을 전해 받은 때는 1222년으로 고려 고종 9년이 되던 해였다. 김윤후는 전 해인 1221년에 몽골을 탈출해 온 요나라 사람들로부터 야율금시를 비롯한 대요수국의 귀족들이 몽골군의 바아토르에 편입되어 전장으로 끌려가서 고초를 겪고 있다는 소식을 들었다.
 김윤후가 고려 땅 처인 고을 부곡마을을 탈출하여 몽골로 잠입했을 때, 금시는 이미 죽임을 당한 후였다. 김윤후에게 야율금시의 죽음을 전한 요나라 사람은 대요수국의 친위대장이었던 진화의 아들 진수와 그의 동무 석화였다. 진수는 강제 이주되었던 내몽골의 파림(巴林)에서 부친을 잃은 후 야율금시가 속한 죄수부대 바아토르에 편입되었다가 석화를 비롯한 동료들과 함께 탈출하여 고려 땅 처인 고을로 김윤후를 찾아왔다.
 진수의 부친 진화는 강동성 싸움의 막바지에 몽골 감군 탕꾸와 겨루다가 생포되어 파림으로 끌려갔다. 탕꾸와의 전투 중에 부상을 당한 진화는 상처가 악화되어 유형지 파림을 벗어나지 못하고 죽음을 맞았다.
 "황상께서 적의 한낱 장수로 전장으로 끌려가는 수모를 겪으시는데도 호종하지 못했으니 이 불충을 어찌할지 모르겠다. 네가 대요수국의 황태자이신 금후님을 수호하여 나라를 다시 일으키는 것만이 애비의 죗값을 감하는 길이 될 것이다. 너는 옛 요국사람들을 아울러 고려 땅으로 떠나 금후님을 모셔라. 애비는 주군을 찾아 미력이나마 보태려 한다."

진화는 병든 몸을 일으켜 마지막 충성을 다하려 했으나 끝내 자리를 떨치지 못했다. 진수는 유목민의 장례의식에 따라 초원 가운데 나무를 쌓고 화장으로 부친을 모셨다.
"오는 길에 도적을 몇 처단하여 목을 갖고 왔습니다."
 부친 진화의 사후 진수는 뒤늦게 죄수부대에 편입되었다가 탈출하여 야율금후를 찾아왔다. 진수는 야율금후 시절의 김윤후와 어린 시절을 함께 보낸 사이로 태생부터 주종관계였다. 나이가 앞서는 진수는 일찍부터 대요수국의 황태자 야율금후의 방패막이를 했고, 이는 아버지 진화가 가황제 야율금시의 친위대장으로 임명되면서 진수가 맡을 역할로 굳어졌다.
"몽골은 악귀입니다. 호라즘의 성을 공격할 때 호라즘의 백성들을 앞세워 성으로 몰았습니다. 성을 지키는 호라즘의 병사들은 자신의 부모 형제를 적으로 돌려 싸워야했지요. 그리고 그들 호라즘의 백성들을 싸움터로 내모는 부대에 우리 요나라 사람들이 동원되었습니다."
 진수가 들고 온 도적의 목들은 북계(北界)지방에 남았던 몽골군의 것이었다. 인주의 도령 홍대순을 비롯한 북계의 호족들은 일찍부터 몽골에 항복하여 앞잡이 노릇을 하였는데, 강동성 전역 후 철수한 몽골군은 이들 지역에 다루가치를 두어 식량을 징발했다. 진수는 국경을 넘으며 몽골군의 주구가 된 홍대순 휘하의 몽골인 다루가치들을 응징한 것이었다.
"황상께서는 금나라 개봉성을 공격하던 중에 전사하셨습니다. 그렇게 전해졌지만, 실은 금나라 백성을 학살할 때 요나라 사람을 참여케 하신 일로 괴로워하시다가 자결하셨다고 합니다."

당시 몽골군의 주력은 중앙아시아의 호라즘 왕국과 전쟁을 벌이고 있었다. 앞서 몽골군에게 수도인 연경을 점령당해 일시 항복했던 금나라는 남하하여 개봉을 수도로 삼고 저항을 계속했다. 이에 칭기즈칸은 신임하는 장수 무칼리에게 군사를 주어 금나라 정벌을 맡겼다.

무칼리는 몽골군 2만에 항복한 거란족과 요나라 백성 2만을 더하여 금나라의 여러 성을 공격했다. 몽골군의 별동대로 대요수국 토벌에 동원되었던 카치운과 살리타이의 병력은 승전 후 포로로 한 요나라 사람들을 앞세워 무칼리의 본군에 가세했고, 대요수국의 가황제 야율금시는 살리타이 휘하 바아토르의 일원으로 금나라 정벌에 동원되었다.

몽골군의 바아토르는 본래 대칸의 경호대 케식텐에 속한 돌격대로 군율을 어긴 병사들에게 속죄의 기회를 주는 죄수부대였다. 후에 전선이 넓어지면서 각 부장에 속한 결사대로 확대되고, 정복한 땅의 귀족들에게도 출전을 강요하여 숫자를 늘렸다. 죽임을 당하느냐, 죄수부대로 전장에 나가서 목숨을 걸고 싸우느냐의 갈림길에서 포로들의 선택지는 단순했고, 이렇게 만들어진 죄수부대는 몽골 본군의 병력을 소모시키지 않고 적을 공격하는 비결로 작용했다.

"살리타이 휘하 바아토르의 지휘관은 예꾸였습니다. 놈은 우리 요나라 사람들에게 온갖 수모를 주었습니다."

예꾸는 몽골 황족의 일원으로 강동성 전역 때에 고려군을 감시하는 감군으로 참전했던 장교였다. 그는 감군의 역할에 충실하지 못했던 사실을 추궁 받아 죄수부대로 배치가 되었다.

예꾸는 앞서 강동성이 낙성될 때 야율금시의 딸 김청에게 욕심을 품었다가 현각의 화살을 맞아 원한을 가졌다. 더구나 승전 후의 여흥으로 가진 현각과의 무술시합에서 사실상 패배를 당한 탓에 고려인에 대한 악감정이 심했다.

야율금시는 예꾸의 직접적인 표적이 되었다. 몽골은 전란 중에 즉위한 대요수국 가황제 야율금시를 선두에 세워 요나라 사람들을 전장으로 내몰았고, 야율금시의 딸에게 욕심을 품고 못된 짓을 하려다가 된통 혼이 났던 예꾸는 요나라 사람들을 학대하여 분을 풀었다.

"포로로 잡은 금나라 농민들을 앞세워 금나라의 성을 공격하고, 우리 요나라 사람들을 몰이꾼으로 삼아 그들을 사지로 내몰았습니다. 놈들은 시신의 산으로 발판을 삼아 성벽을 넘었습니다. 우리 요나라 사람들이 금나라 포로들을 가엽게 여겨 몰아치기를 주저하면 몽골군은 우리를 향해 활을 쏘았지요. 그 악귀들의 선두에 예꾸가 있었습니다."

진수는 야율금시를 비롯한 요나라 사람들이 수모를 겪은 일을 상세히 전했다. 그는 아버지 진화가 죽은 후 뒤늦게 몽골군에 징발되어 죄수부대를 경험했다.

"제가 갔을 때는 이미 황상께서 자결하신 후였습니다. 황상께서는 대요수국의 명운을 전하에게 맡기신다는 말씀을 남기셨습니다."

금나라 공략전 내내 몽골군은 금나라의 백성들을 앞세워 금나라의 성을 공격하는 작전을 썼다. 특히 개봉성 공방전이 치열했는데, 금나라 병사들의 분투로 성의 공략이 어려워지자 몽골군은 금나라 백성들을 성으로 내몰았다.

"황상께서는 차마 아이들을 죽게 할 수 없었습니다. 때문에 우리를 멈추게 하시고 몽골군 몰이부대의 화살을 받으셨습니다."

 진수와 함께 몽골군 죄수부대를 탈출해 온 석화가 말을 이어받아 대요수국의 가황제 야율금시의 최후를 전했다. 석화는 야율금시를 호종하여 죄수부대에 있었다.

"죄 없는 백성들을 그리 많이 죽게 했으니 이렇게 죽는 게 당연하다. 허나 너희 젊은이들은 어떻게든 살아남아야 한다. 요행 금후를 만나거든 요의 유맥이 끊이지 않도록 백성을 돌보라고 전해다오."

 대요수국의 가황제 야율금시는 몽골 독군의 화살에 맞아 죽어가며 그렇게 최후의 말을 남겼다. 석화는 유목민 특유의 전달방식인 노랫말로 이를 전했고, 김윤후는 납작 엎드려 어깨를 들먹였다.

"식사 준비가 되어 있으니 드신 후 계속하시지요. 고려의 쌀은 맛이 좋아요."

 때마침 들어온 김청의 식사 권유로 대화가 끊겼다. 김윤후는 석화와 진수의 말을 멈추게 했다. 아내 김청이 들을까 저어했기 때문이었다.

 옛 대요수국의 공주 야율금청은 고려 땅의 한 주부 김청이 되어 있었다. 김청은 부곡마을 아녀자들과 함께 식사를 준비하여 옛 요나라 사람들을 대접했다.

"고려는 땅이 기름져서 농사가 잘 돼요. 이 밥은 우리가 농사지은 곡식으로 지은 것입니다."

 모처럼 제대로 된 밥상을 받은 진수와 석화는 달게 먹었다. 그리고 그날 밤, 김윤후는 김청과 짙은 사랑을 나눈 후 부곡마을을 떠나 몽골로 잠입했다.

"부왕을 뵙게 되면 딸이 대요수국의 후계를 가졌다고 전해 주세요. 남편에게는 애비가 됨을 고해 주시고요."

 고려 고종 10년(1223년) 가을, 금나라에 온 현각은 김윤후에게 김청의 말을 들은 그대로 전했다. 김윤후는 김청에게 부왕 금시의 죽음을 알리지 않고 떠났고, 김청은 마지막 날의 밤에 회임을 한 것이었다.

"후사가 정해졌다니 다행입니다. 이제 마음 놓고 원수를 갚을 수 있게 되었습니다."

 고려 땅을 떠난 지 2년, 옛날의 야율금후로 돌아간 김윤후는 진수와 석화를 비롯한 옛 요나라의 유민들을 이끌고 살리타이와 예꾸를 추적해 금나라 등주(登州)에 이르렀다. 살리타이가 이끄는 몽골군은 등주성을 공격하여 함락시킨 후 잔적 소탕의 명분으로 주변 고을을 약탈하는 중이었다.

 (저들은 적수가 없는 싸움으로 교만해져 있습니다. 우리는 기회를 잡았습니다.)

 (너는 네 동족을 모두 죽일 셈이냐? 지금 그를 죽이면 네 남은 동족도 살아남을 수 없다. 네 양부와 장인의 희생을 헛되게 만들 생각이냐?)

 (기회를 잡아 화살을 당길 생각입니다. 금나라 안에서의 일이라 혐의 또한 금나라에게 있을 터, 고려에 피해가 가지 않을 것입니다.)

 김윤후와 현각이 주고받은 편지였다. 현각은 전날의 잡류별초 삼매 형제 중 하나를 김윤후에게 붙여 소식을 전달받았다. 여진족의 이름 '여진(女眞)'의 본래 어원은 해동청보라매로 그들 삼형제는 매를 길들여 사냥을 하고 통신에 이용했다.

(경거망동하지 말라. 몽골군은 수장이 죽어 예민할 때이니 신중해야 한다.)

현각은 마지막 통신은 간곡했지만 김윤후는 답신을 보내지 않았다. 이미 행동을 일으키고 있었던 것이다.

몽골군은 전 해에 대금 공격군의 총수인 구양(國王) 무칼리가 진중에서 죽어 공황상태에 있었다. 무칼리의 동생 다이손이 임시로 지휘권을 이어받았지만 통솔력이 예전 같지 않았다.

고삐가 풀린 각 단위부대의 장들은 금나라의 여러 성을 약탈하고 다녔다. 살리타이와 예꾸의 부대도 약탈부대의 범주 안에 있었는데, 김윤후는 그들을 추적하여 암습의 기회를 노렸다.

"우리가 고려의 백성들에게 냉대를 받는다지만 이는 이유가 있는 것이다. 우리 요나라 사람들은 고려 땅으로 무단히 들어가 식량을 빼앗고 집을 불태웠다. 그런데도 고려는 우리의 명을 잇게 했다. 그러나 몽골은 고려가 아니다. 그들은 우리를 짐승이 되라고 내몰았다. 너는 은혜와 원수를 가려 갚도록 해라. 특히 몽골 야만인들에게 우리가 저들과 다름을 깨닫도록 해주어라."

김윤후가 석화를 통해 전달받은 야율금시의 유언이었다. 김윤후는 이를 살리타이와 예꾸를 노리는 명분으로 삼았다.

김윤후가 기회를 잡은 곳은 등주성의 부속 고을 사가촌(史家村)이었다. 등주는 황해 연안의 오랜 도시로 당나라 때 신라방이 있던 곳이다. 무역이 성하고 소금이 생산되어 물산이 풍부했다. 몽골 침입 초기, 등주는 한 바탕의 홍역을 치른 끝에 무칼리 휘하 몽골군에게 항복하고 세금을 착실히 냈다.

대칸으로부터 구양(國王)의 호칭을 받고 금나라 정벌에 나선 무칼리는 현명한 장수로 정복한 땅의 산업을 보호했다. 허나 그가 죽은 후의 몽골군은 빠르게 예전의 유목민 군대로 돌아갔다. 등주 일대의 고을들은 남으로 도주한 금나라의 새로운 재상 완안합달의 부추김을 받아 반기를 들었다가 살리타이 휘하 몽골군에게 호된 꼴을 당했다.

등주성을 점령한 몽골군은 인근 고을을 습격하여 식량을 징발했다. 가을 추수가 끝난 직후, 살리타이 휘하의 장수 예꾸는 죄수부대를 이끌고 등주성의 부속도시 사가촌으로 향했고, 호시탐탐 기회를 노리던 야율금후의 표적에 들었다.

사가촌은 대규모 염전사업을 하여 자위단을 가졌고, 일찍부터 몽골군에 항복하여 세금을 내고 있었다. 허나 총수 무칼리가 죽은 후 군율이 무너진 몽골군은 약간의 세금만으로는 만족하지 않았다. 악명 높은 몽골군 죄수부대의 공격에 사가촌의 자위병력은 적수가 될 수 없었다.

예꾸가 인솔한 죄수부대는 사가촌을 점령하고 마음껏 유린했다. 그리고 그 광경을 김윤후와 진수가 이끄는 요나라 사람들이 멀지 않은 곳에서 지켜보고 있었다. 마을을 불태우고 여자들을 강간하고 재물을 약탈하는 몽골군의 만행을 지켜보는 김윤후의 표정은 분노로 일그러져 있었다. 자신의 나라였던 대요수국의 백성들도 저렇게 유린되었던 것이다.

"즐기도록 놓아두자. 돌아올 때 친다."

강제 징발한 식량을 우마차에 싣고 등주의 본대로 귀대 중인 몽골 병사들은 신이 났다. 술과 음식으로 배를 불리고 전리품까지 두둑하게 챙긴 탓이었다. 그들은 사가촌의 농민을 징발하여 우마차의 고삐를 잡게 하고, 젊은 여자들을 두름으로 엮어 말 뒤에 달아 끌고 갔다.

　선두의 마차가 산길에 접어들었을 때였다. 앞에 거름을 실은 분뇨마차 몇 대가 느리게 가고 있었다. 농사가 천하의 직업 중 으뜸이던 시절, 인분은 최상의 비료여서 분뇨마차에게는 한몫을 놓아주는 게 상례였지만 농업을 천시하는 몽골군에게는 통하지 않았다.

　"죽이고 길을 열어라."

　예꾸의 명령은 간단했다. 그는 여자를 말 등에 묶어 뒤따르게 하고 있었다.

　분뇨마차들은 허겁지겁 달아나기 시작했다. 몽골군 병사들은 말을 달려 추적하며 활을 쏘아 마부를 노렸다.

　마부는 분뇨 통을 방패막이로 하여 황급히 몸을 숙였다. 빗맞은 화살들이 분뇨 통에 구멍을 뚫었고, 흘러내린 분뇨가 길을 엉망으로 만들었다.

　길이 골짜기 사이로 이어지고, 몽골군은 분뇨마차를 추격하는 공격대와 약탈한 재물을 감시하는 부대로 갈라져 길게 늘어섰다.

　잡힐 듯 잡히지 않는 추격전에 울화가 치민 예꾸가 말을 달리며 화살을 메겼다.

　예꾸의 화살은 마부를 향해 직선으로 날아갔다. 순간 마부가 몸을 돌려 화살을 쳐냈다. 마부의 손에는 어느새 목봉이 들려 있었다.

　마부가 분뇨통 위로 뛰어올라 예꾸를 노려보았다. 예꾸도 달려가던 기세 그대로 마부를 직시했다. 예꾸는 마부의 눈빛이 익숙하여 순간적으로 기억을 돌이켰다. 적의에 불타는 저 눈, 분명 고려 원정에서 본 적이 있는 눈빛이다. 그런데 누굴까.

예꾸의 감상은 이어지지 못했다. 골짜기 좌우에서 함성이 일고 무장한 장정들이 벌떼처럼 달려들었다. 복병이 있었던 것이다.
 싸움이 벌어졌다. 습격군은 화살을 쏘아 기선을 제압한 후 창칼을 들고 몽골군에게 달려들었다. 습격군의 화살은 몽골군의 말을 노렸고, 화살에 맞은 말은 몸부림을 쳐서 주인을 떨구었다.
 예꾸의 수하는 몽골군의 정예 바아토르였다. 바아토르는 역전의 용사들이 군율을 어겨 만들어진 죄수부대로 강군 중의 강군, 돌연한 습격으로 잠시의 혼란이 있었지만 곧 수습하고 반격을 시작했다. 습격해온 장정들 역시 만만치 않아 전장은 잘 어울렸다.
 "우리는 완안상연 장군 휘하의 금나라 병사들이다! 몽골 오랑캐는 목을 내놓아라!"
 습격군은 그렇게 외치며 달려들었다. 당시 금나라의 황하 이북 땅은 수많은 군벌로 갈려 몽골군에게 항복하거나 저항하고 있었다. 습격군이 자칭하는 완안상연은 옛 금나라 출신 지방군벌의 하나였다.
 예꾸는 금나라 군사들과의 전투를 수없이 겪어본 역전의 맹장이었다. 따라서 적이 거짓 금군임을 간파하고 경멸의 표정을 지었다.
 "한 놈도 살려두지 말라!"
 명령일하, 몽골군은 겉옷을 벗어던졌다. 몽골 철기 바아토르가 진면목을 나타냈다. 전장은 일시에 공방이 변했다.
 (역시 몽골군, 준비가 있었군.)
 분뇨마차 위의 마부가 칼을 높이 치켜들었다. 그의 신호에 따라 습격군도 변장을 벗어던졌다.
 갑주를 걸치고 무장을 갖춘 대병력이 벌떼처럼 몽골군에게 덤벼들었다. 전투가 벌어지고 피와 살이 튀기 시작했다.

 결사대를 뜻하기도 하는 바아토르는 몽골 철기 중의 최강군으로 무칼리 휘하 황릉 전투에서는 500기로 2만의 금나라 병사를 패퇴시킨 경력을 가졌다. 예꾸가 이끄는 병력은 일두(一枓) 50기의 소부대였지만 사가촌의 500명 자위단을 격파한 강군이었다.

 예꾸 휘하 병력은 만도를 휘둘러 습격군을 몰아쳤고, 완안상연 휘하 금군을 자처하는 습격군의 반격 역시 만만치 않아 전투는 한 동안 백중을 이루었다.

 싸움은 또 다른 습격군이 나타나 활을 쏘기 시작하면서 전세가 변했다. 바위나 나무 뒤에 숨어 화살을 쏘아대는 궁시부대였다. 하나마다 명궁인 궁시부대의 기습에 몽골군은 하나 둘 병력이 감소하기 시작했다.

 "후퇴하라! 진용을 흩뜨리면 안 된다!"

 예꾸가 명령을 내리고 몽골군이 물러서기 시작했다. 앞서의 마부가 다시 칼을 높이 치켜들었다.

 "흥! 도망치려고? 길을 막아라!"

 습격군의 궁시부대가 몽골군의 퇴로를 막고 화살을 날리기 시작했다. 몽골군은 앞뒤로 적을 맞아 좁은 골짜기 안에 갇힌 격이 되었다.

 그때쯤 예꾸는 습격군의 대장인 마부의 정체를 알아보았다. 적의에 불타는 눈빛의 주인공은 고려 땅 강동성 전투의 막바지에 보았던 대요수국 황태자 야율금후가 변신한 김윤후였다.

 (그때의 애송이가 이렇게 변했군.)

 잠시 예꾸와 김윤후의 시선이 맞부딪쳤다. 금세라도 달려들 것 같은 기세, 불꽃이 튀는 눈싸움이었다.

 그러나 예꾸는 역전의 장수였다. 1대 1의 싸움이 되면 포위된 상황에 있는 휘하 병력은 전멸을 면치 못한다고 판단하고 접전을 사양했다. 더구나 예꾸에게는 계획이 있었다.

 몽골군은 우마차로 방벽을 만들어 습격군의 화살을 막았다. 그리고 신호용 화포를 쏘아 올렸다. 약탈한 식량이 담겨 있을 것으로 짐작되었던 우마차 위의 포대 속에는 방어용 무기가 가득 채워져 있었다.

 대포소리가 요란하고 신호용 불꽃이 하늘로 솟았다. 잠시 후 몽골 철기의 본대가 전장으로 달려왔다. 등주성에 주둔했던 예비 병력이었다.

 살리타이는 무칼리 휘하 제일의 장수로 요서전선을 책임지고 있었다. 등주성을 점령한 살리타이는 제삼의 세력이 암약하고 있음을 눈치 채고 예꾸군을 미끼로 함정을 판 것이었다.

 김윤후는 자신이 미끼를 물었다는 사실을 깨달았다. 예꾸의 죄수 부대는 술독에 빠진 약탈병이 아니었고, 노획물을 실었을 것으로 믿었던 우마차에는 재물이 아닌 무기가 실려 있었다.

 습격군은 몽골군의 주력이 닿기 전에 예꾸 군을 끝장내려 하였다. 살리타이 휘하 몽골군은 습격군이 감당할 수 없는 대병이었다.

 "화전을 당겨 불을 지르겠습니다. 통구이가 되기 싫으면 밖으로 나오겠지요. 그때에 한 살로 쏘아 죽이겠습니다."

 진수가 화공을 제안했다. 김윤후도 달리 방법이 없다고 판단하여 화공을 취하기로 하였다. 예꾸의 방어벽은 우마차로 울타리를 치고 가죽으로 둘러막아 불길에 약했다.

불화살이 어지럽게 날고, 예꾸 군의 방어벽이 불타기 시작했다. 견디다 못한 예꾸의 수하 병사들이 포위망을 향해 돌진을 시작했다.

몽골 철기의 돌격은 무섭다. 말과 사람 모두 쇠사슬을 엮어 만든 갑주에 보호되어 자체로 전차가 된 몽골의 철갑군은 천하제일의 강군이었다. 습격군의 궁시부대가 불화살을 쏘아댔지만 철갑군의 갑주는 철벽이라 얼굴 등의 노출 부위를 맞추지 못하면 치명상을 입힐 수 없었다.

포위군의 공세가 맹렬했지만 몽골군의 주력은 탈출에 성공했다. 습격군의 포위망은 몽골 철기의 돌진을 막기에는 역부족이었다.

탈출한 몽골군들 중에 예꾸가 있었다. 예꾸는 때마침 살리타이의 원군이 가까워오자 말머리를 돌렸다. 유인작전이 성공한 것이다.

예꾸가 얼굴을 돌려 자신을 쫓아오던 금나라 병사들에게 비웃음을 보내려던 순간, 정면으로 화살이 날아왔다. 화살이 노리는 곳은 예꾸의 얼굴로 갑옷과 투구의 보호에서 벗어난 유일한 약점이었다.

맞으면 치명상을 입을 수밖에 없는데, 워낙 순식간의 일이라 피할 시간이 없었다. 예꾸는 순간의 방심으로 허를 찔려 위기에 놓였다.

예꾸는 날아오는 화살을 직시하고 눈을 부릅떴다. 달리 취할 방법이 없었다. 그리고 그 순간 예꾸는 기적을 보았다.

화살 하나가 날아와서 예꾸의 얼굴을 노리던 화살을 쳤다. 예꾸는 화살과 화살이 충돌하는 광경을 눈으로 보았다. 오싹 추위를 느낀 예꾸가 말에서 굴러 떨어진 것은 다음 순서였다.

말에서 떨어졌던 예꾸는 이내 스스로 일어나서 말위에 올랐다. 꼴

사나운 모습을 보였지만 그는 역시 몽골의 장수였다.
"이 빚은 고려에서 갚기로 하자."
 몸을 추슬러 말위에 오른 예꾸의 앞에 살리타이가 있었다. 그의 손에는 크고 작은 두 개의 화살이 들려 있었다. 그 중 하나는 손바닥 두어 개 길이만큼의 작은 화살로, 예꾸를 죽음 직전에서 구해낸 아기살이었다.
"고려 땅에서의 무예시합을 잊었나? 적은 그대의 방심을 노렸어!"
 살리타이는 코르치였다. 코르치는 칭기즈칸의 직속 경호대 케식텐에서 활을 잘 쏘는 사람만을 모아놓은 부대로 살리타이는 약관 시절 그 중 한 지대의 장을 지냈다.
"고려에서 본 적이 있는 화살이군요. 놈들을 쫓아 끝장을 내겠습니다."
 분노로 치를 떠는 예꾸를 살리타이가 제지했다. 적은 화살로 화살을 쳐내어 예꾸를 구하는 이중적인 행동을 했다. 언제든지 목숨을 빼앗을 수 있다는 표시로 생사를 조건삼아 '이제 어찌할 터이냐?'를 묻고 있는 것이었다.
 명분이 없는 전투였다. 싸움을 계속하면 지지는 않을 터이지만 손해를 감수해야 한다. 이겨도 유적 한 무리를 물리친 정도의 싸움이라 목숨을 걸 필요는 없었다.
 살리타이는 군사를 물렸다. 습격군 역시 썰물처럼 물러나서 한판의 드잡이는 그렇게 끝이 났다.
"그대는 이 화살의 임자에게 목숨을 빚겼어."
 살리타이가 아기살을 들어 예꾸를 질책했다. 예꾸는 고개를 숙여 굴욕감을 감추었다.

"고려는 작은 나라지만 사람들은 우리의 아래에 있지 않아. 그들은 적을 존중할 줄 아는 무인들이네."

살리타이는 5년 전 강동성 싸움 때의 무예시합에서 김취려에게 승부를 양보 받은 기억을 떠올리고 있었다. 이기고도 유쾌하지 못했던 그때의 시합은 살리타이의 활솜씨를 몇 계단 상승토록 만들었다.

"좋은 적은 좋은 친구이기도 하지."

예꾸는 타오르는 분노를 다스리기 위해 입술을 깨물고 있었다. 대칸의 코르치가 적에 대해 평가한 말을 이해하기에는 예꾸의 나이가 많이 모자랐다.

"스승일 수도 있겠군."

살리타이의 마지막 말을 예꾸는 듣지 못했다. 강동성의 무예시합에서 예꾸 역시 현각을 대적한 싸움을 맡아 패배의 아픔을 겪었지만, 두 사람의 얻은 바는 너무나도 달랐다.

한편 김윤후는 현각과 재회하여 꾸지람을 듣고 있었다. 야율금후로 돌아간 김윤후는 고려 땅에서의 지혜롭던 그가 아니었다.

"예꾸의 상전은 살리타이다. 그가 무칼리 휘하 제일의 지장임을 잊었느냐?"

예꾸를 노려 함정을 팠다가 역으로 위기에 빠졌던 김윤후는 현각의 화살로 구함을 받았다. 정작 함정을 판 것은 살리타이였고, 현각은 아기살(片箭) 한 살로 살리타이의 추격을 포기하게 만들었다. 그리고 몽골 철기를 향해 부나비처럼 달려들었던 김윤후의 무모함을 꾸짖고 있었다.

"저 젊은 장수는 몽골의 황족이다. 죽여 놓으면 이 땅이 입을 피해는 어쩔 것이냐? 기왕에 불문의 사람으로서, 할 짓과 못할 짓의 구별이 그토록 어렵더냐?"
 현각의 꾸지람에는 떠나온 고려 땅 부곡마을을 걱정하라는 의미가 아울러 담겨 있었다. 김윤후 역시 몽골 정예병을 상대로 한 싸움은 결사에 의미를 둘뿐인 무모한 도전임을 모르는 바가 아니었지만 원념을 떨치지 못한 터라 물러설 수 없었다.
 "그는 대요수국의 백성들을 죽음으로 몰아넣고, 황제를 모욕 주어 분사케 하였습니다. 저는 목숨을 맞바꿀 각오로 원수를 갚으려 하였습니다. 망국의 자제로서 원수를 응징함에 어떤 부당함이 있는지요?"
 "선대어른들은 너희 부부가 남은 사람들을 다스려 고려 땅의 백성으로 살기를 바라셨다. 너는 이미 한 무리를 거느린 몸, 네 목숨이 어찌 너만의 것이더냐? 따르는 이들을 한 사람이라도 더 살려 보살피고, 그들과 더불어 가족을 지켜 남기신 뜻을 이루어야 한다."
 이 무렵 고려는 몽골 사신단에게 시달리고 있었다. 형제지의를 맺었다지만 이는 사실상의 굴종지약이었고, 정작 몽골은 전쟁의 명분을 만들기에 혈안이 되고 있었다.
 몽골을 상대로 한 전쟁은 반드시 있을 것이었다. 그때에 가족을 지킬 힘을 남겨야 한다는 것이 현각의 뜻이었다.
 "네 처가 아이를 가졌다고 한다. 지금쯤 출산을 했겠지만, 지아비로서 지어미를 지켜주는 것도 부처님의 길, 무리를 수습하여 고려 땅으로 돌아가거라.
 네 사조 무상스님은 도는 살아가는 방법일 뿐으로 먼 곳에 있는 것만은 아니라고 하셨다. 나는 기왕에 임무를 받고 온 몸이라 대륙의 허실을 살피고 갈 터이나, 너는 돌아가 처자식을 돌보거라. 삼매 형제들이 교통을 도울 것이니 수시로 소식을 전하마."

 김윤후는 현각의 명을 따라 귀국길을 서둘렀다. 그러나 행로 도중 청천벽력 같은 소식을 들어야 했다.

"몽골 사신 저고여가 홍복원과 함께 군사를 끌고 처인 땅 부곡마을을 습격했다 합니다. 부락민들의 희생이 있었는데, 공주께서도 변을 당하셨다 합니다."

 현각 휘하 삼매 형제 중에 고려에 남아 소식을 전하던 육매의 전통이었다. 홍복원은 강동성 싸움 때에 몽골군의 앞잡이를 한 홍대순의 아들로 애비보다 더한 역신이었다.

제8장 저고여 피살사건

 화살이 날아오기 시작한 것은 압록강을 건너 파속로(婆速路)의 영역 안에 진입한 직후였다. 몽골 사신 저고여 일행의 전몰에 대한 수사 목적이라고 국경을 넘게 된 사정을 설명하기 위해 보낸 역관들을 기다리던 중에 돌연 화살의 비가 쏟아졌던 것이다.
 "몽골 병사들입니다! 피신하셔야 합니다!"
 도방의 상급무사 하만리가 칼을 휘둘러 화살을 막으며 외쳤다. 김준은 화살의 양을 판단하여 대병으로 보고 후퇴명령을 내렸다.
 적은 고려의 영역 안까지 쫓지는 않았다. 부대를 압록강이남 함신진으로 후퇴시켜 숨을 돌리던 중에 기마병 일지대가 몰려왔다.
 "인주의 홍복원입니다!"
 깃발을 구별한 하만리가 인주의 병사들임을 외쳤다. 그의 목소리가 과다히 높은 이유는 홍복원 일가가 역적으로 경원 받고 있기 때문이었다. 김준은 재미있게 되어간다고 생각하고 말을 몰아 나섰다.

 홍복원은 한 노장과 말머리를 나란히 하고 있었다. 그는 약관의 젊은이였지만 고려국 장군의 직위를 갖고 있어 김준은 동관을 대하는 군례로 맞았다.
 "장군께서 웬 일이십니까?"
 홍복원 일가는 압록강이남 인주 일대의 호족으로 선대 홍대순이 강동성 전역 때에 몽골군에 항복함으로 고려와 몽골 양쪽에 칭신하고 있었다. 홍복원은 훗날 서경의 필현보와 함께 반란을 꾀하다가 축출될 때까지 고려의 서북면을 어지럽혔다.

김준은 낭장으로 직급이 홍복원의 아래였지만 저고여가 피살된 사건을 조사하는 임무를 맡으며 임시나마 장군격을 얻었으므로 평배(平拜)를 했다.
"장군께서 곤란을 겪는 것 같아 도움이 될까 싶어 왔소이다."
 홍복원은 나이답지 않은 원숙한 말씨로 김준을 대했다. 인주는 강동성의 난리 때에 도령(都領) 홍대순이 몽골에 항복한 이후 사실상 고려 조정의 통제 밖에 있었다.
"고마우신 말씀, 사신단이 몰살을 당했다는데 몽골인들을 달랠 방법이 없어 난처하던 차였습니다. 힘을 빌려주신다니 더한 다행이 없습니다."
 의례적인 인사말을 나눈 후 홍복원은 함께 온 인물을 소개했다.
"동진국의 완안자연 장군입니다. 강동성 전역 때에 몽골의 살리타이 원수와 의형제를 맺으신 분이지요. 우리 고려국의 김취려장군님과도 의형제이시고, 제 아버님과도 교분이 두텁습니다. 이번 몽골 사신 참사사건을 조사하기 위해 오셨기에 함께 나섰습니다."
 동진은 몽골의 괴뢰정권이었으나 최근 사이가 벌어져서 무칼리의 동생 보로의 공격을 받았다. 재빨리 항복하여 멸망을 면했는데, 완안자연은 몽골군의 별동대로 침입해 온 살리타이와 강동성 싸움 때에 형제의 의를 맺은 인연이 있어 동진의 잔명을 보존하는 일에 일조를 했다.
"완안자연입니다. 이번 사신단의 전몰은 고려뿐만 아니라 동진에게도 위기가 될 수 있는 사건입니다. 습격한 자들이 고려군 복색을 하고 있었다니 동진으로서는 혐의가 없는 셈이지만, 혹 참소를 받아 오해를 살 염려가 있어 도움을 청했습니다. 홍복원 장군은 고려와 몽골 양국에 두루 신임을 얻고 계시니 좋은 중재자가 되어 주리라 믿습니다."

완안자연은 동진국의 원로로 한 배분 위의 노장이었다. 그가 나섰음은 동진국이 위기를 느낀 탓일 것이었다.

"옳은 말씀입니다. 몽골 대칸의 사신을 해친다는 것은 국가의 소멸을 각오한 폭거, 우리 고려라고 감당할 수 있는 사건이 아니지요. 두 분이 나서 주신다니, 고려 조정을 대신하여 감사드립니다."

의논 끝에 홍복원의 중재로 고려와 동진 연명의 의견이 몽골군에 전해졌고, 몽골 측 조사단의 대장이 허락하여 합동 조사가 행해졌다.

"습격을 받은 인원은 사신단 일행 11명과 호위병력 40명, 고려인 인부 150명입니다. 사신단은 정사 저고여 이하 호위병사까지 전멸을 면치 못했으나 고려인들은 극히 적은 수의 시신을 남겼을 뿐입니다. 사신단이 재물을 버렸음은 호위군이 감당하기 힘든 대병의 습격이 있었음을 의미하는데, 현 정세 하에 그만한 병력을 동원할 수 있는 곳은 고려와 동진 금국이 있습니다."

몽골의 조사단장은 죽은 저고여와 교차하여 사신단을 이끌고 고려를 찾았던 대두령관(大頭領官) 찰고야(札古也)였다. 김준은 그가 저고여에 비해 사리에 밝은 사람으로 기억하고 있었다.

"금국의 원수 우가하는 사절을 보내 결백을 주장했습니다. 이제 남은 두 나라가 무관함을 입증할 차례입니다."

찰고야의 어조는 강경했다. 김준은 몽골이 고려에 혐의를 두고 있음을 느끼고 황급히 변명의 말을 했다.

"고려 역시 사신단을 해칠 이유가 없습니다. 인부들의 사체가 많지 않다는 것은 습격해 온 무리들이 끌고 갔다는 방증일 뿐 그들 중의 누군가가 반심을 품었다는 증거는 되지 못합니다. 우리 삼국이 통교 후 내내 평온하였는데 이런 비극이 벌어지게 된 것은 유감이나, 고려로서는 사신단을 해쳐 귀국의 노염을 살 이유가 없습니다."

김준에 이어 완안자연도 같은 뜻의 변호를 하여 동진의 혐의를 부인했다. 결국 세 나라에 고루 인연을 가진 홍복원의 중재로 참사현장의 합동 조사가 시작되었다.

"화살 촉 하나 남기지 않고 깨끗이 거두어 갔군요."

몽골 정사 저고여 이하 11인 사절과 호위군사 40명, 고려인 인부 150명이 희생된 현장은 깨끗이 치워져 있었다. 김준의 말은 몽골 측에서 증거가 될 만한 것을 치웠느냐의 뜻이었다.

"파속로의 역참 병력은 사신단의 참변 소식을 접한 후 하룻길에 참변 현장에 닿았습니다. 고려인 복장의 군사들이 활을 쏘아 접근을 막았다더군요. 우리 병사는 소수라 후퇴하여 원군을 기다렸습니다. 본관이 명을 받아 도착했을 때는 적들은 자취를 감추었고 현장은 정리되어 있었습니다."

몽골인들은 고려에 혐의를 두고 있음을 감추지 않았다. 김준은 몽골군 조사단 선발대를 쏘았다는 화살들을 청해 확인한 후 혀를 찼다. 각궁과 석궁, 쇠뇌가 고루 사용된 듯 화살의 길이가 제각각이었는데, 고려군도 같은 무기를 사용하고 있었기 때문이었다.

"이번 참변에는 우리 고려인들의 희생도 있고 하니, 시신을 직접 보고 싶습니다."

김준은 참변 소식을 들은 후 즉시 말을 돌려 달려왔으므로 사건

후 이틀 후에 도착한 셈이지만 몽골인들이 접근을 막아 시신을 조사하지 못한 터였다. 이점 완안자연도 마찬가지라 두 장수는 함께 시신 검안을 청했다.

"오랜 세월 전쟁터를 전전하여 주검을 보는 데는 이력이 났지요. 결단코 어느 못된 무리가 대칸의 사신을 해쳤는지 밝혀낼 것입니다."

완안자연의 장담이었다. 김준 역시 칼이나 화살에 맞아 죽은 시신을 숱하게 보아온 터라 어떤 형식의 죽음이든지 밝혀낼 자신이 있었다.

그런데 아니었다. 저고여 이하 몽골인들의 시신은 하나같이 깨끗했다. 화살은 매 살마다 급소를 노렸고, 칼에 맞은 시체들도 헛된 칼질이 없는 정갈한 죽음이었다.

"목격자들이 고려군 복장임을 이야기하고 있습니다. 이 화살이 고려군의 것임을 증명한 증인도 적지 않고."

"몽골군 1개 부대를 이런 솜씨로 전몰시킬 수 있는 병사집단은 천하 어디에도 없습니다. 설령 그런 강군을 고려가 가졌다 해도 부러 노출시킬 이유도 없습니다."

김준의 변명에 홍복원이 몽골 측을 편들어 불을 질렀다.

"정상적인 전투라면 그렇지요. 헌데 기습이라면 다릅니다. 적은 전투를 한 것이 아니고 암습을 한 것입니다."

상황은 고려군에게 불리하게 돌아가고 있었다. 김준이 할 수 있는 변명은 한계가 있었다.

"살인사건의 수사는 동기와 방법을 찾고 증거를 확보하여 범인을 특정 하는 것이라고 배웠습니다. 혐의가 가는 곳은 금나라와 동진국, 우리 고려이지만, 고려는 어렵게 공물을 마련해 보낸 사신을 죽일 이유가 없습니다."

 김준은 찰고야에게 고려의 입장을 설명하고, 금의 우가하 원수나 동진국은 고려와 몽골의 관계를 이간질할 이유가 있음을 설파했다. 몽골의 사신단은 평소 다니던 동진 영내의 갈라로(曷懶路)를 피하고 압록강에 연한 파속로를 택했다가 변을 당했는데, 그 점을 지적하여 동진국에게 화살을 돌렸다.

 "귀국의 보로 원수가 금국의 우가하를 쳐서 요동 일대를 확보하고 파속로에 역참을 두셨다고 알고 있습니다. 그간 다니던 갈라로보다 안전한 길로 여겼다는 의미인데, 이 점 동진국의 의견은 어떠신지요."

 압록강 이북의 파속로는 본시 금국의 영토였으나 몽골이 새롭게 개척한 지역이었다. 금나라의 동경로(東京路)에 속했던 파속부로(婆速府路)로 몽골군이 점령한 후 역참을 설치했으므로 서고여의 파속로 선택은 금국의 준동이 배제된 행차였다.

 동진의 완안자연은 즉각 반박을 했다.

 "사신들이 그간 우리 지역을 다닐 때 위험이 있었습니까? 우리 동진국의 영토인 갈라로를 마다하고 파속로를 택한 첫 번째 행보에서 변을 당했는데, 당연히 우리가 위협이 되었다 보실 것입니다. 허나 우리 동진국은 대칸의 노염을 살 만큼 어리석지 않습니다."

 몽골은 호라즘이 자국의 사신단을 몰살시킨 것을 기화로 서역 정복을 시작했다. 대칸의 사신단이 먼저 무례를 저질렀기 때문에 벌어진 참사였지만 경과는 결과에 묻히기 마련이었다.

 "저고여는 황태제(皇太弟)께서 친히 선발한 사절입니다. 그는 우리 몽골국의 대두령관으로 100기의 기병을 지휘하는 고급장교입니다. 그를 죽여 놓았으니, 마땅한 처분이 있을 것입니다."

몽골은 금나라 동북부 지역을 점령한 후 칭기즈칸의 넷째 동생인 테무게 옷치긴에게 다스리게 하였다. 옷치긴(Otchigin)은 몽골 본국과는 별도로 사신을 보내 고려 조정을 압박하곤 하였다.

"황태제께서는 100만 대병을 준비하고 계십니다. 고려는 어찌 감당하시렵니까?"

찰고야의 협박이었다. 김준은 열심히 변명했지만 찰고야의 입장은 완고했다. 완안자연은 몽골의 화살이 고려로 향함을 다행으로 여기어 마음에 없는 위로를 남겼고, 홍복원은 빈정거림으로 김준의 부아를 돋았다.

"그러게 순순히 저들이 원하는 것을 주었으면 탈이 없지 않았겠습니까? 유적들 따위를 보호하려고 전쟁을 불사해요? 고려조정도 딱합니다."

이어진 홍복원의 말은 더욱 가관이었다.

"대요수국의 잔적들을 거두셨지요? 그중에 야율금시의 딸이 있었다하여 처인 땅 부곡마을을 찾았더니 시체들뿐이더군요. 대칸께 바칠 공녀를 빼돌렸으면 지켜주기라도 할 일이지, 그리 허무히 죽여요?"

김준은 홍복원의 비아냥거림 속에 흉심이 숨어있음을 읽고 분노가 솟구쳤다. 홍복원은 저고여를 도와 처인 고을 부곡 마을을 습격하여 피바다를 만들어 놓았었다. 그들이 죽음으로 몰아넣은 대요수국의 황녀는 대칸과 겨루어서라도 빼앗고 싶을 만큼 용모가 출중했다.

"처인 부곡이라면? 소장이 달려갔을 때는 마구니의 무리가 무고한 양민을 헤치고 줄행랑을 친 후던데, 혹 그 악행에 연관이 있는 것은 아니신지?"

김준의 반문에는 가시가 섞여 있었다. 김준이 조정의 명으로 병력을 이끌고 달려갔을 때는 이미 사건이 벌어진 후였다.

홍복원은 제가 한 짓이 있어 답변을 피했다. 김준 역시 더한 추궁을 피하고 입을 다물었다. 처인 고을 부곡 마을은 강동성 싸움에서 살아남은 대요수국 사람들을 숨긴 곳이었고, 강동성 싸움에서 몽골은 고려의 연합군이었다. 고려 조정은 자칫 몽골에 전쟁 명분을 줄까 하여 부곡 마을의 참상에 분노하면서도 항의를 할 수 없었다.

도성에 돌아온 김준은 집권 최우를 만나 전쟁을 각오해야 할 것임을 역설했다. 고려는 사신단을 죽인 혐의를 받고 있었고, 억지였으나 고려가 피할 방법은 없었다.

"대륙에 정세를 살피러 간 현각 스님도 같은 의견을 보내왔네. 급히 귀국하라 전통을 띄었으니 일간 도착할 것이야."

최우의 답변은 간략했다. 이 무렵 최우는 광렬공(匡烈公)의 작위를 받고 교정별감으로 관리들을 감독하고 있었다. 아버지 최충헌 이상의 권력을 행사하고 있었는데, 그러한 그가 현각을 기다리고 있었던 것이다.

그로부터 두 달 뒤, 현각이 돌아왔다. 현각은 몽골사신 찰고야의 인부 명색으로 고려를 떠난 지 2년여 만에 대륙을 탐색하고 돌아온 것이었다.

김준은 집권 최우와 원로 김취려와 함께 현각을 맞은 자리에 참여하여 저고여가 피살된 사건을 의논했다.

"…이상의 경과로 볼 때 몽골이 우리를 의심함은 무리가 아닌 것으로 보입니다."

김준의 보고를 듣는 사람들의 표정은 모두 어두웠다. 막강 몽골군의 침공은 나라의 존망에 관계된 위기가 될 터였다.

"몽골의 척후는 세계 최강의 기병입니다. 그들 1개 집단이 싸움다운 싸움 없이 전멸을 면치 못했다는 건 이해 불가입니다."

김준의 설명에는 뼈가 있었다. 그는 현각이 두호하는 한 세력에 의심을 두고 있었다.

"찾아갈 곳이 있습니다. 동행해 주시겠습니까?"

회의 말미에 김준은 현각에게 강하게 청했다. 현각은 김준이 어느 곳을 노려 이야기하는지 짐작이 갔다. 고려 땅에 저고여를 비롯한 몽골사신단을 몰살시킬 만한 이유가 있는 곳은 대요수국의 잔적들뿐일 것이었다.

"소승 역시 찾아보아야 할 곳입니다. 함께 하지요."

강동성의 싸움 후 형식상의 형제지의를 맺은 몽골은 상전노릇이 심했다. 공물을 요구하는 사신단의 왕래가 잦았고, 명령 또한 구양(國王) 무칼리의 원수부와 칭기즈칸의 막내 동생 와적흔(訛赤忻-테무게)의 황태제부, 동정원수 합신(合臣) 등에게서 두서없이 나왔으므로 고려의 고통이 컸다.

특히 저고여는 고려 고종 7년 이후 다섯 차례나 사절로 온 자로 횡포가 가장 심했다. 저고여는 고려 고종 9년 (1222년-원 태조 17년) 10월, 고종 11년 2월과 같은 해 12월에 연속하여 고려에 사자로 파견되었다.

"귀국의 성의 없는 공물에 황태제께서 노하시어 대군을 보내신다

하였으나 내가 과거의 인연을 빙자해 만류했소이다. 하니 이번에는 성의를 보이길 바라오."

속국을 대하듯 모욕을 주는 이유는 전쟁의 빌미를 얻고자함이 분명했다. 고려인들은 저고여의 죽음에 '그렇게 유난을 떨더니 기어코 값을 치렀구나!' 하고 고소를 지었다.

"몽골 사신 저고여, 모두가 죽이고 싶어 한 자였습니다. 폐하의 전상에 오르는 무례를 저지르고 봉물을 팽개쳤습니다. 고려의 장인과 처자들을 노려 패거리들을 시전에 풀었는데, 홍복원이 앞잡이 노릇을 썩 잘했습니다."

김준은 저고여가 극악한 인물임을 강조했다. 현각은 김준이 저고여의 죽을죄를 차례로 늘어놓는 양을 묵묵히 들었다.

"황태제 와적흔(訛赤忻)의 명을 빌어 고려의 귀한 처자들을 요구했지요. 특히 이름과 거주지까지 지적하여 한사람을 찾았는데, 뇌물을 써서 알아보니 황족 예꾸라는 자가 나왔습니다. 그 자가 시적인 원한을 풀기 위해 간사를 부렸던 것입니다. 김취려장군님의 부탁으로 입들을 다물었습니다만, 역도 홍복원이 인주병을 끌어들여……"

현각의 표정이 일그러졌다. 김취려 역시 마찬가지였다. 처인 고을 부곡마을은 김취려와 현각이 대요수국의 유민들을 위해 마련해 준 삶터였다.

"고려 조정은 나설 수가 없었습니다. 대요수국의 유민들을 감추지 않았다는 것이 공식입장이라서. 김청 아씨는 고려복장으로 죽었습니다. 우리도 지켜볼 수밖에 없었습니다."

현각과 김준이 도착했을 때 부곡마을은 핏자국이 지워지고 집들이 다시 세워지고 있었다. 저고여와 홍복원이 인주병과 더불어 습격한 사건은 이미 묻히는 중이었다. 적국의 공주를 숨겨 준 사실을 감추고 있었던 고려 정부는 항의도 할 수 없었고, 억울하게 죽은 사람들을 위해 마을 재건해 주는 것이 고작이었다.

 암중에 부곡마을을 돌보던 삼매 휘하 잡류별초들이 현각과 김준을 맞았다. 삼매가 전한 처인골 부곡마을의 마지막 모습은 처절했다.

"대요수국의 황녀는 스스로 아이를 죽이고 자결했습니다. 모욕을 당하지 않으려는 방법이었을 것입니다."

 삼매형제들은 김윤후에게도 같은 소식을 전했다고 하였다.

"즉시 매를 날려 산동의 김윤후에게 알렸지만 그가 도착했을 때는 태풍이 휩쓸고 지난 후였습니다. 김윤후는 피를 한 그릇이나 토한 후 원수를 갚겠다고 남은 사람들을 끌고 북으로 갔습니다."

 현각과 김준은 길게 한숨을 내쉬었다. 일은 옳게 벌어졌다고 생각할 수밖에 없는 전언이었던 것이다.

제9장 부곡 마을

 고려의 산에는 선모초(仙母草)가 흔했다. 구절초(九節草)라고도 불리는 선모초는 낮은 산등성이에 하얀 꽃을 피워 어릴 때 살던 북국을 연상케 하였다. 야율금청은 군락을 이루고 있던 고국의 꽃밭을 떠올리며 머리에 꽂은 철비녀를 만지작거렸다.
 "선모초의 줄기와 뿌리는 잘 다져서 상처 자리에 붙이면 효과가 있다. 꽃잎은 말려서 겨울에 차를 끓여 마셔도 좋다. 모름지기 여인은 남정네의 뒷바라지를 위한 준비를 게을리하지 말아야 한다."
 어머니의 가르침이었다. 몽골군에 쫓겨 고려 땅으로 들어오던 도중에 죽은 어머니는 딸을 엄하게 다스렸다. 야율금청은 김청으로 개명한 이후에도 어머니의 가르침을 새겨 산에 오를 때마다 선모초를 모았다.
 "우리는 대요의 황족 야율씨족 중에 금(金)자를 돌림으로 하는 일족으로 옛 신라국 황실의 후예이니 고려는 조상의 땅이다. 어떠한 경우에도 긍지를 잃지 말아야 한다. 힘들 때는 꿋꿋이 피는 선모초를 생각해라."
 세상을 떠나던 날 어머니는 머리에 꽂고 있던 비녀를 뽑아 주며 말했다. 활짝 핀 선모초가 만월을 향해 연모의 마음을 보내는 그림이 새겨진 철제(鐵製) 비녀였다.
 "여인에게 남편은 하늘이고 자식은 땅이다. 하늘과 땅에 부끄럽지 않는 아내가 되도록 해라. 이 비녀가 사용되지 않는 세상에 살기를 빌어주마."
 철비녀는 야율씨족 모계 황족의 증표였다. 어머니는 철비녀를 마지막 순간에 사용할 수 있도록 교육을 시켰다. 원래 유목민인 거란족은 이민족과의 싸움을 숙명으로 하는 민족이었고, 옛 요나라를 재건한 대요수국 수립 이후는 더욱 정도가 심해 유랑의 무리가 되어야 했다. 철비녀는 거란족의 황족 여인이 지녀야 했던 최후의 호신무기였다.

"어머니께 받았으니 딸을 낳으면 물려주겠습니다. 우리 아이는 치욕을 겪지 않는 여인으로 살 것입니다."

금청은 자신의 배를 만지며 아직 태어나지 않은 아기에게 다짐했다. 아들의 훈육은 아비의 역할이라 관여하지 못하지만 딸은 어미의 몫이니 대대로 물려온 야율씨족 모계 황족의 전통을 지켜줄 생각이었다.

성례를 올리고 합방을 한 며칠 후 남편 김윤후가 떠날 때, 김청은 철비녀 다섯 개를 행장에 넣어 주었다. 거란족은 야금술에 능했고, 전쟁터에 나가지 않는 여인네들은 대장간에서 풀무를 밟는 일을 예사로 했다. 김윤후는 철비녀를 본래의 용도 외에 화살촉으로도 사용할 수 있도록 고친 아내의 지혜에 찬사를 보냈다.

"약간 고치니 훌륭한 무기가 되네요. 몇 개 가져가세요."

"증표로 간직하겠소. 부황을 만나면 딸은 모후에게 부끄럽지 않게 살고 있다 전할 테니 부인은 안심해도 좋소."

대요수국의 황제와 신민들은 강동성싸움 때에 고려와 몽골, 동진국의 연합군에 패한 후 뿔뿔이 흩어졌다. 가황제 야율금시를 비롯한 다수는 몽골군의 포로가 되어 파림으로 끌려갔고, 금시의 조카로 황태자였던 야율금후와 금시의 딸이자 금후의 정혼자인 야율금청은 김취려와 현각의 배려로 소수의 유민들과 함께 수주(水州)의 남쪽 처인 고을의 부곡 마을에 몸을 숨겨 살았다. 몽골군이 대요수국의 황녀 야율금청을 대칸에게 바칠 전리품으로 노렸기 때문에 행한 응급 피신이었지만, 정혼자 야율금후와 함께 하는 생활이라 야율금청은 한숨을 돌릴 수 있었다.

야율금후와 야율금청이 성례를 올린 건 부곡 마을에 정착한 직후였다. 성례 후 옛 신라 때 선조의 성씨 김(金)을 돌이켜 야율금후는 김윤후가 되었고, 야율금청은 김청이 되었다. 정혼자보다 두 살이 위인 김청은 부부의 명분을 지어놓음으로 안정을 찾기 바랐지만 정세는 망국의 유민들에게 가혹하기만 했다.

"부황께서 적굴에서 고난을 받고 계신다 합니다. 반드시 모셔올 것입니다."

몽골군의 바아토르 부대에서 탈출해 온 대요의 유민들이 전해 온 소식은 우울했다. 김청은 남편의 길을 막지 못했고, 열다섯과 열일곱의 어린 부부는 신혼 첫 해에 생이별을 해야 했다.

"부황께서는 우리에게 고려 사람으로 살라 하셨습니다. 부황을 모셔온 후 그리할 것입니다. 부인은 마을을 다스려 주십시오."

아이가 깃들어 있음을 안 것은 남편 김윤후가 떠난 두 달 후였다. 뱃속에 태동이 느껴져 이웃 고려 여인들에게 물으니 아들일 거라고 기뻐해 주었다.

"아들과 딸은 뱃속에서부터 달라요. 노는 게 활발하면 아들입니다."

김청은 대요수국의 대통을 이을 황손을 가졌다는 기쁨에 묘향산 보현사로 달려갔다. 보현사는 남편 김윤후의 스승인 현각이 항마승을 기르고 있는 곳이었다.

"경사로군요. 때마침 몽골에 갈 일도 있고 하니 윤후에게 전하겠습니다."

현각은 밝게 말했지만 정작 고려국의 사정은 밝지 못했다. 그 무렵 고려는 몽골의 사신단에 시달리고 있었다.

"몽골은 고려를 침략할 명분을 만들기에 혈안이 되어 있습니다. 부군의 대륙행은 찬성할 수 없군요. 사부께서 아셨으니 방도를 찾아내실 것입니다. 최근에 몽골 사신들의 왕래가 잦으니 행적이 드러나지 않게 조심하시기 바랍니다."

개성에서 만난 고려군의 장교 김준은 현각의 입장을 에둘러 전했다. 현각은 고려항마승무예총교두였던 무상의 수제자로 스승의 사후 뒤를 이어 고려의 승려를 대표하는 몸이 되었다. 그는 강동성 싸움 때에 김취려의 부탁을 받고 야율금후와 야율금청을 구한 후 처인성 부곡 마을에 터를 잡고 살게 해준 은인이기도 했다.

"우리도 우리의 처지를 잘 알고 있습니다. 마을로 돌아가서 사람들을 다스리겠습니다."

김청은 대요수국의 가황제 야율금시의 딸로 대칸의 전리품이 될 처지였다. 고려 땅에 숨어살고 있음을 몽골인들이 안다면 침략의 명분을 삼기 십상일 터였다.

부곡 마을로 돌아온 김청은 유민들을 모아 명령을 내렸다.

"…이러한 사정으로 우리는 한시바삐 고려인이 되어야합니다. 고려의 말과 복장, 풍습을 익혀서 완벽한 고려 사람이 되어야 합니다. 몽골이 호시탐탐 고려를 노리고 있는데, 우리가 전쟁의 빌미가 되어서는 안 됩니다."

몽골은 전쟁으로 유지되는 나라였다. 고려를 침략할 명분을 만들기 위해 사절을 보내 고려가 부담하기 어려울 만큼의 공물을 요구했다. 강동성싸움 때에 연합군으로 참여한데 대한 보상 형식의 요구였지만, 사실상 전쟁을 위한 겁박이었다.

"고려가 우리를 숨겨주고 있음을 몽적(蒙敵)이 알게 되면 전쟁이 일어납니다. 천민이 사는 부곡 마을에 살고 양수척 무자리로 불리지만 우리는 고려 땅의 소출을 먹고 사는 사람들입니다. 처지를 자각하여 전쟁의 빌미가 되지 않도록 조심하고, 고려의 백성이 되어야 합니다."

부곡은 통일신라와 고려시대의 천민 집단 부락에 붙여진 이름이다. 특히 거란족의 요나라와 싸움이 잦았던 고려 시대에는 전란 중에 유입된 이족의 무리를 양민들과 분리해 살게 하였다. 거란장(契丹場)은 대표적인 사례로 처인성 부곡 마을은 그 하나였다.

건국 이후 내내 쫓기며 살아온 대요수국의 유민들은 고려의 풍토에 이내 어울렸다. 고려 조정이 준 땅은 박토였지만 김청은 부곡민을 이끌어 찰진 곡식을 수확해 냈다. 갈대나 버드나무 줄기로 고리를 만들어 고려인들에 선물하고, 고려인들이 대가로 준 씨앗을 밭에 뿌려 농사를 흉내 내게 된 건 천신만고 끝에 정착할 땅을 얻게 된 거란장 식구들에게는 어려운 일이 아니었다.

1224년(고종 11년) 2월 말의 어느 날 오전, 씨앗을 뿌릴 땅을 늘리기 위해 황무지를 개간하던 부곡 마을의 사람들에게 횡액이 닥쳤다.

"너희 중에 강동성 전역 때 도망쳐온 야율금시의 딸이 있을 것이다. 너희가 거란족의 말짜임은 이미 조사가 끝난 사실이니 금시의 딸만 내놓으면 혹 천사(天使)께서 용서해 주실 수도 있을 것이다."

몽골 사신 저고여가 홍복원의 인주병을 앞세워 습격해 온 것이었다. 도성인 개경으로부터 밤을 도와 내려온 인주병은 부곡 마을에 화살 비를 내린 후 사람들을 모아 협박을 했다.
"이 그림의 여자를 내놓으면 너희는 산다. 이 여인이 너희 중에 있음을 알고 있으니 속히 나와라. 아니면 이 아이가 죽는다."
홍복원은 거란족 황녀 차림의 그림을 펼쳐 들고 채근을 해댔다. 그는 세 살 남짓의 여자아이를 찾아 볼모로 삼고 위협했는데, 그림 속의 여인 모습과 아이의 얼굴은 많이 닮아 있었다.
어른들이 밭에 나가 있는 사이에 붙잡힌 아이는 울지도 않았다. 급히 달려온 고려인 중에서 나선 아이의 어미는 머리에서 철비녀를 뽑아들었다.
"장하다, 우리 딸. 어떻게 해야 하는지 알지?"
어미는 적에게 잡힌 아이를 향해 다정하게 말했다.
고려의 별초군이 뒤쫓아 왔을 때는 상황이 이미 끝나 있었다. 고려군의 대장 김준은 당시의 상황을 다음과 같이 전했다.
"여아는 어미가 던진 철비녀에 맞아 죽었습니다. 여아를 죽인 철비녀는 어미가 머리에 꽂고 다니던 것과 같은 모양이었지만 조금은 작은 아이용이었습니다. 자식을 죽인 여인은 역시 철비녀로 목을 찔러 죽었습니다. 희생당한 사람들이 모두 고려인의 복장이었으므로 우리는 인주병에게 책임을 물을 수 있었습니다."
김준은 별초군을 몰아 인주병을 쳤다. 몽골의 관직을 갖고 있는 저고여와 홍복원은 차마 죽이지 못했지만 나머지 인주병은 도륙을 시켰다.
"우리는 황태제의 직명을 받고 온 사자이다. 이런 수모를 주고도 너희 고려가 온전할 것 같으냐?"

"고려 땅에서 고려인들을 죽인 너희의 목숨을 살려 보낸 것만도 은혜를 베푼 것이다. 황태제께 올바로 고하고 죄를 빌어라. 우리 고려국은 전쟁을 즐기지 않지만 걸어온 싸움을 피한 적은 없다."

 저고여는 악담을 퍼붓고 돌아갔고, 고려 조정은 사신을 파견해 사건을 무마시켰다. 세계 최강 몽골을 상대로 전쟁을 벌이는 것은 고려로서도 피해야 할 사안이었다.

 저고여는 그해 12월에 다시 사신으로 와서 다음 해 2월 대량의 공물과 함께 돌아가던 중에 파속로에서 습격을 받고 죽었다. 김준은 최우의 심복으로 일련의 사건에 시종 관여했는데, 후일 스승 현각에게 다음과 같이 고백했다.

"그 여인은 강했고, 자신의 처지를 너무도 잘 알고 있었습니다. 거란족 황제의 딸이 고려의 백성으로 죽어야 했던 현실이 너무도 안타까워서, 제자 역시 몽골사신 저고여를 죽이고 싶은 사람들 중의 하나가 되고 말았습니다."

제10장 팔만대장경

고려의 첩자로 중국 땅 등주에 있던 현각에게 본국의 밀명이 전해진 때는 고종22년(1235년) 9월이었다. 현각은 묘향산 보현사의 항마승장(降魔僧將) 무상(無想)의 제자로 대요수국의 난리 때에 잡류별초를 이끌고 공을 세워 관직에 올랐고, 이제 몽골군과의 본격 전쟁을 맞아 암약 중이었다.

"몽적(蒙賊)의 침입으로 대구의 부인사가 불타 경판을 모두 잃었네. 다시 판각하여 부처님의 가호를 빌려하니 그리 알고 행하시게.' 이렇게 전하라 하셨습니다."

명을 내린 이는 최우였고 전한 이는 김준이었다. 금국을 멸망시킨 몽고는 남송정벌을 위한 후환 제거책으로 동진과 고려를 쳤고, 중원의 정세를 살피는 임무를 맡고 암약 중이던 현각은 그간 구한 고려인 포로들을 이끌고 급거 귀국을 했다.

"영공께서 걱정이 크십니다."

영공은 무신정권의 집권 최우를 말함이었다. 문무반 최고의 원로였던 문하시중 김취려가 전년에 죽은 후 최우는 교정도감의 장으로 문무 양반의 기강을 바로잡아 대몽항전의 준비를 하고 있었다.

"따로 전하신 서찰입니다."

현각은 김준이 전한 최우의 서찰을 받아 펼쳤다. 최우는 김취려로부터 보현사의 무예승 현각을 소개받은 이후 그를 신임하여 한 배분 이상 나이가 아래인 현각을 사형제의 예로 예우했다.

—지난 싸움은 부처님의 가호로 우리가 이겼지만 적은 한낱 곁가

지를 상했을 뿐이네. 오히려 상한 백성들이 수천수만이라 승전이랄 수도 없는 지경이니 헤아려 처신하시게.

 몽골군은 마군(魔軍)이었다. 고종18년 8월, 압록강변 파속로에서 피살된 사신 저고여의 목숨 값을 내놓으라고 침입한 이후 연례행사처럼 몰려와 분탕질을 쳤다.
 고려의 강토는 철저하게 파괴되었다. 몽골의 기마병이 지나는 연도의 백성들은 참변을 면치 못했고, 도성을 포위당하는 수모를 겪고 항서를 써야 했다. 강화도로 천도를 했으나 그것을 빌미로 또 침입을 해왔고, 대구 부인사에 있던 대장경판을 불태웠다.
 다행히 적장 살리타이는 처인성을 공격하던 중에 기습을 받아 죽었다. 살리타이를 죽인 것은 승려 김윤후와 그의 수하 부곡 마을 사람들이었다. 소나무 백여 그루가 전부인 야산 풀숲의 산성에서 발사된 화살이 몽골의 맹장 살리타이를 죽였던 것이다.
 기세를 탄 고려는 나머지 몽골군을 몰아내고 홍복원 일가를 쳐서 오랜 우환을 덜었다. 대대로 인주 일대의 호족이었던 홍복원은 아비 홍대순 이래 대를 이은 역도로 고려를 괴롭게 한 매국노였으나 분노한 민중의 공격을 받고 압록강을 건너 도망쳐야 했다.
 살리타이를 죽여 일시 승리를 거두었지만 몽골은 침략을 멈추지 않았다. 고종22년(1235년) 윤 7월, 죽은 살리타이 휘하에서 부원수로 1군을 이끌었던 탕꾸가 새로운 지휘관이 되어 서북계와 동북계의 3로로 본격 침입을 해왔다.
 고려도 준비가 있어 치열한 싸움이 벌어졌다. 일방적으로 몰린 싸움은 아니었지만 전장이 내 땅 안이라 백성들의 고초는 컸다. 조정의 신하들은 백성들에게 위로가 될 무엇이 있어야 한다는 의견을 냈고, 현각이 부름을 받은 이유가 되었다.

"두 분 어른을 뵙습니다."

"영공께 스님의 공이 크다고 들었소. 나라가 존망지추에 있으니 함께 계책을 내봅시다."

당대 문신을 대표하는 백운거사(白雲居士) 이규보와 불가의 대표 수기대사(守其大師), 항마병의 총수 현각의 첫 만남이었다.

이규보는 나이 66세, 벼슬은 판한림원사로 당대 제일의 문장가였다. 시, 술, 거문고를 사랑하여 삼혹호선생(三酷好先生)을 자처하기도 했는데, 26세에 썼다는 그의 시 '영정중월(詠井中月)'은 샘 속의 달을 빌어 색즉시공 공즉시색을 노래한 작품으로 현각도 감탄했던 터였다.

"큰스님을 뵙습니다."

수기와는 스승 무상을 통해 알음이 있었으나 대요수국의 난리 때에 보현사가 불타면서 10여 년 이상 내왕이 없었다. 수기는 개태사(開泰寺)의 주지로 교종에 속해 항마승으로 활약해 온 현각과는 길이 달랐다.

"선사께서 개태사를 찾으실 때 뵈었으니 20년이 넘은 것 같습니다. 여전하시니 다행입니다."

수기는 교종 5개 종파의 승통(僧統)으로 열반종(涅槃宗), 계율종(戒律宗), 법성종(法性宗), 화엄종(華嚴宗), 법상종(法相宗)을 이끌었다. 화엄종의 고승으로 왕사(王師)의 아래 승관(僧官)인 도승통이었고, 사사로이는 이규보의 처남이기도 했다.

"오랑캐의 침입으로 부인사가 불타고 경판을 잃게 된 사정은 아실 것입니다. 황상께서 안타까이 여기시고 조당에 다시 판각하라 영을 내리셨습니다. 삼가 높으신 뜻을 받들어 부처님께 서원을 드려보았습니다."

이규보가 내놓은 것은 '대장각판군신기고문(大藏刻版君臣祈告文)'이었다. 일찍이 거란병(契丹兵)의 침입 때 대장경을 새겨 적이 물러갔던 옛일을 되새기고, 몽골의 침입으로 경판이 불타 다시 새기니 부처님의 힘으로 마군을 물리치게 해달라는 염원을 고하고 있었다.

"긴 역사가 될 것입니다. 아마 한 생의 절반쯤은 부처님께 드려야겠지요. 스님은 지국천왕(持國天王)으로 불법을 보호해 주십시오."

지국천왕은 불법을 지키는 사천왕 중에 수미산의 동방을 수호하는 군신을 말한다. 수미산의 동방은 아국 고려라 현각은 맞춤한 임무로 달게 받았다.

"선사께서 무예를 가르치신 이유를 오늘에야 알게 되었습니다. 제자가 할 수 있는 일을 할 것입니다."

"쉽지 않을 것이오. 천마의 타화재천은 제석의 도리천보다 윗길이고, 마구니(魔軍)는 불승에게 더욱 성화라, 부처님조차 마라의 시험을 견디셔야 했으니 말이오."

"거문고를 타보니 알겠더이다. 스스로 잘하려 않을 때 제소리가 나니, 이 난리조차 한 때의 풍파일 것이나 백성들이야 무슨 죄가 있겠소. 백성들의 살아갈 날을 위해 힘을 다하는 것이 우리의 일일 것이오."

수기는 당대의 고승이었고, 이규보는 무신정권 시대의 살벌한 칼날 아래 살아남은 문신으로 도학(道學)에 통했다. 두 원로는 각기 불도(佛道) 양가의 지혜를 빌려주었고, 현각은 머리를 조아려 받았다.

"목재의 준비가 우선입니다. 남해의 분사도감에서는 이미 일이 시작되었습니다."

내도장(內道場)의 전주(殿主)인 승통(僧統) 천기(天其)가 황제의 뜻을 전했다. 천기는 수기와 함께 경전의 교감을 맡고 있었다.

조정은 최씨 일가의 원찰(願刹)인 강화 선원사(禪源寺)에 대장도감을 두고 문신 정안(鄭晏)의 원찰 남해 정림사(定林寺)에 분사도감을 설치하여 장인을 모으고 있었다. 필요한 경비는 나라에서 우선 지출하고, 차후에 유력 호족 집안이 분담하기로 하였다.

현각은 대요수국의 난리 이래 함께 해온 승병을 중심으로 항마병을 꾸려 남해로 달려갔다. 도승통 수기가 특별히 부탁했기 때문이었다.

"남해의 분사도감은 몽골군 외에 또 하나의 적에게 노림을 받고 있소. 바다 건너 왜국의 해적들이 곳곳에서 뱃길을 끊고 있다 하오. 장경 제작에 필요한 물자가 제때 도착할 수 있도록 도움을 주시오."

이 무렵 고려의 불승들은 항마병 아닌 이가 없었다. 현각은 그 정점으로 스승 무상이 묘향산 싸움에서 거란 유적에게 죽은 후 사실상의 고려무예승총교두로서 항마병을 통솔하고 있었다.

"제자도 이미 소식을 받았습니다. 남해 연안의 항마병들은 모두 분사도감의 일을 도울 것입니다."

현각은 남행을 서둘렀다. 강도의 외포로부터 남해 관음포까지의 뱃길은 김준이 함께 했다. 김준은 남해 일대의 각 읍성에 조정의 전쟁 방침을 전하는 임무를 맡고 있었다.

배는 과선(戈船)이었다. 과선은 고려의 전통 군선 중 하나로 선체에 창을 꽂아 근접전 때에 적이 뛰어오르지 못하도록 장치가 되어 있었다. 노와 돛을 아울러 사용하고 70여 명이 승선하여 1000석(石) 정도의 곡물을 운반할 수 있었는데, 강도로 천도한 이후 선체를 강화한 배가 속속 만들어지고 있었다.

관음포까지의 뱃길은 순풍을 탄다 해도 닷새는 가야했다. 몽골은 바다에 약해 해안가 마을은 아직 평온했다. 미구에 올 난리를 모르는 양 한가한 연안의 풍경을 보며 김준은 김윤후의 소식을 전했다.

"구해 오신 포로들을 중심으로 신의군을 만들었습니다. 함께 하셨던 잡류별초 어른들의 도움이 컸습니다. 처인성 싸움에 공로가 큰 부곡민들은 모두 양인이 되어 신의군에 들었습니다."

김준과 김윤후는 현각을 스승으로 모신 사형제였고, 부곡 마을은 대요수국의 난리 때에 고려로 귀순한 거란족 유민들의 거주지였다. 거란장이라고도 불린 하천의 마을이 몽골의 원수급 장수를 죽이는 공로를 세웠던 것이다.

"윤후사형은 벼슬을 사양하고 홍복원, 그 개(洪狗)를 쫓고 있습니다."

김윤후는 몽골을 철천지원수로 여기고 있었다. 출신인 대요수국이 몽골에 의해 멸망한 본래의 원한에 아내 김청이 몽골 사신 저고여와 그가 이끈 홍복원의 사병에게 죽임을 당한 한이 더해져서 김윤후의 한풀이는 한층 집요해졌다.

"홍구(洪狗)는 탕꾸의 향도로 다시 돌아왔습니다. 살리타이가 죽임을 당했으니 더욱 광분할 텐데 윤후사형이 조심했으면 합니다."

 대요수국은 여진족의 금나라가 몽골의 침입으로 약화되자 옛 요나라 사람들이 반란을 일으켜 독립할 나라였다. 잠깐 성세를 보이기도 했지만 이내 몽골과 금나라에 아울러 쫓겨 고려 땅으로 들어와 난리를 만들었다. 반격에 나선 고려군에게 쫓겨 강동성으로 들어갔다가 고려 몽골 동진 연합군에 포위된 지 석 달 만에 섬멸을 당했다.

 김윤후는 강동성이 함락될 때 탈출한 대요수국의 황태자 야율금후가 변성명한 이름이었다. 요국의 가황제 야율금시는 고려군 부원수 김취려에게 구원을 청해 외동딸 야율금청과 조카 야율금후를 탈출시켰는데, 고려인이 된 김윤후는 처인성 싸움에서 살리타이를 죽이고 홍복원을 쫓고 있었다. 살리타이는 강동성 농성전 때 몽골군 부원수였고, 홍복원은 죽은 아비 홍대순에 이어 몽골군의 향도 노릇을 하는 주구로 저고여를 인도하여 부곡 마을을 습격토록 한 원수였다.

 "윤후 사형은 몽골군 알킨치의 추격을 받고 있습니다. 살리타이는 대칸이 인정한 코르치였고, 이번에 원수로 온 탕꾸의 스승이었습니다."

 현각은 강동성싸움 막바지에 탕꾸와 화살을 주고받은 경험이 있어 그의 인품을 짐작하고 있었다. 당시 탕꾸는 몽골군의 감군으로 예꾸와 함께 대요수국의 유민들을 쫓고 있었으나 현각의 암습을 받자 말머리를 돌려 후퇴를 했었다.

 "윤후는 제 앞가림은 할 아이요. 우명사형이 함께 계시기도 하고. 몽골의 알킨치가 정예라 하나 윤후의 수하들 또한 만만치는 않을 것이오."

 알킨치는 몽골군 특수부대로 정찰과 암살을 주로 하는 최정예들이었다. 김준은 몽골 침입의 빌미가 된 저고여 피살사건에 알킨치가 연루되어 있다고 의심하고 있었다. 몽골은 자국의 사신단을 죽여 전쟁의 명분으로 삼는 나라로 악명이 높았다.

 "소장 역시 믿고는 있습니다만, 경고는 해두었습니다. 아무튼 상대는 천하제일의 강군 몽골군이니까요."

 "윤후에게 방책을 세워보라 전하겠습니다. 윤후도 처인 고을 백성들이 겪은 고초를 교훈으로 삼을 것입니다."

 탕꾸는 살리타이가 죽은 처인 고을을 철저히 짓밟아놓았다. 홍복원은 탕꾸의 향도로 김윤후의 거주지로 알려진 부곡 마을을 습격했다. 몽골군이 도착했을 때는 주민들이 피신한 후로, 광분한 몽골군은 마을을 불태우고 살아있는 생명이라면 닭 한 마리도 남기지 않았다.

 "듣자하니 화살 하나가 홍복원의 투구 끈을 끊어 놓았다 합니다. 탕꾸가 함께 보낸 호위병들 덕분에 목숨을 건졌다지요."

 현각은 한숨을 내쉬었다. 투구 끈을 끊는 화살이 목줄인들 꿰뚫지 못할까. 아마도 주위 고을에 해가 될 것을 염려하여 양보한 화살일 터, 홍복원은 화살의 주인에게 목숨을 빚지고 있었다.

 분사대장도감이 설치된 남해 일대는 최씨 정권 수하 4대 명가 중 하나인 하동정씨(河東鄭氏)의 세거지였다. 현각 일행이 탄 과선은 하동정씨 관할의 관음포에 닿았다.

 포구는 군선과 조운선으로 번다했다. 목재를 부리는 송방선들 사이로 군선들이 출정을 알리는 깃발과 함께 돛을 올리고 있었다.

김준이 조정으로부터 받은 임무를 수행하기 위해 작별을 고했다.
"윤후에게 이미 소식을 전했습니다. 염려하신 몽골 알킨치에 대한 방책을 마련하겠다고 하였습니다."
현각은 매를 잘 다루는 삼매형제 중 하나를 김윤후에 붙여 교통하고 있었다. 김준은 스승 현각의 안녕을 염려할 뿐으로 떠났다.
남해 정씨 일가는 집사 유천(柳川)을 보내 현각을 맞게 했다.
"바쁘군요. 무슨 일이 있었습니까?"
"왜구의 침입이 우려된다는 소식이 있어 준비 중입니다. 첩보에 의하면 왜선 20여 척이 부산포를 지나 동진 중이라 합니다."
고려는 병선의 나라다. 백선장군(百船將軍)으로 불린 태조 왕건 이래 동북아 삼국의 해양을 지배한 나라였으나 거란과 몽골의 침입으로 해군력이 약화되어 여진 해적과 왜구에 시달리고 있었다.
"도움이 될 수 있을까요?"
현각의 제의에 유천은 엷게 웃었다. 하동정가의 실력에 자신을 가진 태도였다. 유천은 누대의 정씨 집안 집사 출신으로 사마시에 합격한 진사이기도 했다.
"남해와 진주 일대는 왜구가 피해가는 곳입니다. 우리가 대처할 수 있을 것입니다."
현각 일행은 유천이 붙인 사람들의 안내로 정씨 집안의 원찰인 정림사(定林寺)로 향했다. 현각을 기다리고 있던 정가의 가주 정안은 대뜸 대장경 판각의 어려움을 털어놓았다.
"포구에서 보셨겠지만 목재는 이미 준비 중입니다. 경전의 채집 또한 마련이 끝난 단계이나, 문제는 사람입니다. 판각할 장인이 태부족이에요."

고려는 이미 대장경을 만든 경험이 있는 나라였다. 초조대장경으로도 불리는 고려대장경은 현종2년(1011년)에 발원하여 선종4년(1087년)에 6000여 권으로 완성한 거국적 불사였다. 그 고련의 산물이 지난 살리타이의 침입 때 소실되어 다시 판각하려는 것이었다.

"필생(筆生)의 경우 각 가문이 문생을 키워왔으니 충당이 어렵지 않을 것입니다. 다만 각수(刻手)의 문제인데……"

최씨 정권을 지탱하는 4대 가문은 하동정씨, 경주김씨, 철원최씨, 정안임씨를 말한다. 이들 벌족은 무사와 문사를 아울러 길러 세를 과시했고, 권신 최우가 대장경 조판의 책임을 분담하여 맡기자 물자와 사람을 아낌없이 내놓았다.

4대 세가 중에 가장 많은 물자를 내놓은 집안이 하동정씨였다. 남해의 분사도감을 맡아 불사를 총괄하는 정안은 당장 급한 일을 현각에게 부탁했다.

"우리가 대장경을 만들었던 건 150년 전의 일입니다. 그때의 공로자들은 이미 타계하셨고, 그 후예들도 잊혀 진 사람들이 많아 각수들을 다시 훈련시켜야 할 것입니다. 선생이 될 만한 이가 적으니 숨은 인원을 찾아야 하는데, 몽적의 연이은 침입으로 기호(畿湖) 일대가 불타서 능한 이가 있으려나 싶습니다."

한 명의 필생이 경전의 바탕글을 쓰면 각수는 열 이상이 필요하다. 정안은 각수의 선발을 부탁했고 현각은 자신의 일로 받아들였다.

"중원 땅에 도선(道宣)이라는 이가 있어 사람을 보냈더니 찾지 못하고 왔습니다. 태조 이래 어보를 만든 황실 장인의 후예인데 중경을 버릴 때 중원 유씨 일가의 그늘에 들었다가 이번 난리에 휩쓸린 듯합니다."
 "중원 일대는 전쟁 중입니다. 그쪽에 알음이 있으니 소승이 가보겠습니다. 항마병을 남길 테니 적소에 사용하시기를."
 정림사는 분사도감의 필생과 각수, 목수 등 필수 인원이 머무는 숙소여서 경비가 필요한 곳이었다. 현각은 신임하는 제자 우본에게 책임을 맡겼다.
 "필생도 각수도 불심을 높여야 합니다. 한결 같은 마음이 고른 경판을 낳습니다. 이는 항마병도 한 가지라 일심수호를 부탁드립니다."
 우본은 현각이 깊이 신임하는 제자였다. 잡류별초 출신으로 임관을 사양하고 현각을 따른 터라 나이가 비슷하고 무술 역시 현각의 아랫길에 있지 않았다.
 "저희는 재주가 없어 손발을 놀리는 일밖에 하지 못합니다. 제자들은 할 수 있는 일을 할 것입니다."
 분사도감에서의 일을 마친 현각은 중원(中原)으로 향했다. 중원은 충주의 옛 신라시대 이름이다. 뒷날 김윤후의 충주성 70일 전투 승리로 본래의 이름을 알리게 되지만 이는 공식적인 것으로 신라시대부터의 오랜 이름으로 불리는 게 일반적이었다.
 "죽주성이 적에게 포위되어 고전 중이라 합니다."
 충주성으로 향하는 도중에 현각에게 전해진 소식이었다. 죽주는 충주의 서북 방향에 있는 성으로 경기 남부의 요충이다. 현각은 충주로 향하던 길을 돌려 죽주로 향했다.
 탕꾸의 몽골군은 고려 침입 이전에 포선만노의 동진국을 멸망시켰다. 살리타이의 2차 정벌에 부원수로 참전하여 주장을 잃고 패주한 경험이 있었던 탕꾸는 고려가 강국임을 인정하고 준비를 철저히 했다.

탕꾸군은 세 갈래로 나누어 고려 땅으로 들어왔다. 몽골군은 항복한 동진의 무리를 선발로 세워 고려의 성들을 공격하는 작전을 썼다. 고려군 성병의 반항이 심할 경우 주위 고을에서 사로잡은 고려 백성들을 성으로 내몰아 화살받이로 삼았다.

탕꾸는 전관 살리타이가 죽은 용인 고을 처인성에서 일대 학살극을 벌였다. 살아있는 생명이라고는 닭 한 마리도 남기지 않는 몽골인 특유의 복수극이었다.

정작 살리타이에게 죽음을 안긴 김윤후와 부곡 마을 사람들은 피하고 없었다. 고려 조정의 명령에 따라 들판을 불태우고 피신한 것이었다. 부아가 돋은 탕꾸는 추적을 명령했다.

이 무렵 고려의 전쟁 정책은 해도입보책(海島入保策)에 의한 청야작전(淸野作戰)이었다. 견벽청야(堅壁淸野)로 마을과 들을 비우고 바다와 산성으로 피신하는 작전이었다. 보급에 문제가 있는 몽골군의 약점을 노린 방어책이었다.

용인에서 허탕을 치고 남하한 몽골군은 죽주성을 향하던 도중에 고려의 잡류별초에게 요격을 당해 손해를 입었다. 고려는 민관이 합심하여 침략군에 저항하고 있었고, 백성들은 남녀노소 모두가 죽창으로 무장하고 있었다.

몽골은 자비를 모른다! 그들의 휩쓸고 지난 자리에는 풀뿌리도 남아 있지 않다! 이 무렵 고려 백성들이 알고 있는 몽골군에 대한 지식이었다. 탕꾸의 몽골군은 살리타이가 죽은 처인 고을 일대를 초토화시켜 허전이 아님을 증명했고, 고려 백성들의 지형을 이용한 극한투쟁으로 몽골군에게 답했다.

 광주와 용인을 지나면서 고려군의 유격전술에 크고 작은 손해를 입은 몽골 남진군은 죽주성에 대병을 결집해 공격을 시작했다.

 고려군은 잘 견뎠다. 독이 오른 몽골군의 공격에 관민 3000명이 일치단결해 보름여를 막아냈다.

 공세 15일째의 날, 탕꾸는 발석차 수십 대를 동원하여 포석을 난사해 성문을 파괴한 후 기병과 보병의 총공격을 명령했다.

 몽골군은 짚단에 불을 붙이고 부근의 인가를 태워 연막을 만든 후 성문을 향해 돌진했다. 연기로 시계를 차단하여 성에서 쏘는 화살을 피하는 작전이었다.

 몽골군의 기계는 고려 측에 뜻밖의 원군이 있어 허사가 되고 말았다. 한 떼의 인마가 탕꾸의 본진을 습격해 온 것이었다.

 "몽적 탕꾸는 목숨을 내놓아라!"

 고려 말과 몽골어가 아울러 울리는 아수라판이 벌어졌다. 종일의 공방전도 막바지라 만심 속에 있던 탕꾸의 원수부는 혼란에 빠졌다.

 "움직이지 마라! 적은 소수다!"

 탕꾸는 명장이었고 몽골 병사는 강군이었다. 탕꾸를 호위하고 있는 병력은 대칸으로부터 친히 받은 케식텐의 정예병이었다.

 전열을 가다듬은 몽골군이 반격을 시작했고 습격해 온 적은 썰물 빠지듯 물러갔다. 탕꾸는 북을 울려 성을 공격하던 병력을 물렸다. 이미 날이 어두워져 있기도 했고, 기습을 당해 사기가 꺾인 탓이기도 했다.

탕꾸 자신은 습격군으로부터 특별한 경고를 받았다. 전투 중에 날아온 화살이 투구 끈을 끊어놓았던 것이다.

"이 화살, 본 적이 있습니다."

탕꾸 군의 향도로 본진에 함께 있던 홍복원이 말했다. 홍복원은 살리타이의 앞잡이로 처인 땅 부곡 마을을 공격했을 때 같은 경험을 했음을 보고했다.

탕꾸는 답하지 않았다. 그도 화살의 정체를 알고 있었기 때문이었다. 탕꾸가 약관의 장교였던 시절, 강동성의 거란 유민들을 쫓을 때 뺨을 스쳤던 화살이었다.

"죽주는 다음으로 돌리고 이동한다. 이후는 한 곳에 길게 머물지 않기로 한다."

화살은 짧은데다 기세가 빨라 피하기 어려웠다. 투구 끈을 끊은 화살이 몸통인들 못 노릴까. 탕꾸는 급히 병력을 돌려 죽주성에서 물러났다.

처인성에서 몽골군의 예봉을 피한 김윤후는 죽주성에 있었다. 김윤후와 그가 이끄는 부곡 마을 사람들은 죽주성의 방호별감 송문주(宋文冑)를 도와 보름여의 싸움 끝에 적을 물리쳤다.

"마지막이다 했더니 물러가는군요. 적에게 무슨 일이 있는 걸까요?"

"외방으로부터 도움이 있었던 듯합니다. 적의 본진에 소란이 있었다는 보고가 들어왔습니다."

송문주는 귀주성 싸움에서 박서(朴犀)를 도와 승리를 이끈 공로로 낭장(郎將)에 오른 인물이다. 김윤후는 앞서 살리타이를 죽인 공로로 송문주와 동관의 직위에 있었으나 선배를 예우하여 그의 명령을 따랐다.

"지방 별초의 내응이었겠군요. 장수를 보았으면 좋겠습니다. 조정에 보고하여 상을 내리도록 하지요."

김윤후는 송문주의 명령에 의해 내원한 군세를 추적했으나 종적을 찾지 못했다. 소수의 부대가 암습으로 적의 기세를 꺾어 놓았다는 증거를 발견했을 뿐이었다.

아기살이었다. 김윤후는 스승 현각을 읽었다.

"몽골의 사신 저고여가 죽었다. 미구에 변란이 있을 것은 자명하니 대비가 있어야 할 것이다."

여러 해 전 현각이 보내온 전통이었다. 이후 김윤후는 각처의 거란장 식구들을 단속해 정예로 길렀고, 앞서의 처인성 싸움에 이어 다시 한 번 공을 세웠다.

"적이 충주로 향했다니 쫓아보려 합니다. 장군과 함께 할 수 있어 영광입니다."

김윤후는 송문주에게 성을 지키는 법을 배운 것을 감사한 후 무리를 끌고 충주로 향했다. 송문주는 귀주성 싸움에서 몽골의 정병을 상대로 성을 지켜낸 박서의 부장이었다. 그때의 경험을 살려 거둔 죽주성의 승리가 김윤후에게 전수된 것이었다.

몽골군 원수 탕꾸의 본진을 기습해 죽주성의 위기를 벗어나게 해 준 현각은 온주(溫州)로 향했다. 충주에 있는 것으로 알려졌던 어보장인 도선(道宣)이 온주로 피신했다는 전갈을 받았기 때문이었다.

온주는 온수군으로 호서의 관문이다. 몽골군은 이 지역의 중요성을 간파하여 첩보기병 알킨치를 주력으로 한 대병을 보내 온주성을 공격했다.

 온주성은 방호별감이 일찍 전사하여 백성들이 지켜냈다. 군리 현려(玄呂)는 백성들을 성안에 들이고 활을 매는 방법을 가르쳤다.

 "적은 기병이라 성을 공격할 줄 모른다 하오. 우리는 성벽 뒤에 숨어 활을 쏘고 돌을 던져 적이 지쳐서 물러가도록 하면 되니 쉬운 싸움일 것이오."

 현려를 돕는 승려 도선의 말이었다. 고려 국왕의 어보를 만들었던 장인 도선은 일찍이 불문에 투신한 승려였고, 온주는 그의 본가가 있던 곳이었다.

 "나를 보오. 다 늙어 고향을 찾지 않았소? 수구초심이라, 죽을 때라 고향에 머리를 돌린 것이오. 이 늙은 것도 그러한데 젊은이들이 무엇이 두렵소? 죽기로 싸워 고향땅을 지키고, 설령 죽은들 고향땅에 묻히면 그만인 것을."

 온주산성은 그렇게 지켜졌다. 늙은 장인의 발분은 젊은이들의 사기를 높이는 효과를 냈다. 기병 일색이라 산성의 공략에 무책이었던 몽골군은 다수의 사상자를 내고 물러갔다.

 이 싸움에서 몽골군은 수급 두 개를 남겼다. 전사한 동료를 적에게 주는 것을 극도로 싫어한 몽골군에게는 이례적인 일이었다.

 "암중에서 도움을 주신 것으로 알고 있습니다. 사형을 따르겠습니다."

 싸움이 끝난 후 현각이 찾았을 때 도선은 극진히 사례를 했다. 현각은 근동의 항마병을 소집해 온주의 수비병을 외곽에서 응원했다. 고려의 어보장인 도선은 불문의 사람으로 항마군총교두 현각을 잘 알고 있었다.

"적이 예산 고을 대흥성으로 몰려갔다 합니다. 배후를 부탁드립니다."

때마침 전해진 야별초 지유 이림수(李林壽)의 구원 요청이었다. 강도에서 파견된 야별초 부대의 수장 이림수는 동관인 박인걸과 함께 공주 일대에서 몽골군을 맞아 손해를 입혔고, 대흥성을 노려 집결한 몽골군을 쫓고 있었다.

"쉬이 끝나지 않을 난세입니다. 조정이 저런 형편이니 백성들이 나서야 합니다. 소승의 문도가 대흥성에 있습니다. 발분시켜 함께 싸워야 할 것입니다"

도선은 현각보다 선배였지만 무상 문하에 적을 두고 무예를 익힌 적이 있어 스승의 적전제자인 현각을 예우했다. 예산 대흥성 전투는 고려 경병 야별초군과 불문의 항마병, 온주와 예산의 민병이 연합하여 몽골 기병 알킨치의 정예를 상대하는 전투가 되었다.

고종 23년(1236) 12월 20일에 시작된 전투는 연말에야 끝났다. 대흥성의 군민은 한 마음으로 뭉쳐 성을 지켰고, 도선이 이끈 온주 민병과 이림수, 박인걸의 야별초는 적의 배후를 공격하여 수급 수십을 얻는 전과를 거두었다.

"적은 호남을 노려 병력을 나누었습니다. 호남은 고려의 곡창으로 청야작전에서 유일하게 제외된 곳입니다. 호남의 곡식이 올라오지 않으면 강도는 보전하지 못합니다. 조정이 우리를 출륙케 한 이유입니다."

적이 물러간 후 이림수가 정세를 설명하며 도움을 청했다. 이림수와 박인걸은 김취려의 휘하에서 싸우는 법을 배운 노장이었으나 그들이 이끈 야별초군은 몽골 대병을 상대하기에는 태부족인 소수였다.

"조정은 강도를 지키기에도 버거워하고 있습니다. 우리는 조정이 낼 수 있는 군력의 전부입니다. 우리가 마지막으로 출륙한 경병입니다. 우리가 패하면 적은 호남을 짓밟을 것입니다."

박인걸이 말을 거들었다. 두 노장은 적과 싸움을 거듭하며 역부족임을 절감하고 항마병의 총수 현각에게 도움을 청한 것이었다.

"우리 항마병도 적의 정예 알킨치의 일지대가 호남으로 향하고 있다는 소식을 듣고 있습니다. 소승 역시 우려하는 바이니 이번 임무를 마치고 즉시 돌아와 돕겠습니다."

현각은 남해 분사대장도감에서 도선이 힘을 필요로 하는 이유를 설명했다. 돌아올 것을 약조한 현각은 우선 대흥성 싸움을 거든 항마병들을 이림수에게 붙여 돕도록 했다.

이림수의 휘하 야별초에는 배중손이 장교로 있어서 현각을 반겼다. 그는 전날 의형 김준과 함께 현각에게 시합을 청했다가 패한 적이 있어 제자를 자처하고 있었다.

"조정은 죽주와 온주의 승전을 모범으로 삼기로 하고 요처마다 방호별감을 보내 수비를 강화했습니다. 몽적으로 인한 이 난리, 쉬이 끝나지 않을 싸움으로 보고 백성들의 마음을 얻으려 생각한 것이겠지요."

강도 조정의 전쟁 정책을 설명한 배중손은 이어서 김준의 소식을 전했다.

"형님이 유배형을 당했습니다. 영공의 첩실로 있는 안심이라는 여자와 정을 통했다 합니다. 빼앗겼던 옛 연인을 찾은 것이라 하는데 영공의 처분에는 자비가 없었습니다."

현각은 불호를 욀 뿐 더 묻지 않았다. 집권 최우가 색탐이 과하다는 것을 진작 알고 있었고, 김준의 성품을 또한 잘 알고 있었기 때문이었다.
"이 모두가 업이니 부처님의 가호를 빌 밖에…… 나무관세음보살."
 야별초군과 길을 나눈 현각은 도선과 함께 당진(唐津)으로 향했다. 당진은 고려의 군항 중 하나로 조운선이 상시 오가는 곳이었다. 대장경의 조판은 전쟁 못지않게 중요한 국가사업이었고, 도선은 황실 어보장인 출신으로 초조대장경의 조판에 참여했던 가문의 적자였기 때문에 큰 힘이 될 터였다.
 두 사형제는 배를 빌려 타고 남으로 향했다. 남해에 도착한 현각은 도선과 함께 정안을 예방한 후 곧바로 정림사로 향했다. 분사도감의 방비를 맡긴 제자 우본이 급한 전갈을 보내온 탓이었다.
 우본은 왜인 몇을 대동하고 있었다.
"동계로부터 목재를 싣고 오던 송방선이 왜구의 공격을 받고 위기에 있을 때 도움을 주신 분들입니다. 사부님을 뵙고 드릴 말씀이 있다하여 기다리고 있었습니다."
"시마즈(島津)의 군선이 귀국의 민선을 약탈하고 있기로 도움을 준 것일 뿐입니다. 정공(鄭公)의 은혜를 갚음이니 치사를 들을 일이 아닙니다."
 왜인들은 오우치(大內)의 무사라고 하였다. 오우치 씨는 스오의 호족으로 다타라 모리후사(多多良盛房)가 가마쿠라 막부로부터 스오노곤노스케(周防權介)에 임명된 이후 대대로 오우치노스케(大內介)라는 이름을 썼다. 이들은 백제의 임성태자를 선조로 주장하여 남해를 텃밭으로 하는 정안 일가와 교분이 깊었다.

"귀국이 대장경판을 다시 판각한다 들었습니다. 요행 우리가 입수한 초조장경의 인경본이 약간 있기로 모셔왔습니다."

왜구들의 약탈물일 테지만 재조 대장경을 위해 경전의 수집이 한창인 때라 반가운 선물이었다. 현각은 앞서 금나라에서 귀국할 때 거란판(契丹版) 대장경의 인쇄본을 다수 들여와 수기에게 인계한 터였으므로 한 가지로 처리했다.

"스님은 고려 항마승의 총교두시라지요. 한 수 가르침을 청하려고 기다렸습니다."

인사가 끝난 후 정안이 마련한 연회 자리에서 왜인 무사들 중의 하나가 당돌하게 시합을 청하고 나섰다. 기골이 장대하고 이목구비가 뚜렷하여 명문가의 자제임을 알아볼 수 있는 젊은이라 혈기가 안타까워 현각은 혀를 찼다.

"고려 항마승의 무술은 활인지도입니다. 살상기와 다르니 시합이 되겠습니까?"

"저 역시 옛 선조께서 전하신 싸울아비의 도를 익혔습니다. 다만 온전한 기술이 전하지 않아 배우고자 하오니 한 수 지도해 주시지요."

현각이 사양하고 왜인 무사가 다시 청하자 연회의 주재자인 정안이 중재를 했다.

"강동성 전역 때에 대사형께서 몽골의 감군 예꾸를 패퇴시킨 이야기를 들은 적이 있습니다. 제자 역시 대사형의 무예를 배우고자 합니다. 멀리 온 손이니 기회를 주시지요."

현각은 어쩔 수 없다 싶어 선장을 들고 일어섰다. 왜인 무사가 목검을 들고 마주 나서서 연회장은 시합장으로 변했다.
 짧은 시합이었다. 왜인 무사는 기합과 함께 대상단으로 치켜 든 목검을 내리쳤고, 현각은 선장을 올려쳐서 맞부딪쳐 갔다. 그리고 승부는 왜인 무사의 목검이 하늘 높이 날아가는 것으로 끝났다. 현각의 선장이 왜인 무사의 검신을 쳐서 방향을 잃게 했던 것이다.
 "졌습니다!"
 왜인 무사는 순순히 고개를 숙였다. 현각은 사양으로 받았다.
 "검에 힘이 대단합니다. 좋은 공격이었습니다."
 사례를 주고받은 후 젊은 무사가 시합을 청한 이유를 말했다.
 "우리 오우치가는 사쓰마의 시마즈(島津) 일가와 국경을 맞대고 있어 경쟁관계에 있습니다. 저들은 미나모토씨를 자처하여 백제계 다타라씨인 우리와 사사건건 대립해 왔지요. 현재의 당주 시마즈 다다토키는 우리 오우치 가의 무술을 폄하해 시합을 청해 왔습니다. 저들이 내세운 무인은 현 당주의 형인 시마즈 다다요리, 우리 쪽도 그에 맞는 신분의 사람을 내라 하는데 보신 바와 같은 형편이라 지도를 부탁드린 것입니다."
 젊은 무사는 오우치 가의 현 당주 오우치 노스케의 동생 오우치 모치모리로 자신을 소개했다. 그는 시마즈의 다다요리에 상대역이 되어야 할 사람으로 무술실력이 당할 것 같지 않자 도움을 청하러 조상 땅을 찾은 것이었다.
 "그의 누이 료희가 내 안사람 중의 하나요. 내 누이동생 은수는 오우치가의 부인이기도 하고. 대사형의 은혜를 바랄 뿐이오."
 정안의 집안은 오우치 가와 겹사돈이라고 했다. 정안은 오우치 가문 전 당주의 딸을 첩실로 들이고 누이 중 하나를 오우치가에 출가

시켰다. 고려 호족들의 전통인 인맥 쌓기의 일환이었다.
"시합은 1년 후입니다. 원래 2년을 예정했으나 그 반을 허송세월 하고 급기야 옛 선조의 땅에 도움을 청하러 왔습니다."
 시마즈 일가의 검은 난폭하기로 소문이 높았다. 큐슈의 패권을 두고 오우치가와 겨루게 되자 기세를 꺾기 위해 시합을 청한 것이었다.
"제가 보인 대상단 공격이 저들의 유일한 검법입니다. 장검을 일거에 내리치는 것이라 철제투구도 박살을 냅니다. 방법이 없겠습니까?"
 시마즈의 검법은 훗날 지겐류(示現流)로 정리되는 일도양단의 검술이다. 상단에서 내리치는 한 가지라 수법은 알려져 있는데 문제는 그 기세를 막을 방법이 없다는 것이었다. 현각은 모치모리와 겨루어 장단점을 짐작했으므로 처방을 내렸다.
"이번 여행에 어보장인 도선(道宣)을 모셔왔습니다. 그가 각수의 훈련을 맡겠다하니 반년만 배워 보시지요."
 적을 치는 기술을 배우러 온 무사에게 조각도로 경판을 새기는 각수가 되라 하는 처방이라 연회장은 싸늘하게 변했다. 현각은 보충 설명을 해야 했다.
"공이 보인 검은 적이 할 수 있는 최고의 기술이겠지요. 특별히 제작된 무거운 장검을 대상단으로 쳐들어 내리치는 수법에 힘과 정확성이 아우른다면 적수가 없을 것입니다. 아마도 무예에 특출한 자를 내세울 것이 자명한데, 어설피 뒤따르려 하면 적은 그만큼 앞서 있을 것입니다."
 모치모리는 단정한 자세로 현각을 주시했다. 현각은 적과 자신의 장단점을 정확히 짚고 있었다.

"무릇 무술의 추구하는 바는 활인지검, 불법은 세상의 무명을 씻기 위한 것, 도선의 불사는 그 최고 경지입니다."

모치모리가 양손을 땅에 짚고 허리를 굽혀 예를 차렸다. 가르침을 받들겠다는 의미였다.

시종 보고 있던 정안이 고개를 끄덕였다. 그는 명문 하동 정씨의 당주로 훗날 최씨 무신정권의 세 번째 집권이 된 최이와 처남매부 사이였으나 음양 산술과 의약 음률에 뜻을 두어 출사를 거부한 기인이었다. 현각의 설명에 헤아린 바가 있었던 것이다.

"여섯 달 후 진검승부를 해보지요. 도선의 판각술을 바로 배운다면 반드시 성취가 있을 것입니다."

대장경판의 판각은 목재를 고르는 일부터 정성 아닌 것이 없었다. 경판을 만들 나무는 산벚나무 돌배나무 후박나무 등을 썼는데 직경 두 자의 원목에서 널판 여덟 장을 내는 정도였다.

원목은 삼년을 바닷물에 담근 후 널판을 만들고 다시 소금물에 쪄내는 과정을 거쳐 그늘에 말렸다. 나무의 변형을 방지하고 목질을 부드럽게 하는 방법이었다.

도선 문하 각수들은 널판을 만들고 대패질로 다듬는 목수의 일부터 필생들을 위해 먹물을 마련하는 일까지 각재를 만드는 모든 과정을 다했다. 내 손으로 다듬은 각재에 내 먹물로 쓰인 경문을 한 글자 또 한 글자 새김으로 온전히 책임을 다하게 하려는 방편이었다.

경판은 한 면마다 한 줄 14자 전체 23행의 글을 새겼다. 각수들은 매 글자를 완성할 때마다 세 번 절을 하고, 판각이 끝난 경판에는 진한 먹을 발라 결을 메워 매끄럽게 한 다음 옻칠을 하였다.

"적의 정예 일대가 호남을 노리고 남하하고 있다 합니다. 호남과 호서 일대의 항마병이 모두 나서서 경병을 도와 적을 맞고 있지만, 적은 가려 뽑은 정예라 싸움이 여의치 않다고 합니다. 소승은 별초군과 약조가 되어 있어 떠나려하는데, 병력을 빌려주지 않으시겠습니까?"

일본무사들에 대한 안배가 끝난 후 현각은 정안에게 몽골군의 남진을 알리고 병사를 청했다. 이번에 호남을 바라고 남진 중인 몽골군은 항마병과 잡류별초들만으로는 감당하기 힘든 강군이었다.

"호남이 뚫리면 영남도 위험할 것입니다. 나서지 않을 수 없지요."

정안은 간단하게 답했다. 하동정가의 영역은 남해와 진주 일대를 아울러 하동 순천에 이른다. 몽골군의 남진에 위기를 느끼지 않을 수 없는 이유였다.

위기는 현실로 다가왔다. 호남 항마병에 남겨둔 삼매형제가 급히 통신을 보내온 것이다.

"몽골 원수 탕꾸가 이끈 기병 일대가 전주성으로 향하고 있습니다. 공주성이 이미 함락되어 백성 수천이 희생되었다고 합니다."

죽주 온성 대흥의 잇단 패배로 독이 오른 몽골군은 병력을 대폭 증강하고 작전을 변경하여 닥치는 대로 파괴하고 불태우며 진격하고 있었다. 그 기세가 흉흉하여 고려군은 감히 대적하지 못하고 유격전을 벌이고 있었으나 공주성의 함락은 피하지 못했다.

"병력을 빌려드리겠습니다. 지휘를 맡아주시지요."

정안이 표정을 굳히고 말했다. 현각은 남해 제일세가의 당주가 진심으로 분노하고 있음을 읽었다. 정안은 남해의 방위와 대장경의 판각을 아울러 책임지고 있는 몸으로 백성을 염려하는 마음 또한 불승에 덜하지 않았다.

현각은 도선과 의논하여 책임을 나눈 다음 병력을 출발시켜 전주로 향했다. 몽골군의 남하하는 기세가 급박하여 일각의 지체도 허락되지 않는 상황이었다.

몽골 3차 침입의 총수 탕꾸는 오고타이 칸이 친히 선발한 장수로 전략에 밝았다. 그는 2차 침입 때의 부원수로 원수로 모셨던 살리타이의 죽음을 겪었다. 살리타이는 칸이 인정한 명궁으로 소문난 지장이었는데 고려군 승병의 매복에 걸려 어이없이 죽었던 것이다. 탕꾸가 고려군을 경시하지 않고 병력을 신중하게 운용하는 이유였다.

몽골군은 큰 줄기로 3군으로 나뉘고 다시 각 지대로 분화하여 고려 전토를 휩쓸었다. 탕꾸는 알킨치의 지대를 끌어 호남으로 향했는데 몽골의 경기병은 강군중의 강군으로 고려의 지방병이 상대할 적수가 아니었다.

탕꾸는 공주성을 공격할 때 몽골군 특유의 공략법을 사용했다. 고려인 포로들을 선발로 내세워 성으로 내몰고 뒤에서 활을 쏘아 희생양으로 삼았다.

죽주와 온주, 대흥성의 패배를 거울삼은 이 작전은 몽골군에게 대승의 기회를 주었다. 공주성은 어이없이 무너졌다. 공주성은 호서 제일의 성으로 경군과 지방의 잡류별초, 항마군이 집결하여 지켰지만 적에게 쫓겨 밀려오는 동포에게 활을 쏠 수는 없었던 것이다.

탕꾸는 공주성을 포기하고 후퇴하는 고려군을 뒤쫓아 타격을 주었다. 그리고 기세를 살려 호남으로 향했다.

호남은 강도(江都)의 정부를 지탱하는 젖줄로 고려의 전쟁정책인 청야작전에서 유일하게 예외가 된 지역이었다. 몽골의 침입을 겪어 보지 못했던 호남의 백성들은 농토를 떠나지 못해 일대 횡액을 당했고, 탕꾸의 몽골군은 마을과 논밭을 불태우며 전주성에 닿았다.

몽골군을 맞은 전주성은 호남을 지키는 관문이었다. 전주성은 후일(공양왕 원년-1388년) 대대적인 개축으로 한양과 평양에 이어 전국 3대성의 하나가 되지만, 이무렵 이미 요처로 대병이 주둔하고 있었다.

준비가 있었다지만 몽골군의 포로를 인질로 하는 작전에는 속수무책이었다. 몽골군은 포로로 잡은 고려인들을 성벽으로 내몰았고, 내 부모 내 형제를 향해 활을 쏠 만큼 모질지 못한 전주성의 고려군은 별다른 저항을 하지 못하고 성을 내주었다.

전주성에는 남해에서 달려온 현각이 있었다. 현각의 계책에 따라 고려군은 공주성 싸움에서 얻은 교훈을 살려 작전을 벌였다. 백성들을 미리 피신시키고 날랜 병사 약간을 남겨 저항의 흉내를 내다가 못 견디는 양으로 성을 탈출했던 것이다.

텅 빈 성을 점령한 탕꾸는 고려군의 작전에 말렸음을 깨닫고 이를 갈았다. 그는 정면 회전을 피하고 유격전 위주로 저항하는 고려군 중에 전쟁 전체를 경영하는 한 무리의 기운이 있음을 감지하고 그 실체를 항마병으로 규정지었다. 전임 원수 살리타이를 죽인 고려군 잡병의 장수도 항마병이었다지 않던가. 탕꾸는 고려군 항마병이 실체를 드러내어 정면 승부를 걸어오기를 바라고 절이나 불탑이 보이면 닥치는 대로 파괴하는 만행을 저질렀다.

1236년(고종 23) 10월 10일, 전주성으로부터 고려군을 추적해 온 몽골군은 고부성에 이르러 드디어 원하던 회전의 기회를 잡았다. 후퇴를 거듭하던 고려군이 병력을 집결하여 승부를 걸어왔던 것이다.

공주성 싸움 이래 고려군의 주력은 이림수와 박인걸이 지휘하는 야별초의 병력이었다. 고려군의 반격은 더 이상 물러설 곳이 없는 데 대한 결사의 저항과 같은 것이었다. 전주성을 포기하고 후퇴를 거듭하며 반격을 시도하곤 하는 동안 희생이 컸고, 고부 일대는 지세가 완만하여 유격전을 벌일 방법도 없었다. 근처에 두승산이 있을 뿐 더욱 물러서면 바다라 궁지에 몰린 고려군은 전멸을 각오한 반격을 시작했다.

고려인 포로들을 상대하지 않게 된 점은 고려군에게 다행이라고 할 수 있었다. 몽골 기마병은 급박한 추격전으로 고려인 포로들을 대동하지 못했다. 동족에게 활을 쏠 수 없었던 고려군은 공주성과 전주성을 잃었고, 이제 막바지에 이르러 몽골 정규병을 직접 상대하게 되었다.

고부성의 원래 이름은 고사부리성이다. 둘레가 1800척 정도인 작은 성으로 배후의 언덕 둘을 의지하여 지은 토성이었다. 백제시대 때부터 존재한 고성이었지만 관청을 보호하는 행정용 성이어서 성벽이 낮고 견고하지 못했다.

고부성 전투 첫날 몽골군은 큰 낭패를 보았다. 고려군은 고부성에 연노를 배치하여 몽골군을 기다렸고, 추격을 급박히 한 탓에 고려인 포로들을 몰아오지 못한 몽골군은 고부성에 이르러 고려군의 연노에 적지 않은 희생을 냈다.

몽골군의 지휘관 탕꾸는 전임자인 살리타이가 절멸한 내력을 교훈

삼아 고려군을 경시하지 않았다. 몽골 2차 침입의 원수 살리타이는 처인성 싸움에서 기습을 받아 죽었고, 그때의 싸움에 부원수로 참전하여 패전처리를 했던 탕꾸는 자원하여 복수전에 나섰던 터라 공격에 신중을 기했다.

 탕꾸는 고려인 포로들을 몰아오는 후속부대를 기다려 공격을 멈추었다. 그가 원수로 모시던 살리타이는 보잘 것 없는 토성을 공격하다가 고려 항마병 김윤후가 지휘하는 잡병의 화살에 죽었다. 탕꾸는 열댓 척에 불과한 담벼락에 의지하여 필사의 반격을 해오는 고려군에게서 처인성 싸움의 기시감을 느꼈다.

 고부성 공격 사흘째의 아침, 두승산의 기슭을 따라 몽골의 후속병이 고려인 포로들을 몰고 나타났다. 탕꾸는 병력을 단속하여 공격 준비를 명령했다. 적국의 백성들을 앞세워 성을 공격하는 몽골군 특유의 작전을 시행하기 위함이었다.

 아마도 절체절명의 상황에 몰린 자의 몸부림이리라. 고부성의 고려군이 싸움을 걸어왔다. 성문을 열고 나오는 고려군은 요구창(饒鉤槍)으로 불리는 기마병 상대 전용의 장창을 무기로 하고 있었다.

 요구창은 장창 끝에 갈고리처럼 생긴 날개를 달아 말의 다리를 걸어 당길 수 있도록 고안된 무기였다. 창대가 길어 기마병의 접근을 막으면서 약점인 말의 다리를 공격하는 방식이었는데, 보병이 장갑 기병을 상대할 수 있는 유일한 작전이었다.

 고려군 장창부대의 선두는 항마병들이었다. 투구도 쓰지 않은 민머리의 항마병들이 창날을 나란히 하고 진격해 오는 모습은 실로 장관이었다.

 요구창을 치켜든 고려군은 용약 몽골 기마병을 향해 진격해 왔다.

몽골군은 고부성의 고려측 연노가 닿지 않을 거리까지 고려군이 다가오기를 기다려 병력을 움직였다. 방패로 몸을 가려 화살을 막고 창을 길게 뻗어 기마병의 약점을 노리는 고려군에게 몽골군 기마대는 특유의 마상 사격을 퍼부은 후 창과 월도를 들고 쇄도해 들어갔다.

서둘러 가을 추수를 끝낸 고부성 밖 들판은 회전에 적합한 무대였다. 바야흐로 고려 항마병단의 장창과 몽골 기마병단의 말발굽이 맞부딪칠 찰나, 홀연 몽골군이 둘로 갈라져 좌우로 돌았다.

몽골 기마병의 우회 전술은 밀집 보병의 약점을 노린 것이었다. 몽골군은 대규모 회전에서도 대군끼리의 정면충돌은 드물었다. 몽골군의 망구다이는 패전을 가장하여 도망을 치다가 적의 추격선이 길어지면 반격을 하는 작전을 말하는 것인데 상대가 대군일 때 썼고, 적이 소규모일 때는 우회하여 빙글빙글 돌면서 활을 쏘아 측면과 후면을 노림으로 세력을 약화시키는 작전을 썼다.

고부성 앞 들판은 낮은 구릉지대로 몽골기마대가 활략하기에 꼭 좋은 곳이었다. 이름인 고부(古阜)가 '구릉지형의 땅'이라는 의미를 담고 있을 만큼 지형이 높지 않아 기병이 말을 달리는 데 장애물이 없었다.

가장 적합한 장소에서 능기로 하는 포위전을 벌이게 된 탕꾸는 쾌재를 불렀다. 고려군이 일제히 방패를 들었지만 마상 연사가 장기인 몽골 기마병의 화살을 모두 막기에는 역부족이었고, 설상가상으로 고려인 포로를 끌고 오던 후속부대에서 기마병 일대가 가세하려고 달려오고 있었다.

고려군은 속속 쓰러졌다. 탕꾸의 몽골군은 바야흐로 오랜 우환이었던 고려 항마병을 절멸시킬 기회를 맞았다.
 승전의 기회를 잡은 탕꾸가 환호를 올리려는 찰나, 문득 전직 원수 살리타이의 최후가 떠올랐다. 살리타이가 죽은 처인성도 고부성처럼 토루(土樓)에 지나지 않는 작은 성이었다. 몽골 제일의 명궁으로 불렸던 살리타이는 처인성을 포위한 후 주위를 경계하는 정찰에 나섰다가 기습을 받아 죽었다고 하였다.
 투구와 갑옷이 보호하지 못한 곳, 살리타이의 목덜미에 꼽힌 화살은 명인이 작정하고 쏜 것이었다. 살아남은 자들의 보고에 의하면 그때의 고려측 궁사는 머리를 깎은 중이었다고 하였다. 토루에 지나지 않는 작은 성에 적을 몰아넣고 승전이 확실한 전투를 치른다. 탕꾸는 홀연 떠오른 기시감으로 등골이 서늘해졌다.
 탕꾸의 예감은 사실로 확인되었다. 고려인 포로들을 몰고 오던 몽골군 중의 선발대가 포위전에 가세하려는 듯 달려왔다. 특히 장수로 보이는 자는 탕꾸를 향해 정면으로 달려들고 있었다. 몽골 기마병의 차림을 하였지만 적군이었던 것이다.
 서로 얼굴을 확인할 수 있을 만큼 가까워졌을 때 상대가 머리에 쓴 투구를 벗어 던졌다. 민머리의 고려 항마병이었다. 그리고 병사들 역시 몽골군의 차림으로 가장한 고려 백성들이었다.
 저 자가 바로! 탕꾸는 순간적으로 상황을 파악했다. 고려의 항마병과 잡류별초들이 포로들을 몰고 오던 몽골군 후속부대를 습격하여 모두 죽이고 그들을 가장하여 다가온 것이었다. 그리고 그 수장은 전임 원수 살리타이를 죽인 자로 스스로 정체를 밝히고 도전하고 있었다.
 분노가 머리끝까지 솟구쳐 오른 탕꾸는 말고삐를 고쳐 잡았다. 그리고 민머리의 적을 향해 짓쳐 들어갔다.
 두 마리의 말이 부딪힐 듯 다가섰다가 스쳐 지나갔다. 탕꾸의 만월도와 민머리 승병의 선장이 맞부딪쳐 불꽃을 일으켰고, 그 기세로 두 기사는 말 위에서 굴러 떨어졌다. 연이어 달려온 양측 병사들의 가세로 싸움은 이어지지 못했지만 피차 상대가 강적임을 인식한 겨룸이었다.
 말을 갈아탄 탕꾸는 본래의 냉정을 회복하고 후퇴를 명령했다. 불리하면 물러나고 유리하면 공격한다! 적을 도발하여 전선을 길게 만든 후 반격하는 것, 망구다이는 몽골군의 장기였다. 이제 적에게 그것을 허락했으니 패전은 당연한 응보, 탕꾸는 미련 없이 전장을 버렸다.
 헌데 탕꾸는 이번에도 오산을 했다. 몽골군 후속부대에 의해 몰이되어 온 고려인 포로들이 일제히 길을 막고 무기를 빼들었다. 대부분 농기구가 고작인 무기들을 들었을 뿐이지만 죽음을 불사하고 달려드는 고려 백성들의 기세는 대단했다.
 고려인들의 선두에는 긴 칼을 휘두르는 일단의 젊은이들이 있었다. 고려 백성의 차림을 하였지만 기개가 예사롭지 않았다. 그들은 "요잇!" 하는 기합과 함께 몽골기병의 앞을 가로막고 날카롭게 벼려진 칼로 말의 다리를 후려 베었다.
 몽골 기마대의 집단 질주는 세계 어느 곳에서도 공포의 대상이었다. 더구나 상대가 보병일 때 몽골 기마대는 천하무적이었다. 헌데 적수가 나타난 것이었다.
 탕꾸의 몽골군이 전장을 벗어났을 때는 병력이 절반으로 줄어 있었다. 고부성의 백성들은 몽골기마병을 두려워하지 않고 몸을 던졌고, 견디지 못한 몽골군은 꼬리를 내리고 전장을 이탈했다.

 고부성은 백성들에 의해 지켜졌다. 그리고 몽골군의 호남 진격도 마감되었다. 고려의 곡창 호남이 몽골군의 말발굽에서 해방된 것이었다.

"윤후에게 이미 소식을 전했습니다. 염려하신 몽골 알킨치에 대한 방책을 마련하겠다고 하였습니다."

 김준이 몽골 원수 탕꾸가 이끄는 알킨치의 집단이 김윤후를 쫓고 있음을 알렸을 때 현각이 한 말이었다. 고부성의 싸움은 현각의 장담이 실현된 것이었다.

"백성들과 힘을 합쳐 고부성을 지키고 적의 수급 다수를 얻었습니다."

 고부성 방어병력의 수장 야별초 지유 이림수가 강도에 보낸 승전 보였다. 조정은 사자를 보내 백성들에게 상을 내렸다. 많은 수의 천민들이 양인이 되었고, 기왕의 양인들은 가자를 받았다.

 고부성 싸움 이후 몽골군 3차 침입의 원수 탕꾸의 이야기는 사서에서 사라진다. 몽골군은 부원수 마이누(買奴)의 지휘 아래 상주와 경주를 휩쓸고 분황사를 불태우는 만행을 저질렀지만, 정작 원수 탕꾸의 이야기는 보이지 않는다. 일설에 의하면 탕꾸는 고부성 전투 중에 부상을 당해 몽골 본국으로 송환되었다 하였다.

 승전 소식은 곧바로 남해 정씨 일가의 분사대장도감에도 전해졌다. 판각수의 장을 맡아 동분서주하던 도선은 제자인 오우치 모치모리의 작업장을 찾았다.

"공의 호위 무사들이 큰 공을 세웠다는군."

 고려 백성들의 선두에서 몽골 기마대를 상대로 큰 칼을 휘두른 무사들은 오우치 모치모리의 부하들이었다. 현각이 남해 정씨 일가의 병력을 이끌고 전장으로 떠나기 직전 오우치 모치모리가 청을 드렸던 것이다.

"호남은 우리 오우치 가문의 뿌리인 백제국이 도읍하던 곳입니다. 제게도 조상의 땅을 지키는데 힘을 보탤 기회를 주시지 않겠습니까?"

 진정이 보이는 눈빛이라 현각은 거절하지 못했다. 모치모리는 배 두 척에 50명이 넘는 무사들을 싣고 내방했고, 수하 무사들은 오랜 내전으로 다져진 철기들이었기 때문에 크게 도움이 될 터였다.

"고마우신 제안, 그렇다면……"

 현각은 오우치가의 무사들을 동반하기로 하고 삼매 형제의 매를 이용하여 김윤후에게 소식을 전했다. 정안 일가의 원병에 오우치가의 무사들, 김윤후의 거란장 부락민들, 기왕에 적과 상대하고 있던 별초군과 고부 일대의 백성들까지, 동원할 수 있는 모든 세력을 결집시켜 몽골군의 호남 침입을 막을 계책을 세운 것인데 그 결과가 최선으로 나타난 것이었다.

"조상의 은혜를 약간이나마 갚을 수 있게 해주신 점, 오히려 감사를 드려야지요."

 모치모리는 당연하다는 듯이 말하고 하던 일을 계속했다. 도선은 미소를 지었다. 이 제자는 반드시 성취가 있을 것이었다.

 오우치 모치모리는 경판을 새기는 일에 매진하고 있었다. 구양순체로 고르게 경문을 쓴 종이를 각재 위에 붙이고 한 글자, 또 한 글자를 새겨 경판 한 장이 되면 축하주가 내려진다. 모치모리가 스스로 한 일의 분량을 잊을 만큼 판각에 몰두하던 어느 날, 찾는 이가 있었다.
"부처가 칼춤을 추시는군요."
 현각이었다. 모치모리는 하던 일을 멈추지 않았다.
"더는 가르칠 게 없습니다. 경판 한 장 들려서 보내시지요."
 도선이 말을 보탰다. 모치모리의 눈빛에서는 시마즈 무사와의 시합에 관한 염려는 사라지고 없었다.
"작은 칼로 부처님 말씀을 새기는 일에 그만하니 큰 칼 쓰기 또한 그만할 터, 이만 시험은 끝났소이다."
 시마즈 무사와의 시합에 대비한 마지막 시험을 말함이었다. 모치모리는 현각의 그 같은 평에 고개를 그윽이 숙였다. 현각은 모치모리의 뜻을 짐작하고 시험을 허락했다.
"구태여 증명할 필요도 없으련만…… 칼을 잡으시지요."
 모치모리를 끌어 시합장에 나선 현각은 일본도를 빌려 대상단으로 치켜들었다. 시마즈 가문의 독보적인 검술이라는 내려치기의 자세였다.
 훗날 지겐류(示現流)로 정리되는 시마즈의 검술은 오랜 세월 전란으로 다져진 실전검으로 일본 66주에 적수가 없다 하였다. 현각은 내려치기의 명수 시마즈 다다요리를 상대해야 하는 모치모리를 위해 적의 역할을 맡은 것이었다.
 모치모리가 현각에 대적하여 칼을 대상단으로 높이 쳐들었다. 지겐류의 독보적인 내려치기 자세였다. 적의 특기로 적의 기세를 꺾겠다는 결사의 표시였다.
 대치가 이어졌다. 하늘을 찌를 듯 높이 쳐든 일본도 두 자루가 햇빛을 받아 빤짝였다. 내려치기의 대결. 하늘을 향해 높이 쳐든 일본도는 상대가 행동을 일으키면 즉시 발동하여 마주 내려쳐 칠 것이었다.

동귀어진. 내 칼이 상대의 머리통을 부술 때 상대의 칼날 역시 내 몸 어딘가에 상처를 남길 것이다. 최소한 팔뚝 하나 정도의 희생을 각오하지 않으면 승부를 볼 수 없다. 필사의 각오가 읽히는 장면이었지만 정작 칼을 든 현각과 모치모리는 진검시합이 맞는가 싶을 정도의 평정을 유지했다.

먼저 칼을 거둔 것은 현각이었다. 모치모리도 현각을 따라 칼을 내렸다. 두 사람 모두 땀방울 하나 흘리지 않은 조용한 시합이었다.

"시마즈 다다요리는 천하제일을 자처하는 달인입니다. 실제로 그는 초고수급 무예인, 그와 상대하는 사람들은 기세에 질려 절반은 패한 상태로 시합에 임하게 됩니다. 제자는 생사일여(生死一如)의 마음자세만이 해결책이라고 보았습니다."

기량이 덜하지 않은 상대가 동귀어진을 불사하고 같은 수법으로 나설 때 흔들리지 않을 무예가 있을까? 이기지는 못할망정 지지도 않는다! 현각과 도선은 고개를 끄덕였다.

며칠 후 모우치 모치모리는 스스로 만든 경판 중에 미흡하다 싶은 몇을 챙겨 고국으로 떠났다. 고려국 어보장인 도선은 모치모리에게 인가(認可)를 주었다.

"불법은 경문 한 절과 경판 한 장에 분별을 두지 않습니다. 무술이라고 다를 바 없겠지요."

애제자를 보내는 스승의 격려였다.

고종 38년(1251) 9월, 강화 선원사 대장경판당에서 국왕과 신하들이 참여한 가운데 대장경의 낙성 의식이 거행되었다. 고려는 몽고의 태종 오고타이가 고종 28년(1241)에 사망하여 일시 평화를 얻는데, 이 일시적인 소강상태를 부처의 가호로 보고 대장경의 완성에 전력을 다했다.

대장각판 군신기고문(大藏刻板 君臣祈告文)은 고려가 16년간의 불사를 치렀던 이유를 아래와 같이 설명하고 있다

국왕(國王) 휘(諱)는 태자(太子)·공(公)·후(侯)·백(伯)·재추(宰樞), 문무백관 (文武 百官) 등과 함께 목욕재계하고 끝없는 허공계(虛空界), 시방의 한량없는 제불보살(諸佛菩薩)과 천제석(天帝釋)을 수반으로 하는 삼십삼천(三十三天)의 일체 호법영관(護法靈官)에게 기고(祈告)합니다.

심하도다, 달단(韃靼)이 환란을 일으킴이여! 그 잔인하고 흉포한 성품은 이미 말로 다할 수 없고, 심지어 어리석고 혼암(昏闇)함도 또한 금수(禽獸)보다 심하니, 어찌 천하에서 공경하는 바를 알겠으며, 이른바 불법(佛法)이란 것이 있겠습니까?

이런 때문에 그들이 경유(經由)하는 곳에는 불상(佛像)과 범서(梵書)를 마구 불태워버렸습니다. 이에 부인사(符仁寺)에 소장된 대장경(大藏經) 판본도 또한 남김없이 태워버렸습니다. 아, 여러 해를 걸려서 이룬 공적이 하루아침에 재가 되어버렸으니, 나라의 큰 보배가 상실되었습니다. 제불다천(諸佛多天)의 대자심(大慈心)에 대해서도 이런 짓을 하는데 무슨 짓을 못하겠습니까?

생각하건대, 제자 등이 지혜가 어둡고 식견(識見)이 얕아서 일찍이 오랑캐를 방어할 계책을 못하고 힘이 능히 불승(佛乘)을 보호하

지 못했기 때문에 이런 큰 보배가 상실되는 재화(災禍)를 보게 되었으니, 실은 제자 등이 무상(無狀)한 소치입니다. 후회한들 소용이 있겠습니까?

그러나 금구옥설(金口玉說)은 본래 이루게 되거나 헐게 되는 것이 아니요, 그 붙여 있는 바가 그릇이라 그릇의 이루어지고 헐어지는 것은 자연의 운수입니다. 헐어지면 고쳐 만드는 일은 또한 꼭 해야 할 것입니다. 하물며 국가가 불법을 존중해 받드는 처지이므로 진실로 우물우물 넘길 수는 없는 일이며, 이런 큰 보배가 없어졌으면 어찌 감히 역사가 거대한 것을 염려하여 그 고쳐 만드는 일을 꺼려 하겠습니까?

이제 재집(宰執)과 문무백관 등과 함께 큰 서원(誓願)을 발하여 이미 담당 관사(官司)를 두어 그 일을 경영하게 하였고, 따라서 맨 처음 초창(草創)한 동기를 고찰하였더니, 옛적 현종 2년에 거란주(契丹主)가 크게 군사를 일으켜 와서 정벌하자, 현종은 남쪽으로 피난하였는데, 거란 군사는 오히려 송악성(松岳城)에 주둔하고 물러가지 않았습니다. 그러나 현종은 이에 여러 신하들과 함께 더할 수 없는 큰 서원을 발하여 대장경 판본을 판각해 이룬 뒤에 거란 군사가 스스로 물러갔습니다.

그렇다면 대장경도 한가지고, 전후 판각한 것도 한가지고, 군신이 함께 서원한 것도 또한 한가지인데, 어찌 그때에만 거란 군사가 스스로 물러가고 지금의 달단(韃靼)은 그렇지 않겠습니까? 다만 제불다천(諸佛多天)이 어느 정도를 보살펴 주시느냐에 달려 있을 뿐입니다.

진실로 지성(至誠)으로 하는 바가 전조(前朝)에 부끄러워할 것이 없으니, 원하옵건대 제불성현 삼십삼천(諸佛聖賢三十三天)은 간곡하게 비는 것을 양찰(諒察)하셔서 신통한 힘을 빌려 주어 완악(頑惡)한 오랑캐로 하여금 멀리 도망하여 다시는 우리 국토를 밟는 일이 없게 하여, 전쟁이 그치고 중외(中外)가 편안하며, 모후(母后)와 저군(儲君)이 무강(無彊)한 수(壽)를 누리고 나라의 국운(國運)이 만세(萬世)토록 유지되게 해주신다면, 제자 등은 마땅히 노력하여 더욱 법문(法門)을 보호하고 부처의 은혜를 만분의 일이라도 갚으려고 합니다. 제자 등은 간절히 비는 마음 지극합니다. 밝게 살펴주시기를 삼가 바랍니다.

이때 만들어진 재조대장경은 초조대장경의 인경본과 송의 개보장, 요의 거란장 등 여러 판본을 참조 개역하고, 아국 고승의 글을 더해 경판 81258매에 5300만 자를 담았으니, 길이 청사에 빛날 불사였던 것이다.

제11장 충주성

 1253년(고종 40년) 가을, 김윤후는 충주성 아래 가득한 몽골 병사들에게 활을 쏘며 스승 현각을 생각했다. 30여 년 전 승적에 이름을 올리려고 주선을 부탁했을 때 현각은 말했었다.
 "네 그간의 행적을 우명 사형에게서 전해 들었다. 분노가 어디로 향하고 있는지 모르는 바가 아니나, 살생이 목적이 되면 마구니(魔軍)에 다를 바 없다. 강동성 낙성 때에 너희를 살리려 애쓰신 선대 어른들과, 조정에 청원하여 너희 일족을 받아들인 김취려장군님의 고심을 잊지 말아라."
 김윤후의 화살을 얼굴에 맞은 몽골병사 하나가 운제(雲梯)에서 떨어졌다. 아기살이니 죽지는 않겠지만 두 번 다시 전장에는 서지 못할 것이다. 이로서 마구니 하나를 제한 것이니 공덕을 더한 셈인가.
 "적장 예꾸가 또 항복을 권해 왔습니다. 아니면 몰살을 시키겠다는군요."
 수하 부장 진수(秦秀)가 쇠뇌에 살을 물리며 말한다. 비아냥거림이 가득한 어조. 항복하지 않을 상대에게 사자를 보내온 것은 조롱에 다를 바 없어 진수의 어투는 이해가 되었다.
 "누가 몰살이 될지 모르겠군. 대단치도 않은 놈들이 목소리만 커."
 누군가가 맞받으며 활을 쏘아 적을 누차(樓車)에서 떨어뜨렸다. 싸움이 시작된 지 칠십여 일, 단단히 작정하고 왔던 몽골군의 기세가 많이 누그려져 있어 승리의 기미가 보이는 요즈음이었다.

(예꾸라, 그 때의 백호장이 대몽골국의 원수가 되어 오신 것입니다. 천덕(天德) 2년의 일이니 벌써 34년이 흘렀네요. 천덕 5년에 등주에서 한 합을 교환한 일을 포함해도 30여 년이 흐른 것이니, 세월이 무상하기는 하군요. 과거 두 차례의 싸움은 승부를 가리지 못했지만, 이제 우리 모두 그때의 애송이가 아니니, 어설피 대접해 보낼 수는 없겠지요.)

천덕(天德)은 양부 함사가 숙부 금시를 가황제로 모시며 사용한 연호였다. 당시 열세 살의 소년으로 강동성을 탈출했던 대요수국의 철부지 황태자 야율금후(耶律金侯)는 김윤후(金允侯)로 변신했고, 대륙으로 뛰어들어 복수극을 벌였던 천덕 5년의 등주 사가촌 싸움에서 몽골군의 진면목을 확인한 후 고려 땅에 돌아와 처인성에서 살리타이를 죽이고 그 공로로 관직에 올랐다. 그리고 이제 고려국 충주성 방호별감이 되어 예꾸의 몽골군을 맞고 있었다.

"처인성 싸움보다 백배는 편해. 그 대단하다는 살리타이도 죽였는데 이 따위 조무래기쯤이야……"

진수가 다시 활을 쏘며 동료들의 사기를 북돋는 말을 한다. 진수는 대요수국의 마지막 황제 금시의 친위대장 야율진화의 손자로 몽골로 끌려갔다가 탈출해 온 후 이십 수년 동안 김윤후의 곁을 지켰다.

"처인성 싸움, 그 때 대단했지. 저고여를 쫓던 일과 함께……"

누군가 맞장구를 치다가 진수의 제지로 입을 다문다. 김윤후가 꺼려한다는 것을 알고 있기 때문이었다. 김윤후는 저고여의 일로 스승 현각에게 호된 꾸지람을 들었다.

"저고여(著古與)를 해한 일에 관계가 있었더냐? 어허! 화를 불렀구나!"

 김윤후는 스승 현각이 표정을 바꾸는 모습을 그때에 처음 보았다. 저고여를 비롯한 몽골의 사신 일행이 몰살당한 일로 찾았을 때, 현각은 그답지 않게 얼굴을 붉히고 탄식을 터뜨렸다.

"내 일찍이 사조의 말씀을 전하지 않았느냐? '인세에 무명이 없을 수 있겠느냐? 떨칠 수 없으면 다스리라' 하셨거늘, 어찌 이런 결과로 답한다는 말이야? 백성들이 입을 화가 눈에 선하구나!"

 현각의 스승 무상은 제자들에게 어려운 불법을 권하지 않는 것으로 유명했다. 반야심경 270자만을 즐겨 설했는데, 특히 '무무명 역무무명진내지무노사 역무노사진(無無明 亦無無明盡乃至無老死 亦無老死盡)'의 부분을 역으로 해석하여 승려가 무기를 잡는 명분으로 삼았다.

"사조께서는 '인생이란 본래 무명의 한 갈래, 무명은 태어남으로 숙명이 되니 떨칠 수 없거든 다스려라' 하셨다. 이 뜻을 알겠느냐?"

 현각은 스승의 말을 전할 때는 면목이 달라지곤 하였다. 김윤후는 승려 명색으로 깨친 바가 있었으나 깨달음이 어찌 알음만으로 깨달음이 되던가. 그저 스승의 가르침에 따르지 못한 자신을 책할 뿐이었다.

 (제가 부른 화였습니다. 몽골사신단의 몰살에는 책임이 없다하나, 저고여에 대한 원한이 컸던 것은 사실입니다. 아내와 아이를 잃어 보이는 게 없었습니다. 승려 명색으로 분별력을 잃고 활을 쏘았으

니, 어떠한 말로도 변명이 되지 않을 것입니다. 감히 자복하거니와, 제 한 화살이 몽골인들로 하여금 오늘의 참화를 일으키게 하였습니다.)

전날 김윤후는 금나라 등주성에서 원수 예꾸와 일전을 벌인 후 스승 현각의 꾸지람을 듣고 귀국하던 도중 부곡마을의 참변 소식을 듣고 급거 달려갔으나 참변은 이미 벌어진 후였다. 강동성 싸움 이후 대요수국의 항복한 무리들을 숨겨주고 있던 고려는 몽골의 추궁에 시치미를 떼고 있었고, 증거를 찾아 스스로 병력을 동원한 몽골 사신 저고여와 인주의 반역자 홍복원은 거란인들이 모여 살던 처인고을 백현원의 부곡마을을 기습하여 사람을 죽이고 마을을 불태웠다.

김윤후가 원수를 쫓아 압록강을 건넜을 때, 저고여를 제외한 사신단의 인사들은 이미 누군가의 습격을 받고 전멸을 당한 상태였다. 정사인 저고여만이 반죽음의 상태로 살아 있었는데, 김윤후는 몽골의 원병이 달려오기 전에 그의 명줄을 끊어 놓았다.

김윤후는 현각이 추궁할 때 구태여 변명하지 않았다. 저고여를 죽인 화살에 한이 실려 있었음은 사실이었기 때문이었다.

(못난 제자라고 꾸지람을 듣고 싶었습니다. 철없음을 인정받고 싶었습니다.)

몽골은 사신 저고여의 죽음을 빌미로 침범을 해왔다. 고려 땅의 백성들은 승속을 가리지 않고 떨쳐 일어나, 천하제일의 강군 몽골 철기와 결전을 벌였다.

(30년 전 제 머리를 깎아 주시며 말씀하셨지요.)

"고려 땅에서 귀천을 가리지 않고 행세할 수 있는 신분은 중노릇이 유일하다. 필요하다 하니 승적에 올려주마. 마구니로부터 백성을 지키는 것이 본분이 된 세상에서의 중노릇이지만, 되도록 살생은 피할 일이다."

강동성 전역 후, 현각은 김취려의 명을 받들어 야율금후를 김윤후로 변신시키고 일족과 함께 처인 땅 백현원(白峴院)에 정착하게 하였다. 현각은 김윤후에게 고려의 말과 풍습, 무예를 가르쳐 평범한 백성으로 만들려 하였지만, 김윤후는 현각의 뜻을 거부하고 원수를 쫓아 사달을 일으켰다.

김윤후는 다시 한 번 스승에게 자복을 드렸다.

(저는 역시 불제자가 될 수 없나 봅니다. 야차로 태어날 게 탈을 잘못 쓴 결과로 중이 된 것이겠지요. 제 경거망동이 몽골인들의 침입을 부르고, 아내와 자식을 죽게 만들었어요.)

중국 땅 등주 사가촌의 전투에서 김윤후는 살리타이의 수하로 있던 예꾸의 목숨을 노리고 암습을 했다. 절호의 기회다 싶었던 기습이었는데, 도리어 몽골 정규군의 함정에 빠진 결과임을 뒤늦게 깨달을 수 있었다.

그때에 현각은 김윤후를 구해준 후 무모함을 꾸짖었다.

"기왕에 불문의 사람으로서, 할 짓과 못할 짓의 구별이 그토록 어렵더냐?"

(스승님께서는 한 화살로 적장의 기세를 꺾으셨지요. 이긴 싸움은 아니지만 패한 싸움도 아닌 패도의 경지, 그때에 비로소 볼 수 있었습니다.)

 현각은 김윤후를 가르칠 때 스승 무상스님과 병마사 김취려의 일화를 들어 교훈으로 삼곤 하였다. 김윤후는 강동성 낙성 후의 무예시합에서 후예사일의 경지를 보여준 김취려의 이야기를 듣고 감동받아 아기살(片箭) 쏘는 법을 익혔다.
"조정이 김취려장군의 청원을 들어 너희를 받아들인 뜻은 신라 김씨 일족에 대한 의리와 나라의 안녕을 위한 방편이었다. 기왕에 벌어진 일, 이후에는 선대 어른들이 고려국의 한 백성으로 살기를 바란 뜻을 저버리지 않도록 해라."
 거듭되는 현각의 당부에도 김윤후는 자세를 낮출 수 없었다. 그는 몽골 사신단의 병력에 기습을 받아 아내와 자식을 잃은 원한을 떨치지 못했다.

(한 화살을 보냈을 뿐입니다. 누이의 일을 참을 수가 없어서……)

 1224년(고종 11년), 몽골국의 사신으로 온 저고여(著古與)는 유난히 까탈을 부렸다. 형제지의를 맺은 후 차례로 온 몽골의 사신은 하나 같이 상전노릇을 하려 들었지만, 저고여는 특히 청하는 공녀의 이름을 지적하여 고려 조정을 괴롭게 하였다.
 "옛 요국의 잔적을 거두셨다지요. 게 중에 요국의 공주 야율금청이 있다 합니다. 변복하여 탈출했으니 귀국에서는 모를 일이라 하겠지만, 항복한 요국 병사 중에 그때의 일을 상세히 알고 있는 이가 있어 조사가 끝났습니다. 대칸께서 원하시니 보내시지요."
 대칸이 원한다. 거부할 수 없는 절대명령이었다. 그런데 전하는 방식이 이상하여 뇌물을 써서 캐보니 황족 예꾸의 이름이 나왔다. 그가 대칸의 명을 빙자하여 압력을 넣은 것이었다.
 김취려는 강동성싸움 막바지에 있었던 몽골 감군 예꾸와 대요수국 황녀 야율금청과의 악연을 기억하여 조정 중신들의 양해를 구했다. 김취려의 청원이 아니더라도 이미 고려의 백성인데 어찌 내줄 수 있을까. 고려 조정이 잡아떼자 몽골의 사신은 앞잡이 홍복원에게 병사를 주어 처인 고을 백현원 인근의 부곡마을을 덮쳤다.

 (제가 중국 땅에의 미련을 버리지 못하고 사달을 만든 뒤 귀향했을 때는 이미 일이 벌어진 후였습니다. 어리석은 남편이었지만, 아내는 절개를 잃지 않는 방법으로 죽음을 택해 명예를 지켰습니다.)

 순순히 끌려 갈 수도, 저항할 수도 없는 처지였다. 자결은 고려의 백성으로 변신한 요국의 공주 야율금청이 택할 수 있는 유일한 피신처였다. 뒤늦게 달려온 김윤후는 차게 굳은 아내의 시신을 안고 통곡을 했다.
 "처인성 근처 백현원(白峴院)에 나라에서 내린 땅이 있네. 우선 그곳으로 가게."

김취려의 배려로 백현원에 정착했지만 마을의 이름은 천민이 사는 곳이라는 뜻의 부곡(部曲)이었다. 본토 백성들의 질시를 감수하며 어떻게든 살려고 노력했던 요국의 공주는 머리에 꼽고 다니던 철비녀를 빼어 아이를 죽인 후 뒤를 따랐고, 다음 해 정월, 그의 남편 김윤후는 원흉인 저고여를 죽여 복수를 했다.

(아내는 제 사촌누이였지요. 우리는 부모가 정해 준 정혼자로 대요수국의 명맥을 이을 사명을 가진 사람들이었고, 누이는 제 아이를 낳아 선대 어른들의 뜻을 이었습니다. 저는 승려 명색이었지만 누이의 간청으로 합방을 했습니다. 누이는 소원대로 대요수국 황실의 후손을 낳았으나 자라는 모습을 보지 못하고 죽었습니다.
 이제 저는 각처에 흩어진 동족들을 모아 몽골과의 싸움에 나설 생각입니다. 고려국의 은혜와 처자식의 원수를 아울러 갚는 방법은 이뿐이라고 생각합니다.)

 스승 현각을 마지막으로 뵌 후, 떠나며 남긴 편지였다. 그 날 이후 다시 이십 수년, 중간에 고부성에서 현각을 도와 또 하나의 원수 탕꾸를 징계하기도 하였던 김윤후는 다시 철천지원수 예꾸를 상대하고 있었다.

(그 후 각처에서 몽골군과 싸워 일진일퇴를 거듭했고, 스승님의 가르침을 지침삼아 원수 중의 하나인 살리타이를 죽일 수 있었습니다. 이제 마지막 싸움인데, 적은 안중에 없고 스승님의 소리만 들릴 뿐이네요.)

"인간세에 어찌 무명이 없겠느냐? 우리 문중의 태사조(太師祖) 되시는 지눌(知訥)스님은 나라에 환란이 있을 것을 짐작하시고 제자 무상에게 병(兵)을 길러 난(亂)을 다스리게 하셨다. 네 한낱 집착이 재촉한 바가 없지 않지만, 북적(北狄)으로 인한 병란은 반드시 오고 말 것이었다. 무명 중에 중생을 돕는다는 일념이 더하기를 바랄 뿐이다."

저고여를 죽인 일은 핑계가 되었을 뿐, 몽골은 내내 침입의 기회를 노렸다. 현각은 김윤후의 입장을 이해하고 있었다.

고려 고종 19년(1232년) 8월, 몽골군은 살리타이를 원수로 하여 대거 침입해 고려의 중북부를 초토화시켰다. 전 해의 1차 침입으로 항복을 받았던 고려가 강화도로 천도를 하고 전국을 요새화한 것에 대한 보복이었다.

2차 침입의 막바지, 기세를 떨치던 몽골군의 총수 살리타이는 처인성 싸움에서 김윤후와 맞부딪쳐 목숨을 잃는다. 하천으로 천대받던 부곡민들이 이룬 뜻밖의 공로였다.

(몽골 제일의 궁사였던 살리타이를 화살로 죽였지요. 난전 중의 유시로 공표되었지만 저는 스승님이 내린 불벌로 생각하고 있습니다.

갑주로 보호되지 않은 유일한 부위인 목덜미에 꽂힌 화살은 스승께서 전수해 주셨던 무상 일맥의 비밀무기 아기살(片箭)이었습니다.)

처인성 싸움에 앞서 몽골군의 한 지대는 대구의 부인사에 침입하여 대장경판을 불태웠다. 이때 불탄 대장경판은 고려가 국력을 기울여 만든 초조대장경으로 불보를 잃은 고려 전토의 승려들은 항마병으로 궐기했고, 급기야 항마병의 일원인 김윤후가 마구니(魔軍)의 총수 살리타이를 죽음으로 몰아넣은 것이었다.

(덕분에 처인 부곡마을의 사람들은 어엿한 고려 백성이 되었습니다. 저도 벼슬을 받았지요.)

그때를 되새기는 김윤후의 귓가에 스승 현각의 소리가 곁에 있는 양 커다랗게 들려왔다. 저고여를 죽인 일로 꾸지람을 내린 이후 소식을 끊었던 현각이 호남의 위기를 들어 도움을 청해 왔을 때 용서를 받았음을 느끼고 하늘을 안은 듯이 기뻤었다. 막강 몽골군 알킨치를 상대로 고전하고 있을 스승을 염려하며 달려간 고부성 싸움에서 승전한 후 두 사제는 소식이 끊겼는데, 남해의 대장경판 판각 장인들을 수호하던 중에 왜구들의 습격을 받고 참변을 당했다는 비보를 들었을 뿐으로 김윤후는 두 번 다시 스승을 보지 못했다.

(나는 이번에 조정의 부름을 받고 대장경의 조판에 참여하게 되었다. 전날 보현사가 불탈 때 소장하던 불보의 일부를 잃었고, 이번의 난리에 대구의 부인사가 불타 나머지 모두를 잃었으니, 대장경의 복원은 마구니로부터 불법을 지킬 사명을 가진 항마병으로서 반드시 해야 할 일, 세간의 남은 일은 너에게 맡기마.)

고부성 싸움 후에 헤어질 때 현각이 남긴 마지막 말이었다. 스승을 생각하면 늘 가슴이 뜨거워진다. 전쟁이 급박하여 사제 간의 정을 나누지도 못하고 말머리를 돌려야 했던 서운함을 돌이키며, 김윤후는 마음속으로 통곡을 했다.

살리타이를 잡을 때를 되새겨 그때에 하지 못한 보고를 올렸다. 이미 곁에 계시지 않은 스승이지만 늦은 보고로나마 응석을 부리고 싶은 탓이었다.

(몽골군이 잘 쓰는 망구다이(曼古歹)의 전법을 흉내 냈습니다. 처인성에 식량이 있다고 소문을 내어 유인하고, 거짓 패배로 쫓아오게 했지요. 승승장구 고려 전토를 피로 물들이고 있던 그로서는 한낱 민병 따위 가소로울 법도 한데, 역시 역전의 명장, 복병을 숨겨둔 곳으로 달려오는 살리타이의 모습은 진지했고, 한참 후배인 저와의 겨룸에서도 오만함은 찾을 수 없었습니다.

둘만의 겨룸이 되었을 때, 각궁에 아기살을 물려 쏘아주었습니다. 김취려장군의 흉내를 낸 것이지요. 강동성싸움의 여흥으로 벌어진 무술시합에서, 장군이 엄지손가락에 작은 통아를 걸어 시합을 양보했던 쾌사를 일러주지 않으셨습니까?)

100보 이상의 거리를 두고 살리타이의 철궁과 김윤후의 아기살은 시위를 떠났다. 그 결과 지형적 이점과 사거리, 명중률에서 윗길에 있던 김윤후의 편전이 표적을 맞출 수 있었고, 중상을 입은 살리타이는 치료 중에 진중에서 죽었다고 하였다.

(누구에게 죽는지 알 수 있도록 옛 요국 황실의 예복을 입고 활을 쏘았습니다. 그 또한 집착이었겠지요. 아마도 저는 죽는 날까지 무상 일맥의 도를 깨치지 못할 것입니다.)

그리고 다시 21년 후, 김윤후는 충주성의 방호별감(防護別監)으로 백성들과 함께 또 하나의 원수 예꾸에게 패배를 안기고 있었다. 옛 부곡마을 사람들과 그들의 후예들이 김윤후를 도와 충주성의 백성을 이끌었다.

(이 싸움, 우리가 이길 것입니다. 대의명분이 우리에게 있는데, 설마 부처님께서 마구니(魔軍)의 편을 들지는 않으시겠지요.)

현각의 소문을 전한 이는 항마병 출신 우명이었다. 우명은 현각이 왜구의 기습을 받고 열반에 들었다 하였다. 남해분사도감의 소문을 들은 왜구들은 집단으로 습격을 해왔고, 현각은 판각수들을 지키다가 해를 입은 것이었다.
우명은 현각 다음의 스승이었는데, 그 역시 대장경판을 수호하다가 현각의 뒤를 따랐다. 김윤후는 새삼스레 문중의 가르침이 떠올라 가슴이 뜨거워졌다.

(몽골은 이 땅의 모든 것을 얻을 때까지 계속 몰려올 것입니다. 백성들은 겁난(劫難)을 피하지 못할 것이고 원한은 끝없이 이어집니다. 인세에서 무명을 끊을 방법은 정녕 없는 것일까요?)

김윤후는 자신이 야차가 되었다고 생각했다. 불법을 보호하고 백성을 지키는 위태천(韋駄天)의 일원이 되기는커녕 한 화살마다 살기를 심어 적을 죽이는 살생귀가 되었다는 자괴감이 눈빛을 흐리게 했다.
 "적이 물러가고 있습니다. 보름 전 불화살의 약발이 듣고 있는 것 같습니다. 쫓아야 하지 않을까요?"
 진수의 보고가 김윤후를 현실로 돌아오게 하였다. 진수는 보름 전의 그믐밤에 성을 나가 몽골군의 진막에 불화살을 퍼부어 주었다. 불의의 야습으로 대소동이 있은 후 몽골군의 움직임은 눈에 띄게 둔해졌는데, 성을 공격하고는 있지만 허장성세로 주력을 빼내는 기미가 역력해 보였다.
 "동북면의 동무들에게 전통을 띄워 퇴로를 차단하라 하시게. 처인성 싸움의 재판이 되겠군."
 김윤후는 진수에게 명령을 내린 후 기억 속의 현각에게 마지막 보고를 올렸다.

 (이제 우리가 쫓을 차례입니다. 저는 가짜 승려이니 무명(無明)을 버리지 않아도 괜찮을 듯싶습니다.
 아, 그리고 보고의 순서가 늦어졌는데, 적장 예꾸와는 몇 차례의 겨룸이 있었습니다. 그 친구 활쏘기에 능해 공성전 중에 우리 병사들을 저격하곤 하였는데, 한 번은 제가 나서서 마주 쏘아 부상을 입혀 주었습니다. 갑옷이 두터워 목숨을 잃을 정도는 아니었지만, 혼쭐이 나서 꽁무니를 빼던 모습이 볼만했습니다.
 그리고 이건 아무에게도 알리지 않은 비밀입니다만, 예꾸와 맞겨룸을 가진 적도 있었습니다. 앞서 진수가 야습으로 몽골군 본진을 불태우고 후퇴할 때, 예꾸가 부하 몇을 이끌고 쫓아오는 걸 제가 복병이 되어 기습을 했습니다.

 명불허전이라더니, 그 친구 몽골군의 원수답게 용감하더군요. 물불 가리지 않고 달려오는 걸 아기살을 쏘아 말위에서 굴러 떨어지게 했는데, 그날 이후 적세가 둔해졌으니, 낙마할 때 허리뼈라도 상했는지 모르겠네요.)

 몽골군 제5차 침입의 원수 예쿠는 충주성 싸움에 패한 후 본국으로 소환되어 질책을 받고 죽었다. 남은 몽골군은 부원수 아무간이 지휘하여 철수를 했고, 충주성 70일 전투는 고려사(高麗史)와 원사(元史)에 아울러 기록된 고려군의 승전으로 남았다. 더불어 역사는 예꾸의 죽음에 의문사를 붙여 기록하고 있다.

제12장 달에 깃다

몽골의 정동원수 자랄타이 휘하 천호장으로 고려를 침범한 관령귀부고려군민총관(管領歸附高麗軍民摠管) 홍복원이 몽골군의 향도가 되어 충주성 서쪽 다인철소(多仁鐵所)에 이른 것은 고려 고종42년 (1255) 10월이었다. 전 해에 몽골군은 자랄타이(車羅大)를 원수로 하고 천호장 예쑤타이와 보포타이를 부장으로 하여 5000기의 기병으로 압록강을 넘어 침입했는데, 일찍이 아비 홍대순과 함께 몽골에 항복하여 벼슬을 받고 있던 홍복원은 부장의 하나로 고려 땅에 들어왔다.

몽골군이 다인철소를 노린 이유는 2년 전에 있었던 충주성 싸움의 교훈 때문이었다. 몽골군 5차 침입의 원수 예꾸(也窟)는 칭기즈칸의 조카로 야굴대왕으로 불리기도 할 만큼 용맹이 높았으나 전략의 요지 충주성을 70여 일 동안 공격하고서도 전과를 얻지 못해 본국으로 소환되어 죽었다. 자랄타이는 예꾸가 고려병의 화살에 맞아 싸움을 계속할 처지가 아니었다는 사실을 알고 있었으므로 전임자의 실패를 교훈삼아 충주성 공략전에 신중을 기하는 일면 홍복원을 향도로 삼아 다인철소로 향했다.

몽골군의 다인철소 공략은 고질적인 약점인 병참 문제를 해결하기 위한 작전이기도 했다. 기마병 1기당 60발을 소지하는 화살은 한 차례의 대규모 전투를 치르고 나면 바닥이 났고, 여섯 필씩 끌고 다니는 말 역시 전쟁이 길어지면 편자가 닳아 기동력이 떨어져 대책을 마련해야 했다. 때문에 화살촉과 말편자를 만들 수 있는 철물은 귀한 전쟁 물자였고, 충주성은 인근 달천강 주위에 철광산이 밀집하여 몽골군의 표적이 되곤 하였다.

다인철소는 충주성 주위 철광산에서 생산된 광석을 제련하는 제철공장의 이름이었다. 천하제일 몽골군이라 하여도 말편자와 화살촉은 소모품이라 보급이 필요했고, 다인철소의 무기생산력은 몽골군이 전쟁을 이어가기 위한 필수 요소였던 것이다.

싸움은 다인철소의 고려인들이 인근 유학산성으로 피신해버린 탓에 싱겁게 끝났다. 몽골군 원수 자랄타이는 역전의 노장으로 공을 다투는 젊은이가 아니었다. 직할 부대를 이끌고 유학산성을 공격했으나 강한 화살에 갑옷이 뚫려 희생이 나자 이내 병력을 물렸다.

몽골군의 6차 침입은 다인철소 전투를 기점으로 장기전이 되고, 전력이 다한 자랄타이는 일시 압록강 너머로 물러갔다.

고려 조정은 여유를 얻은 틈새에 승패 간에 상벌을 시행했다. 용호군 별장 김준이 승전에 대한 조사 임무를 맡고 다인철소를 찾은 이유는 그 때문이었다.

"홍구(洪狗)가 또 그물을 벗어났습니까?"

김준은 홍복원의 안부를 묻는 것으로 다인철소 전투의 승전을 이끈 승장(僧將) 김윤후를 맞는 예에 대신했다. 홍구는 역적 홍복원을 '주인을 무는 개'로 비유하여 부르는 이름이었다.

"그 자가 간교하여 이번에도 헛된 그물질입니다."

김윤후는 가마(盧)에 넣을 숯을 부리며 말을 받았다. 그는 22년 전의 처인성 싸움에서 몽골의 원수 살리타이를 죽이고 2년 전의 충주성 전투에서 야굴대왕 예꾸를 몰아붙인 공로로 상장군에 올랐으나 부임하지 않고 다인철소의 양수척들에 어울려 땀을 흘리고 있었다.

"조정은 이번 다인철소의 승전을 높게 보아 상을 주기로 하였습니다."

"정작 노리던 고기는 북으로 도망쳤는데, 잡병 몇을 잡은 게 무슨 공이라고. 아무튼 상을 주신다니 백성들을 대신하여 감사드립니다."

 일시 물러갔다 하나 몽골군은 반드시 돌아올 재앙이었다. 나라에서 포상을 하는 이유는 다음을 위한 포석이었다.

"몽골은 쉬운 적이 아닙니다. 우리에게는 쉴 틈이 없습니다."

 김윤후는 가마에 장작을 밀어 넣고 풀무를 강하게 밟았다. 가마의 불이 파랗게 넘쳐 나왔다.

"공을 세운 백성들의 이름을 귀천 가리지 말고 올려 주십시오. 양인이면 벼슬을 내리고, 천민이면 양수척 무자리일지언정 면천을 시킬 것입니다."

 가마에서는 토철과 숯이 아울러 타고 있었다. 철을 품은 흙이나 돌을 숯과 함께 가마에 넣고 가열하면 쇳물이 나오는데, 이를 정련로에 옮긴 후 잘게 빻은 조개껍질을 넣어 다시 가열하면 순철이 된다. 이 쇳물을 틀에 부어 덩이쇠로 굳힌 후 달구어 쳐서 무기를 만드는 게 쇠부리의 일이었다.

 이러한 가마를 대소 20기 이상 가진 곳이 다인철소였다. 대장간과 연마 기구를 만드는 공장이 함께 있어 제련부터 정제까지 철에 관한 모든 것이 이루어지고 있었다.

 김준은 김윤후의 뒤를 따라 철소를 구경하며 그가 말을 아끼는 이유를 짐작해 보았다.

"소장도 천민 출신입니다. 고려라는 나라에서 행세하려면 면천은 필수이지요."

김윤후가 방호별감으로 부임하기 전 충주성에서는 해괴한 일이 있었다. 몽골군이 대거 몰려오자 양반별초들은 모두 도망을 쳤는데, 남은 잡류별초가 필사적으로 성을 지킨 것을 도망갔던 자들이 공을 탐내어 도적으로 몰았던 것이다.

"그때의 불공평도 바로잡지 않았습니까? 이번 다인철소의 공은 반드시 포상될 것입니다."

김윤후가 천민들을 이끌어 몽골군을 치고, 그 공을 내세워 천민들을 양인으로 만들고 있음은 알려진 사실이었다. 처인성에서 몽골군 원수 살리타이를 화살로 쏘아죽이고 부곡마을의 거란장 식구들을 면천시킨 것은 20년 전의 일이었다.

"질문이 많으신데, 공식적인 취재로 보아도 좋겠습니까?"

김윤후의 돌연한 물음이었다. 김준은 김윤후의 굳어진 표정에서 감당하기 어려운 문제를 맞은 자의 각오를 읽었다.

"공의 신분이 고려 조정의 공식 감찰관이신 걸 잊었습니다. 다만 상을 주신다니 조건을 붙이겠습니다. 다인철소를 주민들의 생업으로 인정해 주십시오."

김윤후는 다인철소의 승전을 충주성의 양반별초 사건에 비유하여 뒷일을 걱정하고 있었다.

충주는 태조의 비 신명순성태후를 배출한 호족 충주유씨의 세거지였다. 거란족의 침입 이후 세력이 약해졌다지만 백성들 중의 유력자들은 유가와 친인척 아닌 사람이 없었다. 충주유씨는 다인철소의 실소유주였고, 난리가 끝나면 권리를 행사하러 들 것이 자명하니 말려달라는 뜻이었다.

"저들이 버리고 간 것을 지켜냈으니 당연히 주인이 되어야지요.

영공께 말씀드리겠습니다."
 숯을 짊어지고 온 장인이 짐을 부리고 풀무를 밟기 시작했다. 이어 또 한 사람의 장인이 오자 혼자서 두 몫을 하던 김윤후는 그들에게 가마를 맡기고 일어섰다.
 "유학산성으로 가시지요. 싸움이 벌어졌던 곳입니다."
 김준의 임무는 다인철소 전투가 보고된 바와 같은 대승이었느냐의 조사였다. 유학산성은 몽골 정규병 18인의 목을 얻은 전장이었다.
 건장한 남녀들이 풀무질을 하거나 장작을 나르다가 두 사람을 보고 머리를 조아렸다. 김윤후는 노소 가림 없이 상대를 존중하여 김준을 소개했다.
 "대인께 인사 올리게. 나라에서 보낸 분일세. 상을 준다하니 일간 좋은 소식이 있지 싶네."
 김윤후는 충주성 싸움의 승전으로 벼슬이 상장군에 올랐다. 허나 그의 임직인 감문위상장군은 허울만의 직책으로 부임할 곳이 없었다. 감문위는 도성의 4대문을 지키는 경비부대였고, 지켜야 할 도성은 조정이 강도로 옮겨간 탓에 사라지고 없었다.
 본시 승려인 김윤후는 무관의 최고위인 상장군에 올랐으나 여전히 칠조(七條)의 분소의(糞掃衣) 차림이었다. 일복과 구별을 두지 않은 김윤후의 승복은 땀과 먼지에 절어 본래의 괴색(壞色)이 괴색(怪色)으로 변해 있었다.
 "대인을 뵙습니다."
 철장인들이 인사를 했다. 주위에서 뛰놀던 아이들이 어른을 따라 하고, 김윤후는 아이들 중의 하나를 번쩍 안아 김준에게 인사를 시켰다. 김준은 아이들에게서 김윤후의 그늘을 읽었다.

"유씨네 벼슬아치들이 충주를 놓지 않으려는 이유가 여기에 있었군요."

다인철소는 제철과 정련을 위한 가마들과 단야로(鍛冶盧), 대장간, 제철기계 제작을 위한 공작실까지, 모든 공정을 감당할 수 있는 곳이었다. 김준은 몽골인들이 탐내는 이유와 충주유씨의 탐욕을 달래야 할 이유가 합일되는 점이라고 보았다.

"몽골인들이 신통한 게 가마(盧)를 부수지 않았다는 것입니다. 철을 신성시하는 점은 우리와 다르지 않았지요."

김준은 김윤후의 '우리'라는 표현에 주목했다. 다인철소는 거란장(契丹場)의 한 곳으로 대요수국의 난리 때에 항복한 요나라 사람들이 거주하는 곳이었다. 거란인들은 예로부터 철을 잘 다루었고, 조정은 이를 살릴 방법을 찾아 다인철소를 맡겼다.

"산성은 주봉인 고사리봉에 의지하여 쌓았지만 조급히 한 일이라 성다운 성이 못됩니다."

산성해도입보책(山城海島入保策). 몽골군의 본격 침입 이후 고려 조정이 마련한 방어책이었다. 유학산성은 조정의 명령에 따라 급히 쌓은 산성들 중의 하나였다. 적이 오면 산성이나 외만 섬으로 피한다는 조정의 방책은 각자도생을 권하는 셈이라 무책인 듯했지만 각처의 호족이 자체 병력을 가지고 있던 당시로서는 어쩔 수 없는 선택이기도 했다.

산성은 장인들의 거주처인 부곡마을에서 5리 정도의 거리에 있었다. 유학산의 안부(鞍部)에 돌과 흙을 쌓아 만든 작은 성으로 정상에는 봉루(烽樓)가 있어 적의 접근을 감시하고 등성이와 골짜기를 흙벽돌로 둘러막아 일정한 인원이 거주토록 되어 있었다.

"성안에 먹을 물이 있었던가요?"

토루(土壘)를 넘지 못해 보이는 작은 성이 막강 몽고군의 한 부대를 물리쳤으니 무언가 남다른 데가 있을 것이었다. 김준은 다인철소 전투의 내막을 조사하러 내려온 경관(京官)이었고, 질문은 임무의 수행을 위해 에둘러 던진 인사였다.

"원래 철산이었던 곳입니다. 토철(土鐵)을 파낸 굴이 제법 깊어 아이들을 숨길 수 있었지요."

'어린아이들을 뺀 모든 사람이 나서서 적을 막았다'의 뜻이었다. 아이들을 갈증에 시달리게 만들고 싶은 부모가 있을까. 김준은 남녀노소 모두가 함께 일하며 아이들을 돌보던 철소의 모습을 떠올렸다.

성문을 들어서니 밖에서 보던 토루와는 다른 경치가 펼쳐졌다. 수비군의 이동을 원활하게 하는 회곽도(廻郭道)가 성벽을 따라 마련되어 있었고, 곳곳에 저격수를 배치하기 위한 사혈(射穴)이 있었다.

"산 아래 골짜기를 바라고 활을 쏘았군요."

잡류별초로 보이는 젊은이가 군호를 외치며 달려왔다. 전투가 끝나고 적이 물러갔지만 성은 별초들에 의해 엄중히 지켜지고 있었다.

"도성에서 오신 대인일세. 우리가 이긴 양을 보신다하여 안내하는 길이네."

젊은이는 깍듯한 군례를 올리고 물러갔다. 김준은 2군 6위의 경병만큼이나 잘 훈련되어 있는 별초라고 감탄을 했다.

유학산성은 김윤후의 겸양과는 달리 제대로 된 테뫼식 산성이었다. 떡시루에 테를 두른 것과 같다하여 시루성으로 부르기도 하는 테뫼식 산성은 급한 난리 때 가장 쉽게 만들 수 있는 피난처였다. 쉽게 만들 수 있는 만큼 방어력이 허술하기도 하였는데, 유학산성은 지형을 의지하여 방벽을 쌓은 점은 여느 산성과 같았으나 곳곳에 변형이 가해져 방어만을 위해 급조된 성이 아님을 말해 주고 있었다.

"쇠뇌를 썼겠군요. 솜씨 좋은 궁수를 숨겨서."

김준은 싸움의 상황을 그려보았다. 외길로 뻗은 골짜기를 따라 공격해 오는 적을 향해 연노를 퍼부었을 테니 상지상의 지형이었다. 튼튼하게 마련된 보루는 궁사들의 활동을 원활하게 하기 위한 것일 터, 성벽 뒤에 숨어 쇠뇌를 쏘아댔을 테니 몽골 기병인들 견디기 힘들었을 것이었다.

김윤후가 살짝 웃었다. 김준은 자신의 추리가 틀렸다는 것을 알았다. 김윤후는 산성이 홍복원을 노린 그물이었다고 말했던 것이다.

"일찍이 살리타이를 죽인 전술이군요."

"그때는 절박함에서 나온 궁여지책이었습니다. 살장터의 매복은 도저히 군대를 숨길 수 없는 곳이었기에 살리타이를 속일 수 있었지요."

처인성은 유학산성보다도 더 작고 보잘 것 없는 토성이었다. 군량이 있다는 것을 빼면 공략의 가치가 전혀 없던 곳이었고, 살리타이가 죽은 곳은 소나무 100여 그루와 풀숲이 있는 정도의 동산이었다. 정작 경계한 처인성에는 다가가보기도 전에 몽골군의 권황제 살리타이는 연도의 풀숲에서 날아온 화살에 죽었다.

적의 장수가 죽은 곳이라 하여 살장터(殺將場)로 불린 동산에 비하면 유학산성은 노골적인 함정이었다. 골짜기를 중심으로 양쪽 산등성이에 날개를 편 성벽은 천연의 학익진이었다.

 "홍구를 잡기 위한 함정이라, 그 악구(惡狗)가 어떻게 빠져나갔을까요."

 쇠뇌는 사거리가 길고 살상력이 좋은 무기이지만 경험이 많은 몽골군에게는 소용이 없었다. 위력이 좋은 무기가 있다는 것이 알려진 성을 무책으로 공격할 만큼 몽골군은 어리석지 않았다.

 위험을 감수하지 않아도 정복할 땅이 넘치도록 많은 몽골인들이었다. 그런데도 유학산성은 몽골인들을 유혹하는 일을 해냈다. 김준은 정색하여 물었다.

 "무엇이 홍복원을 흔들었습니까?"

 "사람. 철장인들. 우리는 다인철소에 미끼를 던져두었습니다."

 다인철소의 사람들은 좋은 칼과 활, 화살과 화살촉, 각종 농기구와 말편자까지 모두 남겨놓고 당장 먹을 것만 챙겨 산성으로 피했다. 그 다급함이 몽골의 관령귀부고려군민총관(管領歸附高麗軍民摠管) 홍복원에게 자신감을 주었을 것이었다.

 "홍복원의 영지는 인주를 중심으로 한 동북면 일대로 사람이 귀한 지역입니다. 철을 다루는 사람들이라면 더욱 귀한 곳이지요."

 전란의 시대를 사는 무인으로서 좋은 무기를 싫다하는 사람이 있을까. 무가 출신인 홍복원은 귀부고려군민총관으로 몽골에 투항한 고려인들의 총독이었고, 유학산성에는 몽골군의 공격에 겁을 먹고 황급히 몸을 피한 다인철소의 철장인들이 몸을 숨기고 있었다.

 욕심이 동한 홍복원은 몽골군 정동원수 자랄타이를 부추겨 병력을 동원했다.

 "몽골기병 300여기, 홍복원의 수하가 또한 300여기. 우리 측도

300인은 확실한 터라 좋은 공방전이 될 만했는데, 몽골의 장수가 병폐였습니다."

몽골군 원수 자랄타이는 지형을 살핀 후 즉각 함정임을 깨달았다. 골짜기 깊숙이 위치한 성문을 정면에서 공격할 경우 좌우의 성벽 위에 배치된 저격수들의 화살을 각오해야 할 터였다.

"호구로군. 영악한 자가 대장인 듯한데, 대장장이 중에 인물이 있나보군."

노골적인 포진이었다. 올 테면 와라. 우리는 양쪽 성루에 솜씨 좋은 저격병을 배치해 두었다. 유학산성은 복병을 숨기고 있음을 감추지 않았다.

자랄타이의 조심성은 의문으로 발전했다. 자랄타이는 강동성 전역때에 고려와 연합하여 대요수국을 친 몽골군 원수 카치운(哈眞)의 아들로 수많은 싸움터를 전전한 명장이었다.

"허장성세가 아닐까? 시험해 보는 것도 좋겠다. 뜻밖에 대단한 자가 나설지도 모르지만, 그 또한 우환이 될 테니 제거해야 할 듯."

홍복원의 병사들을 앞세운 몽골군의 공격이 시작되었다. 항복한 고려인으로 고려인을 공격하게 한다, 공성전에서 몽골군이 잘 쓰는 전법이었다.

홍복원의 병사들이 운제를 높이 들고 유학산성 앞으로 다가갔다. 서두르지 않는 유유한 공격, 압도적인 기세로 공포심을 유발하여 방어 측의 군세가 스스로 와해되도록 만드는 몰이사냥. 몽골군이 서역 원정에서 배운 도시 공략방법 중의 하나였다.

유학산성의 고려인들은 산발적인 화살 사격으로 공격군을 위협했다. 산만하게 발사되는 화살들은 훈련된 병사들에게는 위협이 되지 못했다. 날아온 화살을 붙잡아 살펴보니 규격을 지키지 않고 만들어진 사제 화살이었다.

　흔하게 겪는 잡류별초 명목의 민병임을 확인한 자랄타이는 명령을 내렸다.

"선공을 양보하겠소. 건투를 비오."

　화살받이가 되라는 말이었지만 홍복원은 싫지 않았다. 철장인은 천민으로 양수척의 하나다. 한낱 천민의 무리들이 힘자랑을 한들 대단할까 싶었고, 2년 전의 70일 전투에서 충주성을 지켜냈던 김윤후 같은 인물이 또 있지는 않으리라 하는 확신을 가졌기 때문이었다.

　다인철소를 공격하기 전에 홍복원은 한 통의 포고문을 받았다. '고려국 감문위 상장군(監門衛上將軍) 동북면병마사(東北面兵馬使) 항마군도통(降魔軍都統) 김윤후는 선포하노라.'로 시작되는 포고문에는 동북면 일대의 원수직을 맡은 김윤후가 몽골에 항복한 고려인들의 귀순을 바라는 내용이 기록되어 있었다.

　'불응시 천군을 이끌고 쳐들어가겠다.'는 협박이 붙은 포고문에는 병사를 모집하는 공고문이 아울러 붙어 있었는데, 동북면원수부의 소재지가 서경(西京)이었다.

"그 자가 있지 않음이 확실한데, 이 따위 토성쯤이야……"

　경적필패, 홍복원은 적을 가볍게 본 값을 호되게 치렀다. 다인철소의 양수척들은 쇠뇌를 연사로 쏘아 홍복원의 병사들에게 타격을 주었다.

　그나마 자랄타이의 몽골군은 손해가 적었다. 홍복원을 앞세운 데다 사상자가 나자 재빨리 후퇴한 덕분이었다.

홍복원의 인주군사 40여명 사살, 이탈자 다수. 몽골군 18기 사살. 김준이 받아든 다인철소 양수척들의 유학산성 전투 승리 기록이었다.

"연사가 가능한 쇠뇌까지 준비했었군요. 신무기인가요?"

"옛 시절 중국 무기의 소환입니다. 위오촉 쟁탈전 때 촉한의 제갈공명이 만든 연노를 우리 다인철소의 공장 지언필이 재현했는데, 연사라고는 하나 화살을 재는 시간을 단축한 정도라 전장에서 사용하기로는 각궁에 비할 바가 못 됩니다."

다인철소의 장인들은 철물을 만드는 일에 능할 뿐 전쟁에 익숙한 사람들은 아니었다. 흔한 창칼로 세계최강 몽골군을 상대하기에는 많이 부족한 상황이라 방편으로 쇠뇌를 훈련시킨 것이었다.

"야전에서는 사용이 어려운 무기이지만 방어전이라 유용했습니다."

다인철소의 연노는 고정된 틀 안에 기계식 활을 장치하고 지렛대의 원리로 시위를 당기는 형식으로 산성의 수비에 특화된 무기였다. 시위를 당기면 자동으로 다음 화살이 떨어지도록 화살통을 붙인 정도로 몽골군을 놀라게 한 연사식 신무기가 완성된 것이었다.

"지언필이라는 이름은 보고문에 천민들을 이끈 양인으로 기록되어 있었던 것 같은데?"

"어연중과 함께 향리로 이름을 올렸지요. 장삼이사처럼, 양수척 무자리에 흔한 이름으로 보고해 주시기를."

요컨대 지언필이나 어연중은 양수척이나 무자리처럼 부곡민들의 대명사라는 것이었다. 같은 이름의 양수척이 있을지언정 김준이 따로 만날 수 있는 지언필은 없다는 뜻이었다.

"승전의 보상이 고루 미치기를 바란 계책인 듯싶군요. 영공께 잘 보고드릴 테니 상급으로 연노를 하나 주시지요."

"좋으실 대로. 공에게라면 드리지 못할 게 없습니다."

유학산성의 연사식 쇠뇌를 얻어가겠다 청하는 김준에게 김윤후는 흔쾌히 답했다. 이미 실물을 본 바 있는 김준이 농을 하고 있음을 알아차린 반격이었다.

유학산성의 연노는 다인철소처럼 특수한 능력의 사람들이 사는 곳에서나 사용될 수 있는 무기였다. 성벽에 고정시킨 형식이라 이동이 어려울 뿐만 아니라, 제작과 운용이 예사 무기와 달라 굳이 사용하려면 다인철소의 지언필들을 대동해야 할 것이었다.

"촉한 제갈공명의 연노는 신통한 무기였지만 후세에 전하지 못했지요. 수레에 장착하여 사용했다는 기록이 전하지만, 비용에 비해 효과가 적어 당대에도 중하게 쓰이지 못했습니다. 목우유마가 전하지 않는 이유와 같습니다."

강한 쇠뇌의 사거리는 1000보에 이른다고 하였다. 위력이 강한 쇠뇌일수록 장치의 크기도 커져서 개인이 사용하기에 불편했는데, 숙련된 무인이 각궁을 애호하는 이유였다. 김준은 활솜씨에 자신이 있었으므로 연노를 단념할 수 있었다.

"화살이나마 하나 얻어가고 싶습니다. 영공께 보일 증거이니 실한 놈으로 골라주시지요."

김윤후는 유학산성의 조사를 마친 김준을 부곡마을로 안내했다. 김준은 연노를 대신할 화살을 청했다.

김윤후는 부곡민 중 한 사람을 불러 명을 내렸다.

"우리 가문의 정한 화살을 하나 가져오시게."

명을 받은 부곡민은 보통의 화살보다 굵고 길이가 큰 화살을 하나 정하게 받들고 왔다. 철제 살촉이 유난스레 빛을 발하고 있는 명품이었다.

"화월도(花月圖)라, 가문의 화살이 따로 있었군요."

"화살촉의 그림에 차별을 두었지요. 이곳은 무자리의 마을 다인철소이니 이군육위의 그것과 같을 수는 없겠지요."

고려는 호족연합체로 출발한 국가였다. 무가(武家)마다 특색 있는 무기를 가졌는데, 화살의 깃을 달리했을 뿐 화살촉으로 문장을 구별한 호족은 없었다.

"한 뼘 너머의 길이에 끝이 뾰죡한 삼각뿔 형태, 새겨진 그림이 또한 일품이니 가히 명장의 솜씨입니다."

"그 화살, 홍복원을 위해 준비했으나 발사하지 못한 것입니다."

"홍가 이대는 주인을 무는 개들입니다. 살려둔 이유가 있을까요?"

"홍복원은 개인적으로 원한이 깊은 자입니다. 허나 우리는 많이 이길 수 없었습니다."

이해가 되는 말이었다. 몽골군에게는 패한 전쟁은 반드시 복수하는 전통이 있었다. 다인철소는 적을 막아 잘 싸웠으나 몽골군을 노엽게 할 만큼의 승리는 자제했던 것이다.

김준은 한 차례 길게 숨을 내쉬었다. 질 수는 없지만 많이 이겨서는 안 되는 싸움, 고려에는 그러한 싸움을 해야 하는 산성들이 널려 있었다. 나라의 전쟁정책부터가 화전병행으로 어벌쩡한 것이었다. 김준이 화살촉으로 다시 시선을 돌린 건 그 때문이었다.

화살촉에는 금선으로 꽃과 달이 새겨져 있었다. 꽃은 달을 바라고, 달은 꽃을 바라는 그림이었다.

김준은 화살촉을 한 차례 더 칭찬한 후 화제를 과거로 바꾸었다.
 "20년 전 정월 말, 저고여 피살사건을 수사하던 중에 눈밭에서 화살촉 하나를 얻었습니다."
 저고여는 몽골의 사신으로 벼슬은 백부장급인 대두령관(大頭領官)이었지만 재상급의 위세를 부린 자였다. 수교 후 몽골이 보낸 사신 중 가장 많이 드나든 자였는데, 특히 고종11년 2월에 왔을 때는 무리한 요구로 조정을 흔들어 사달을 만들었다.
 "귀국은 우리 대칸께 바칠 예물을 감추었소. 거란족의 무리가 난동을 부릴 때 근거지 강동성을 함락시켜 우환을 끊어주었으나 은혜를 원수로 갚았소. 저들이 만든 나라의 공주 야율금청은 대칸께 바칠 예물이었는데, 성이 무너진 후 소식이 끊겼소. 귀국이 감춘 것 아니오?"
 "그럴 리 없습니다. 우리 고려는 대칸의 은혜를 태산같이 무겁게 여기고 있습니다. 그때의 전역 후 형제의 의를 맺었지 않습니까?"
 저고여가 말하는 거란족의 난리는 옛 요나라를 재건하겠다고 나섰다가 몽고에 쫓겨 고려로 들어왔던 대요수국의 난리를 말함이었다. 사신단의 접대를 맡은 시중 김취려는 그때의 난리 때에 부원수로 참전한 무장으로 작전을 함께 한 몽골의 원수들과 형제지의를 맺기도 하였다.
 "카치운, 살리타이, 두 분 원수는 내 의형제요. 두 분께 우리 양국의 깊은 우정을 물어주시오."
 "당시에 강동성에서 탈출했던 거란인들이 고했소이다. 귀국이 요국 왕 야율금시와 거래하여 그의 딸과 조카를 숨겼다고 하였소. 야율금시의 딸 야율금청은 대칸께 바쳐질 예물로 예정된 여아였는데 가로챈 것이오."

"모함이오. 인정상 몇몇 유민들을 거두었을지는 모르겠으나 말씀하신 사안은 사실무근이오."

김취려는 대요수국의 마지막 황제 야율금시의 딸과 조카를 무예승 현각을 시켜 구해주도록 한 인연이 있었다. 야율금시가 신라의 마지막 황태자인 마의태자 김일(金鎰)의 후손임을 자처하여, 역시 신라김씨의 후예였던 김취려에게 도움을 청해 왔기 때문이었다.

"대칸의 예물을 훔친 죄가 작을 것 같소? 대칸은 용서가 없는 분이오."

대칸에게 바칠 예물을 훔친다? 나라가 망할 각오를 하지 않고서는 할 수 없는 일이었다. 고려는 극구 변명을 했고, 저고여는 황태제 테무게 웃치긴의 명을 빌어 압박을 했다.

"한낱 계집을 지키기 위해 나라를 위태롭게 할 거요? 우리 군사는 세상 끝을 정복한 강군이오."

김취려는 동족을 자처하는 자의 절박한 청을 거절하지 못해 야율금시의 딸 야율금청과 그의 조카이자 대요의 황태자인 야율금후를 구해주었다. 이제 그때의 일을 고한 자가 있어 몽골의 사신으로부터 겁박을 당하니 한때의 호의가 나라를 위태롭게 만든 현실에 몸을 떨어야 했다.

"귀국이 그토록 잡아떼니 우리가 찾아볼 것이오. 대칸의 예물을 찾는 일이니 방해하지 마시오."

저고여를 인도해온 인주의 도령 홍복원이 대화를 끊고 나섰다. 아비 홍대순이 몽골에 항복한 이래 대를 물려 매국노 짓을 하던 홍복원은 저고여를 인도하여 처인성의 거란장을 찾아 참극을 만들었다.

"몽골 사신 저고여는 그해 12월에 다시 와서 공물을 채근하여 돌아가던 중에 파속로에서 죽었습니다. 그를 죽인 자들이 고려 복장을 하고 있어 몽골은 우리에게 혐의를 두었습니다."

몽골은 태조 칭기즈칸이 죽어 일시 정복전쟁을 멈추었으나 사신 저고여가 죽은 사건은 잊지 않았다. 저고여가 죽은 6년 후 몽골군은 대거 침입을 해왔고, 그날 이후 23년째 고려는 전란 속에 있었다.

"저고여 피살사건, 악몽의 시작이었지요. 당시 영공의 명을 받고 현장을 조사한 고려인들의 책임자가 저였습니다."

몽골이 사신단의 죽음에 민감하게 반응한다는 것은 세계가 알고 있는 사실이었다. 강국으로 소문이 높았던 호라즘왕국이 몽골의 사신을 죽인 죗값으로 멸망한 사실은 고려에도 전해져 있었다.

"몽골은 사상최대의 강국, 사신 저고여의 죽음은 고려의 명운이 걸린 사건이었지요. 이는 금나라와 대진국도 같은 입장이라 서로 결백을 주장했어요."

당황한 고려는 급히 조사단을 보내 사건의 진상을 밝히려 했고, 대진국 역시 조사단을 보내옴으로 양국은 합동조사단을 꾸리기로 하였다.

약관 홍복원이 국제무대에 등장한 것은 이때였다. 몽골에 항복하여 매국노 소리를 듣던 그가 양국 조사단의 중재를 맡았던 것이다.

"인주의 호족 홍씨 일가는 홍대순이 몽골에 항복한 이래 고려와 몽골 동진 삼국의 벼슬을 모두 받았지요. 하여 그의 위치를 이용하려 한 양국은 합동으로 조사단을 꾸리고 홍대순의 아들 홍복원을 중재자로 삼았는데, 그게 고려의 패착이었습니다."

홍복원은 고려에 감정이 좋지 않았다. 고려인은 몽골에 항복하여 향도 노릇을 했던 홍대순을 매국노로 매도했고, 그의 아들 홍복원은 아비가 욕먹는 이유를 한으로 돌려 몽골군을 도왔다.

"때마침 몽골은 대칸이 죽어 후계자 자리를 두고 다툼이 있었지요. 고려는 6년의 시간을 번 셈인데, 준비가 미흡했어요. 하기는 그 6년, 전쟁준비에 전념했다 한들 막강 몽골군을 어찌할 수도 없었을 터이지만."

칭기즈칸의 뒤를 이은 오고타이 칸은 사신단의 죽음을 논죄하여 대군을 보냈다. 이후 고려는 전쟁의 소용돌이로 빠져들고 마는데, 김준은 그 경과를 담담히 이야기하고 있었다.

"몽골군의 원수 살리타이는 서신을 보내 우리를 위협했습니다. '만약에 너희들이 투항했다면 우리들은 사신 저고여를 너희에게 보낼 뿐 너희들에 대한 공격을 감행하지 않았을 것이다. 하지만 결국 저고여는 살해당했다. 우리들은 사신을 파견해 저고여를 찾으려 했으나 너희들은 화살을 쏘아 저고여를 찾으러 간 사신을 쫓아내었는데, 이는 너희들이 저고여를 살해했기 때문이었다.'라고 하여, 고려에 책임을 돌렸지요."

일방적인 선전포고였다. 몽골은 대군을 몰아 쳐들어왔고, 고려는 처참히 유린되었다.

"다행히 고려에도 영웅은 있었습니다. 살리타이는 몽골 제일의 명궁으로 권황제로 불리만큼 대칸의 신임이 두터운 인물이었지만, 고려의 일개 승려에게 죽임을 당했습니다."

김윤후는 고개를 돌렸다. 김준이 자신의 이야기를 하고 있었기 때문이었다.

"부곡민들의 공으로 돌리더군요. 처인성 부곡마을은 거란장의 하나로 대요수국의 난리 때에 항복한 요나라 사람들이 사는 곳이었는데, 그때의 승장이 공을 양보한 덕분에 고려의 양인 촌이 되었지요."

집권 최우는 심복 김준을 파견하여 살리타이의 죽음을 확인했다. 김준은 몽골군의 수장을 죽인 김윤후와 동문의 인연이 있는 사람이었으나 공적인 입장을 잃지 않고 승전의 경과를 조사하여 기록으로 남겼다.

"고려 조정은 살리타이의 전사를 애도하는 사신을 보냈습니다. 수장이 죽었지만 몽골군은 천하의 강군, 남은 적이 광분하여 백성을 해칠까 두려워하여 강화를 서둘렀어요. 당시 내가 조정의 명을 받아 조사를 했는데, 몽골측은 화살 하나를 증거로 보내 주인을 찾으라 하였습니다.

적의 총수를 죽인 공로자가 '무기인 활을 갖고 있지 않았다'고 극구 부인하여, 결과적으로 예의 화살을 얻은 것이 유일한 소득인 조사가 되었습니다. 혹시 그때의 공로자는 손안의 무기를 하늘을 대신한 벌로 알고 있었던 것을 아닐까요?"

김준은 과거를 돌이키며 내막을 묻고 있었다. 김윤후는 묵묵히 들을 뿐 답하지 않았다.

"그리고 다시 21년, 충주성의 승전 소식이 들려왔습니다. 승장은 놀랍게도 처인성 싸움에서 살리타이를 죽인 승려 김윤후, 패장은 이번에도 몽골군의 원수급 장군 예꾸였습니다. 용맹하기로는 살리타이에 앞서간다는 야굴대왕 예꾸를 패배로 몬 승장이 나라에 원한 포상은, 승리를 거둔 천민들의 양민 승격이었습니다."

김준은 품속에서 화살촉 세 개를 꺼냈다. 삼각뿔 모양에 가는 금선으로 꽃과 달이 그려진 화살촉이었다.

"어떻습니까? 선물로 주신 화살촉과 같지 않습니까?"

김준은 앞서 선물로 받은 연노의 화살촉과 함께 네 개의 화살촉을 김윤후에게 내밀었다. 길이는 약간씩 달랐지만 하나같이 그림이 선명한 철제 화살촉들이었다.

김윤후는 화살촉을 탁자위에 놓고 김준의 얼굴을 똑바로 보았다. 이 화살들이 어떻게 모아졌느냐하는 의문의 표시였다.

"몽골은 예꾸가 병들어 소환했다고 발표했습니다. 이는 고려 조정도 인정한 사실입니다. 빈사상태의 그를 압록강 너머까지 배행한 사람이 나였습니다. 예꾸는 몽골의 황족이라 우리 땅에서 죽어서는 안 되었습니다."

대몽항쟁기 내내 고려 조정은 화의와 항전 양면작전을 취했다. 집권 최항은 예꾸의 퇴각 길이 지방 별초군의 습격을 받지 못하도록 심복 김준을 파견하여 보호했다.

"예꾸는 이 화살촉 중 하나를 증거로 보내 자신을 쏜 자를 밝히라 하였습니다. 앞서 저고여의 몸에서 얻은 화살촉과 같았고, 살리타이의 목에서 얻은 화살촉과도 같아 간직해 두었습니다."

저고여는 여몽전쟁의 도화선이 된 몽골사신 피살사건 때에 살해된 자였고, 살리타이는 처인성 싸움에서 김윤후에게 죽은 몽골군 원수였다. 김준은 집권 최씨 일가의 심복으로 사건이 있을 때마다 조사역을 맡았으므로 세 개째의 화살촉을 얻었다.

"내 역할이 참으로 묘했지요. 출사를 했지만 여전한 가노의 아들로 최씨 일가의 뒷일을 봐주는 어둠의 무사. 심지어 패전한 적장의 퇴각 길을 지켜주기도 하였지요."
 김준의 발언에 탄식이 섞여들었다. 김윤후는 김준의 아버지 김윤성이 무가의 가노였음을 알고 있어 그의 심정을 이해할 수 있었다.
 그새 날이 어두워져 저녁상이 들어왔다. 잠시 먹을 것 앞의 평화가 이루어지고, 무겁던 시간이 휴전을 했다.
 "조밥이군요. 어릴 때 먹던 맛입니다."
 "부곡민들이 화전을 일궈 지은 농사입니다. 유가네 논에서 나온 쌀과 같을 수는 없지요."
 김준은 첫술을 뜬 후 음식 맛을 칭찬했고, 김윤후는 겸양 없이 받았다. 기름지지는 않았으나 정갈한 밥상이었다.
 "이름이 인준이던 악동 시절, 동생 승준이와 내기를 했지요. 누가 안심(安深)이와 결혼을 하든지 남은 사람은 출가하여 중이 되기로."
 김윤후는 엷게 웃었다. 어린 시절을 돌이킬 줄 아는 사람은 악할 수 없다는데, 김준은 어릴 적 일로 대화의 물꼬를 열고 있었다.
 "안심은 이의민 일가가 몰락할 때 경주에서 잡아온 이의민의 아들 지광의 서녀였어요. 제 어미가 최씨 집안의 첫 번째 집권을 모시게 되자 우리와 가깝게 지냈는데, 조밥을 뭉쳐서 가져다주곤 하였습니다."
 맛은 기억의 아름다움과 추함을 가름하는 요소가 되기도 한다. 김준의 표정은 한 시절의 행복했던 맛을 회고하고 있었다.
 "아버지는 무가의 가노 출신으로 주인을 배신하고 최씨 집안에 들었지요. 공로를 인정받아 양민이 되었지만 하는 일은 여전히 가노의 잡일. 하여 우리 형제는 최씨 집안의 셋째가 될 만전과 함께 자랐는데……"

만전은 최씨 무신정권의 세 번째 집권 최항의 아명이었다. 김준의 목소리가 다시 격해지기 시작했다.

"아버지의 덕에 일찍 출사를 한 후 안심을 찾았는데 없더군요. 색탐이 과도한 최씨 집안의 두 번째 집권 우가 첩으로 삼은 것이었지요."

김준이 조밥을 크게 떠서 한입에 몰아넣었다. 김윤후는 찻물을 따라 주었다.

"그를 찾아가서 안심을 달라 하였습니다. 노발대발, 곤장을 50대나 맞고 귀양을 살았어요. 안심이 자결로 죽은 후에야 용서를 받았는데, 돌아온 후 도방에 관계하게 된 사정은 아시리라 믿습니다."

김윤후가 김준을 만난 때는 두 사람이 자신만의 좌절을 겪은 후였다. 몽골 사신 저고여가 피살된 직후, 스승 현각의 주선으로 자신의 길을 살던 두 제자는 첫 만남을 가졌다.

"김준 공이 저고여가 피살된 건을 조사하고 왔다 한다. 너를 보겠다하여 자리를 마련했다."

현각이 두 제자를 위해 자리를 피해주었으나 그뿐으로 김준도 김윤후도 마음을 열지 않았다.

"영공께서 별초군을 만든다 하여 스승께 조언을 구했더니 사형을 추천하더군요. 사람을 잘 끄는 인품이시라고."

"사부께서 높게 평가하신 것이지요. 제 앞가림도 못하는 천둥벌거숭이인 것을."

영웅은 영웅을 알아본다. 고려항마승총교두 현각이 제자로 삼은 두 젊은이는 서로를 칭찬했다.

"오히려 사형이 사부의 신임을 한 몸에 받으셨더군요. 천하를 바로잡을 재목이시라고."

 김준은 몽골사신 저고여가 피살된 사건을 조사한 고려 측의 대표였다. 동북아 전체 세력의 흥망에 관계되는 사건이라 모두가 부인하고 있었는데, 정작 혐의를 받고 있는 세력들 중의 하나인 김윤후는 태연하기만 했다.

 "사신단이 가져가던 공물은 큰 덩치만도 수달피 1만 장에 주단 3,000필, 세모시 2,000필, 솜 1만 근, 종이 10만 장이었습니다. 수레가 40여 대에 말이 100여 필, 호송 인원은 인부만도 150명이 넘었어요. 파속로에 들기 전까지는 우리가 호위했는데 마중을 나온 몽골군은 50기 이상이었습니다. 이만한 인원을 몰살시킨 만한 세력은 어디일까요?"

 "고려와 몽골을 이간질하려는 세력은 많았습니다."

 "예를 들면?"

 "동진국과 금국, 금국에서 떨어져 나간 군벌들, 고려를 배반한 인주 호족 홍씨 일가, 심지어 몽골군 내부와 고려군 안에도 전쟁을 필요로 하는 세력이 있었습니다."

 화음이 맞지 않는 대화였다. 서로가 걸물임을 확인했을 뿐 소득 없이 헤어졌던 두 사람은 20년 후 중년을 넘긴 나이로 다시 만나 조밥을 먹고 있었다.

 "이 화살촉 말입니다. 어떻게 다듬으면 이런 모양이 됩니까?"

 밥상을 물린 후 김준이 화살촉을 들어 다시 물었다. 절묘한 삼각 뿔 모양에 끝이 뾰족한 것이 정성을 드린 귀물인데, 몸체에 금선으로 꽃과 달이 새겨져 장식품이라 하여도 좋을 만큼 고아한 멋이 있었다.

"광택이 날 만큼 연마한 귀물인데 무기로 쓰인 것은 아깝군요. 본래 용도가 따로 있는 물건이겠지요?"

정련된 철물을 세세히 다듬어 만들어진 화살촉에는 꽃이 달을 바라고 달은 꽃을 바라는 그림이 정교하게 새겨져 있었다.

"제 아내의 물건입니다. 그 꽃은 선모초(仙母草)입니다."

김윤후가 입을 열었다.

"아내가 좋아한 꽃이지요. 말이 살찌는 계절이면 들판에 지천으로 피어 구경하기 좋았는데, 고려 땅 처인골의 산에도 고향만큼이나 많더군요."

김준은 눈을 가늘게 뜨고 다음 이야기를 기다렸다.

"아시다시피 우리는 대요수국의 잔재입니다. 강동성 싸움에서 패한 후, 김취려장군님의 배려로 일족을 이끌고 처인 고을에 왔습니다. 사부와 항마병이 보살펴 주었지요."

김윤후는 잠시 눈을 감고 숨을 골랐다. 김준은 묵묵히 다음 말을 기다렸다.

"처인 고을 부곡마을은 거란장 중의 하나였지만 특별한 대우를 받았어요. 본래 김취려장군님의 영지이기도 하였지만, 부근에 산성이 있어 항마병이 상시 주둔했지요."

거란족은 본래 유목민이었다. 방목을 하던 평원에 지천이었던 선모초는 부인병에 특효가 있어서 의원들이 자주 처방을 냈다. 김윤후로 다시 태어난 야율금후는 아내 김청을 위해 선모초 차와 환을 처방받곤 하였다.

"차는 하루 세 차례 식간에 드시고, 약은 하루 한 차례, 제 때를 놓치지 말도록 하십시오."

 유민들에 어울려 강동성을 탈출한 늙은 의원은 대요수국 황실의 어의로 망국의 황자 황녀를 정성으로 모셨다.

 "공주께서는 아기를 원하십니다. 대요수국의 대통을 이을 후사를 갖겠다하셨습니다. 이미 합방을 하셨다니 조만간 경사가 있으리라 믿어집니다."

 대요수국의 황태자와 황녀의 신분이었던 두 사촌남매는 어릴 적에 정혼한 사이였다. 본래 야율금청이었던 김청은 남편보다 두 살이 많은 사촌누이였다.

 김윤후는 깊이 한숨을 쉰 후 말문을 돌렸다.

 "거란장은 고려 땅 여러 곳에 흩어져 있었지요. 대요수국의 마지막 황태자는 그들을 보살필 의무를 이행하려 하였습니다."

 요나라 재건을 명분으로 건국된 대요수국은 태조 야율시불(耶律厮不) 이래 내내 몽골과 금국에 쫓겼다. 거란족 유민의 한 무리인 셈이지만 세력은 커서 10만 인 이상이 몰려 다녔는데, 쫓기고 쫓겨 고려 땅으로 들어온 후 고려와 몽골, 동진의 연합군에 의해 소멸되었다.

 이후 고려는 거란 유민의 잔병을 모아 전국에 흩으려 살게 하였으니 이른바 거란장(契丹場)의 시작이었다.

 "고려 땅을 돌아다니기로는 중만 한 것이 없다하여 머리를 깎았는데, 스승은 수계를 베풀어 주지 않더군요."

 수계는 구족계라, 중이 되었다는 마지막 인증과 같은 것이었다. 김윤후의 스승인 현각은 전장에서 구한 이국인 제자에게 중이 될 마지막 관문을 허락하지 않았다.

"너는 아직 세상인연이 끝나지 않았다. 필요하다 하니 머리는 깎아주겠지만, 앞으로의 길은 살펴 갈 일이다."

머리를 깎고 승첩을 얻었지만 김윤후는 중이 아니었다. 중이 아닌 몸으로 중의 행세를 하며 전국의 거란장을 찾아 옛 대요수국의 유민들을 챙겼다.

"선황께서는 고려의 백성이 되라 하셨습니다. 대요수국 황가(皇家) 일맥의 뿌리는 이미 끊겼으니, 고려 땅의 한 백성으로 내 나라인양 살라 하셨습니다."

김윤후의 안색은 그늘이 짙었다. 김준은 좌절을 겪은 자만이 보일 수 있는 고뇌의 빛이라고 읽었다.

"고려에는 송에서 건너온 패물이 흔했지요. 아내를 위해 예쁜 걸로 골라다 주었는데, 옥비녀를 마다하더군요. 하여 짓궂게 추궁했더니 옛 대요수국 황실에서 쓰던 철비녀가 나왔습니다. 그걸 호신용으로 간직하고 있었던 겁니다."

요국의 아낙들은 패물조차도 호신용 무기로 사용했다. 철비녀는 자결용 비수로 만들어진 것이었다.

"아내는 머리에 꼽던 철비녀로 화살촉을 만들어 제게 주었습니다. 이 화살촉은 아내를 기리기 위해 가졌던 물건입니다."

선모초가 새겨진 삼각뿔 형태의 화살촉은 옛 대요수국의 황태자인 김윤후가 아내에게서 받은 철비녀였다. 대요수국의 황녀가 정혼자에게 준 정표였던 것이다.

김준은 예상한 이상의 답변이 나오자 긴장하여 표정이 굳어졌다. 승전에 대한 조사라 하나 가정사에 속한 비밀을 채근할 만큼 김준의 낯은 두껍지 못했다.

"로에서 정련된 철물을 대장간으로 옮겨 달구어 치기를 반복하면 백련강이 나옵니다. 명검은 1만 번 이상 다시 접어 만듭니다."

김윤후는 화살촉을 들어 보였다. 1만 번의 정련을 거쳐 만들어진 명품 화살촉이 그림을 담고 있었다. 꽃은 달을 바라고 피고, 달은 꽃을 바라고 빛을 내는, 화월도(花月圖)였다.

"저고여의 사신단은 본래의 11인에 호위병사 50기, 고려인 인부 150인이었습니다. 그들을 함신진까지 호위하여 몽골인들에게 인계한지 3일 만에 참변 소식을 들었다 하셨으니 하루나 이틀 사이에 사건이 벌어진 셈입니다. 천하에 그만한 인원을 일거에 휩쓸 세력이 몇이나 될까요?"

김윤후는 잠시 뜸을 들인 후 결정적인 한방을 터뜨렸다.

"습격한 세력이 고려인 복장을 하고 있었다지만, 그 참살의 현장에서 고려인은 나 김윤후뿐이었습니다. 고려에 혐의를 둔다는 것은 천부당만부당한 억측입니다."

김준은 숨을 길게 내쉬었다. 저고여피살사건, 몽골의 침입을 부른 그 미제사건을 직접 보았다는 목격자가 나타난 것이었다. 목격자는 심지어 공격에 참여하였다고 고백하고 있기도 하였다.

"내가 저고여를 쏘아 죽였습니다. 허나 저고여를 죽인 자는 내가 아닙니다. 고려에 혐의를 두는 것은 습격한 자의 의도였을 뿐, 사실이 아닙니다."

"활을 쏘아 죽였지만 살인자는 아니다? 장군은 명궁으로 소문이 높은 분인데 납득하기 어렵군요."

김준은 자세를 바르게 하고 김윤후를 응시했다. 그는 20여 년 전 몽골사신 저고여 피살사건을 조사하던 조사단의 책임자였고, 이제

사건의 결말을 눈앞에 두고 있었다.

"아내는 내게 다섯 개의 철비녀를 주었습니다. 주지하신 바와 같이 이미 넷을 사용했고, 마지막 하나는 아직 봉인을 뜯지 않았습니다."

김윤후는 감정을 누른 목소리로 설명을 계속했다.

"공이 내 아내의 화살촉을 소지하게 된 경과를 다시 한 번 설명해 주지 않겠습니까?"

"말씀드렸지요. 하나는 저고여의 몸에서, 둘은 살리타이의 목을 검시할 때, 셋은 야굴대왕 예꾸를 저격한 자를 찾기 위한 증거물로, 넷은 어제 부곡마을에서 장군께서 친히 주신 것입니다."

김윤후는 품속에서 화살촉 하나를 더 꺼내어 탁자 위에 놓았다. 다섯 번째로 등장한 화살촉은 다른 넷과 달리 광택이 없었다.

"아내가 스스로 목을 찌른 철비녀입니다. 소식을 듣고 달려갔을 때는 이미 참변이 벌어진 후였습니다."

김윤후의 목소리는 낮았다. 김준은 숨을 죽여 들었다.

"당시 몽골인들은 세력이 복잡했습니다. 대칸이 서역 원정을 떠난 사이에 막내 동생 테무게 옷치긴이 본토를 지켰는데, 동복형인 카사르를 경계하여 그의 아들인 예꾸를 높이 쓰지 않았지요.

저고여는 예꾸의 사주를 받아 내 처를 찾았고, 홍복원과 함께 처인 고을 부곡마을을 피바다로 만들었습니다.

예꾸는 강동성 싸움 때에 살리타이를 보좌하여 감군으로 활동한 인물입니다. 그때에 대요수국의 황녀였던 내 아내를 대칸을 위한 전리품으로 원했으나 이루지 못하자 한을 품고 몹쓸 짓을 명령한 것입니다."

김준은 대요수국의 난리 때에 고려군 부원수 김취려가 항마승 현각을 시켜 대요수국의 황자 황녀를 구한 내막을 알고 있었다. 김윤후는 그때에 현각이 구한 요국의 황태자 야율금후였고, 그의 사촌 누이 야율금청은 금후의 어릴 적부터의 정혼자로 저고여에게 죽은 김청이었다.
 "김취려장군은 우리를 구해주었고 정착지를 마련해 주었습니다. 거란장으로 차별해 불리고 천민이 산다 하여 부곡마을이었지만 우리는 불만이 없었습니다. 부부가 함께 있었고, 동족들을 보살필 수 있었기 때문입니다."
 김윤후로 변신한 대요수국의 황태자는 고려 조정이 전국에 흩어놓은 거란장 식구들을 찾기 위해 승려가 되었다. 김윤후의 스승 현각은 제자를 위해 승첩을 마련해 주었지만 구족계를 받는 것은 허락지 않았다. 때문에 김윤후는 승적을 가졌으나 참된 중은 아닌 셈이었다.
 "허나 호사다마라, 몽골군에 끌려갔던 동포들이 탈출해 와서 부황의 소식을 전했습니다. 부황이 바아토르에 들어 수모를 겪고 있다 하였습니다."
 바아토르는 몽골군만의 독특한 죄수부대였다. 강동성 싸움에 승리한 몽골은 포로로 잡은 대요수국의 유민들을 외몽고 파림으로 끌고 가서 노역을 시켰다. 요나라의 가황제 야율금시는 고령이었으나 무리하게 바아토르에 끌려가 고초를 겪었는데, 야율금시가 속한 죄수부대의 장이 예꾸였다.
 "참을 수 없었지요. 당장 대륙으로 달려갔습니다. 그때에 아내가 준 정표가 이 철비녀들입니다. 아내는 다섯을 만들어 하나를 갖고 넷을 남편에게 주었습니다."

 꽃은 달을 바라고 꽃잎을 벌리고, 달을 꽃을 바라고 빛을 발하는, 성모초와 달을 주제로 한 그림은 야율금청이 받은 모계의 문장이었다. 씨족에 대한 자부심이 강한 유목민들은 모계로 이어진 혈통의 표식을 별도로 가졌다.

 "예꾸는 몽골의 황족이었지만 부친 카사르가 대칸에게 반기를 들었던 적이 있어 중용되지 못했습니다. 그 한을 정복한 땅에 피를 뿌리는 것으로 풀었고, 대요수국은 희생물의 하나가 되었던 것입니다."

 김윤후가 도착했을 때 대요수국의 가황제였던 야율금시는 개봉성 공략전에 내몰려 화살받이로 죽은 후였다. 김윤후는 복수심에 불타서 예꾸를 노려 습격을 했으나 성공하지 못했다. 예꾸에게는 살리타이라는 좋은 상전이 있어 방패가 되어 주었다.

 대륙에서 소요하기를 2년, 스승 현각에게서 몽골사신 저고여가 옛 대요수국의 황녀를 노린다는 소식을 전해 듣고 부곡마을로 달려갔으나 참변은 이미 저질러진 후였다.

 "아내는 호신무기로 철비녀를 꼽고 다녔습니다. 저고여가 홍복원의 사병을 끌고 습격해온 날, 아내는 고려 여인의 복장을 하고 철비녀로 목을 찔러 죽었습니다."

 고려는 저고여의 추궁에 요나라의 황녀를 감추어준 적이 없다고 잡아떼고 있었다. 대칸을 위한 공물을 감춘 것이 밝혀지면 전쟁을 각오해야 할 것이기 때문이었다.

 김청은 고려 여인으로 죽어야 했다. 홍복원이 아이를 볼모로 잡고 있어 저항을 할 수도 없는 처지였다. 김청은 아이에게 철비녀를 던져 먼저 보낸 후 자신도 목을 찔러 자결을 했다.
 출신을 부정해야 했던 대요수국의 황녀는 그렇게 죽었고, 뒤늦게 달려온 남편은 아내와 자식의 시신을 안고 복수를 맹세했다.
"이 네 개의 철비녀는 그렇게 사용된 것이군요."
 김윤후의 고백을 듣는 김준의 눈빛은 조사단의 그것이 아니었다. 김준은 김윤후가 철비녀로 부른 화살촉을 보며 깊이 시름했다.
 김윤후는 반응하지 않았다. 화살촉 다섯 개를 손안에 들고 지켜보고 있을 뿐이었다.
"이제 공이 이야기할 차례입니다. 내 아내의 철비녀가 화살촉으로 쓰인 첫 번째 날, 어떤 일이 있었는지."
 한참 후 김윤후가 물었다. 김준은 답변을 미루었다. 선뜻 이야기를 할 만큼 좋은 분위기가 아니었기 때문이었다. 첫날의 조사는 그렇게 끝났다.
 다음 날, 일시 물러갔던 몽골군 정동원수 자랄타이가 다시 압록강을 건넜다는 첩보가 전해졌다. 김준은 다인철소의 양수척들이 공을 세운 상황을 보고문으로 만들어 강도로 보낸 후 김윤후를 충동해 유학산성에 올랐다.
"자랄타이가 다시 온다 합니다. 전례가 있으니 준비가 충분하겠지요. 적이 쳐들어오면 충주성은 다시금 전장이 될 것입니다. 전쟁을 계속하시렵니까?"
"몽골의 정동원수는 전쟁을 옳게 배운 장수더군요. 우리는 이미 이길 싸움은 모두 이겼습니다. 이제부터는 그들의 시간입니다."
"조정의 뜻은 기왕의 산성해도입보책(山城海島入保策)을 강화하겠다는 것입니다. 적이 오면 몽땅 챙겨들고 산성이나 외딴 섬으로 피하라는 것인데, 거국적인 청야전술인 셈이지만, 백성들이 입을 피해는 어찌 감당하려는지. 충주성과 유학산성의 연이은 승전으로 조정의 책상물림들에게 헛된 자신감만 키워 준 것 같습니다."

김윤후는 산정의 보루로 김준을 안내했다. 두 사람은 정상의 감시대에 올라 하계를 내려다보며 전날의 못 다한 이야기를 계속했다.

전날의 마지막 질문은 김윤후였고, 답변은 김준의 몫이었다.

"병사들을 이끌고 달려갔을 때는 이미 상황이 벌어진 후였습니다. 저고여를 비롯한 몽골사신단과 호위 병력은 몰살을 당해 있었고, 고려인 인부들은 도망을 칠 염도 내지 못하고 떨고 있었습니다.

큰일 났다 싶었습니다. 고려인들만의 생존이니 누가 보아도 의심할 곳은 하나, 고려뿐인 상황이었던 것입니다."

몽골 측의 조사단이 다가오는 상황이었다. 김준은 활을 쏘아 접근을 막은 후 정리를 시작했다.

"우선은 150명의 고려인 인부들을 숨겨 줄 곳이 급했습니다. 궁리 끝에 한 곳을 생각해냈지요. 홍복원의 귀부고려인총부. 홍복원은 나라를 배신한 값으로 몽골의 벼슬을 하고 있어 의심을 피하기 좋았습니다. 그 악구는 고려의 벼슬도 버리지 않고 있어서 고려인 인부들에게 재물 한 짐씩을 지우고 공문을 들려 보냈습니다."

홍복원에게 사람과 재물을 준 데는 입을 막는 목적도 있었다. 그의 영역 인주는 압록강과 연해 있어서 김준의 활동을 낱낱이 지켜보고 있었던 것이다.

"그렇게 인부들의 갈 곳은 정했는데, 문제는 저고여 일행과 몽골호위병을 죽인 무기들에 고려의 색깔이 지나치게 많다는 점이었습니다."

김준은 신중하게 생각했다. 이만한 몽골병사들을 죽일 수 있으려면 압도적으로 많은 군사가 있었거나 반항하지 못할 무언가가 있어야 한다. 가까운 곳에 있는 고려병으로는 우리가 유일한데 우리는 몽골사신단을 헤치지 않았다. 범인은 고려인들의 소행으로 보이도록 증거를 수두룩 남겨 놓았다. 몽골와 고려의 전쟁을 바라는 세력의 음모가 확실하다고 볼 때, 혐의를 둘 곳은 금국과 동진국이 있을 뿐이다. 그렇다면 그 뻔한 결론을 범인인들 몰랐을까.
　김준은 고심 끝에 고려인의 소행으로 보이도록 장치된 현장을 그대로 보존하기로 하였다. 적이 몽골의 사신단을 몰살시킬 만큼의 힘을 가진 세력이라면 어떠한 변형도 도움이 되지 못하리라 하고 결론을 내린 것이었다.
　"저고여의 몸에서 화살을 하나 뽑아들고 현장을 빠져 나왔습니다. 그 살인멸구의 현장에서 유일하게 이질적인 증거물이었지요. 적이 꾀하는 대로 두고보자하는 심산이었는데 결과가 이렇군요."
　김준은 길게 탄식을 했다. 그 사건으로 고려는 세계 최강 몽골군의 적이 되었고, 나라님은 해도로 피하고 백성들은 산성으로 피하는 최악의 처지에 몰렸다.
　김준의 탄식이 길어지자 김윤후가 말을 받았다.
　"저고여를 죽인 건 나이지만 사신단 일행의 나머지를 죽인 건 우리가 아닙니다. 우리는 사부의 명을 받들어 마지막 순간에 참았습니다. 사부께서는 복수는 일시 통쾌하나 더 큰 희생을 부르니 잘 생각해 처신하라 하셨습니다."
　김준은 김윤후의 말에 동의했다. 고려는, 혹은 고려와 관계된 사람이라면 몽골의 사신 저고여를 죽여 전쟁을 부를 일은 없었으리라고 본 것이었다. 설령 직접적인 원한을 가졌을지라도 몽골이 사신단의 죽음에 어떻게 반응을 하는지 아는 사람이라면 그토록 공개적으로 사건을 저지르지는 않았을 것이었다.

"저고여는 죽어가고 있었습니다. 나는 마지막 숨통을 끊어주었습니다. 공의로 생각한 끝의 행동이었습니다.

곧바로 공의 군사들이 왔고, 우리는 말머리를 돌려 현장을 빠져나왔습니다. 공은 예상 이상으로 잘 처리해 주셨습니다."

김윤후의 설명으로 사건의 경과가 이해된 김준은 본연의 조사로 돌아갔다. 그는 저고여피살사건의 고려 측 조사관이었으므로 미제로 남은 부분의 조각을 찾아야 했다.

"살의를 가지고 쫓았지만 살인은 하지 않았다? 죽어가는 자에게 화살 하나를 더 안겼을 뿐?"

"저고여는 죽어 마땅한 인물이었습니다. 내 처와 아이를 죽였지요, 내 처는 모욕을 당하기 전에 스스로 죽었습니다."

이어지는 김윤후의 고백은 진실한 것이었다.

"허나 참변을 당한 여인의 남편은 복수를 개인사로 처리하지는 않았습니다."

김윤후의 부정에 김준의 목소리가 다시 엄정해졌다.

"살인현장에 당도했을 때는 저고여만 숨을 붙이고 있었을 뿐 사신단과 호위병들은 몰살을 당한 후였다 하였지요? 그렇다면 그들을 죽게 한 자들을 못 보신 셈이군요?"

"보았습니다. 우리가 도착하자 말머리를 돌려 달아났습니다."

"누구였지요?"

"고려인들이었습니다. 그런데 말을 달리는 자세가 달랐습니다."

"다르다면?"

"고려인들은 말을 타는 자세가 무겁습니다. 신기의 정병일지라도 고려의 승마 자세는 다르지 않습니다. 그들은 고려인이 흉내 낼 수 없는 가벼움을 구사했습니다."

"가볍고 무거움은 어떻게 구별하지요?"

"설명이 되지 않습니다. 말과 함께 사는 자와 말타기를 배워 아는 자의 차이라 감으로 알 뿐입니다."

몽골군에는 알긴치(Alginci)라는 정찰을 주로 하는 특수한 병력이 존재했다. 필요하면 적의 복장을 하고 요인의 암살도 서슴없이 하는 어둠의 무사들이었다. 승마에 능하여 바람을 가르듯 달린다했다.

김준은 한숨을 내쉬었다. 그들이라면 자국의 사신단을 몰살시킬 수도 있을 것이기 때문이었다. 몽골이 서역의 여러 나라에 사신을 보내 전쟁을 도발한 사실은 고려에도 잘 알려져 있었다.

"저고여의 숨통을 끊으셨다고 하였지요? 그가 죽지 않을 만큼만 부상을 당한 상태였다는 말씀?"

김윤후는 화월도가 그려진 화살촉을 집어 들며 말했다.

"살아있었습니다. 내가 원거리에서 활을 쏘아 죽였습니다. 바로 이 화살로."

"왜 굳이 죽여야 했지요?"

"저들이 저고여를 살려둔 이유는 목격자가 필요했기 때문이었을 것입니다. 고려인들을 범인으로 인증해 줄 살아있는 목격자. 대칸의 앞에 가서 증언을 할 만한 비중 있는 인물. 습격자들의 계획은 완벽했습니다. 때문에 내가 그를 죽여 입막음을 했습니다."

김윤후는 본심을 드러낸 한 마디를 덧붙였다.

"아내의 복수를 한다는 마음도 없지는 않았습니다. 허나 우리는 몽골과 전쟁을 벌일 때의 결과를 잘 알고 있었습니다. 우리는 몽골의 힘을 뼈저리게 느꼈던 대요수국의 잔재들이었으니까요."

김준은 김윤후와의 대담을 기록하며 보고문으로 만들 수는 없겠다고 생각했다. 저고여가 피살된 사건에는 미제사건이 될 수밖에 없는 사정들이 얽혀 있었다.

"스승께서 교훈을 주셨습니다. 몽골로 인한 재앙은 반드시 올 불행이지만 우리가 악역을 맡아서는 안 된다 하셨습니다."

김준은 스승의 이야기가 나오자 비로소 자세를 풀었다. 김윤후가 말하는 스승 현각은 그에게도 한 분뿐인 은사였다.

"스승이 가시는 길에 배웅도 못했습니다."

"같은 처지입니다. 남해 정림사(定林寺)의 분사도감에 계신다는 말을 듣고 찾아가 뵈리라 했는데, 약속을 지키지 못했습니다."

"대장경 판각의 수호신이 되셨으니, 그토록 원하시던 성불을 하셨을 것입니다."

"대장경판을 노린 왜구들을 막다가 부상을 입고 가셨다하니 성불은 당연한 일이겠지요."

고려는 외침이 많은 나라였다. 북으로는 대륙에 새로운 정권이 서면 제일 먼저 피해를 입었고, 남으로는 선진문물을 탐낸 왜구의 침입이 잦았다. 몽골과의 전란 중에도 왜구는 여전히 극성이었는데, 남해에 분사도감을 설치한 후에는 무리를 지어 쳐들어오곤 했다. 현각은 대장경판이 완성된 직후 불보를 수호하다가 죽었다.

잠시 두 제자는 스승의 안녕을 비는 기도를 올렸다. 고려항마승총교두 현각은 두 사람의 스승이었고, 정신적인 지주였다.

기도를 끝낸 두 사람은 하계를 내려다보았다. 유학산성의 정상에서 보는 다인철소의 제련 가마들과 부곡마을의 초가들은 한없이 평화로웠다.
 문득 김윤후가 김준의 손에 화살촉들을 쥐어주었다. 저고여와 살리타이를 죽이고, 예꾸를 쫓아냈으며, 홍복원과 자랄타이에게 패배를 안긴 철비녀들이었다.
 "사형께서는 이제 어찌하시렵니까?"
 김준은 호칭을 바꾸어 김윤후를 불렀다.
 "사부님의 뜻을 따라야지요. 헌데 그게 잘 안 되는군요."
 김윤후는 낮게 한숨을 쉬었다. 두 사람은 현각에 의해 사형제로 연결되어 있었으나, 각자의 길은 하늘과 땅만큼이나 달랐다.
 "선사의 가르침을 저버리기로는 소장도 덜하지 않습니다. 안심(安深)을 최씨 일가의 둘째에 빼앗기고 세상을 뜨려 할 때 사부께서는 '색이 무너짐으로 또 색을 갖게 된다면 무너짐은 어디 있느냐?'하고 사조의 말씀을 들어 꾸지람을 주셨지요."
 "소승 역시 같은 뜻의 야단을 맞았습니다. 사조께서 즐겨 강하셨다는 심경 중의 무무명 역무무명진 내지 무노사 역무노사진(無無明亦無無明盡 乃至 無老死 亦無老死盡) 부분을 읽어주시고, '무명이 다함도 없고 늙고 죽음도 없고 늙고 죽음이 다함도 없다는데, 헛된 몸뚱이 밥 먹여 키운 값이나 하고 가라' 하셨습니다."
 두 사람은 잠시 침묵을 지켰다. 가슴에 치밀어 오는 게 있었던 것이다. 두 사람의 스승인 현각은 교훈을 줄 때 사조 무상의 말씀을 전하는 형식을 취할 뿐 스스로 의견을 내는 경우가 없었다.
 "우리는 달을 깃었을 지도 모릅니다. 스승께서는 모든 게 한때의 꿈이라 하셨는데, 꿈을 실체로 잡지 못함을 한으로 품고 살았어요."
 김윤후는 철비녀 다섯 중 넷을 김준의 손에 쥐어 주고 하나를 남겨 품에 넣었다. 꽃은 달을 바라고 피어 있고, 달은 꽃을 바라고 빛을 발하는 그림, 화월도(花月圖)가 새겨져 있는 철비녀 화살촉이었다.

 다인철소 전투 3년 후 김준은 최씨 일가의 4대 집권 최의를 멸하여 자신만의 정의를 집행했다. 김준은 집권 10년에 임연에게 죽었는데, 고려와 몽골이 화의를 맺어 전쟁이 끝난 것은 김준이 죽은 2년 후였다.
 다인철소는 조정의 명으로 기존의 소(所)에서 승격하여 익안현(翼安縣)이 되었다. 소(所)는 천민이 사는 곳을 뜻함으로 현(縣)이 되었다함은 주민들의 신분이 양인으로 상승했다는 의미로 공로에 합당한 상을 받은 것이었다.
 홍복원은 온갖 못된 짓을 다하다가 영녕공 왕준의 처인 몽골 황실의 공주에게 죽었다. 그의 목에는 여인의 장신구가 찔려 있었다한다.
 김윤후는 그가 세운 공로로 인해 명목상의 벼슬을 살았다는 기록뿐 행적이 전해지지 않는다. 어려운 시기에 홀로 우뚝 섰던 영웅에 대한 추모의 마음을 이 기록으로 대신할 뿐이다.

[참고 문헌]

1. 역주 고려사. 동아대학교고전연구실 편저. 태학사 1982년 발행

2. 고려시대사. 김상기 저. 동국문화사 1961년 발행

3. 한민족전쟁통사. 국방군사연구소 1994년 편집 발행

4. 위열공 김취려 사료집. 언양김씨대종회 2011년 발행

여몽전쟁 김윤후전

초판 1쇄 인쇄 2024년 12월 29일
초판 1쇄 발행 2025년 1월   9일

지은이   기열
펴낸이   황정희

펴낸곳   스토리로즈
등록번호   제 420-2023-000013 호
등록일자   2023년 6월 13일
홈페이지   https://storyrose.creatorlink.net

ⓒ 기열, 2025

정가 17,800 원

*이 책은 네이버 나눔명조, 한국교육학술정보원 학교안심바른바탕, 국립박물관문화재단 클래식체 등을 사용해 디자인했습니다.

ISBN 979-11-988907-6-4 (03810)